砂時計

警視庁強行犯係捜査日誌

香納諒一
Kanou Ryouichi

徳間書店

砂時計

警視庁強行犯係捜査日誌

目次

装幀　泉沢光雄

第一話　砂時計

1

薄暗い階段を上った。三階建ての賃貸マンションはかなりの年代もので、エレベーターはなかった。

三階の外廊下は、所轄の刑事たちでごった返していた。ひとつの階の部屋数はせいぜい五、六。ちょうど中間あたりの部屋のドアだけが開け放たれており、そのすぐ横に、狭い廊下の端っこに背中を押し当てるようにして、制服警官が立っていた。

大河内茂雄部長刑事は、その制服警官に軽く会釈《えしゃく》をすると、部下の菊池和巳刑事を引き連れて部屋に入った。

玄関を入ってすぐが四畳半ほどの広さのキッチンで、奥に六畳ぐらいの洋室がある１Ｋ。奥の部屋の窓際、左側の壁に寄せてベッドがある。そのベッドサイドの床に、女が死んでいた。傍《そば》で検分をしていた刑事たちが、大河内に気づいてこちらを見た。大河内と同年代ぐらいの刑事が近づいて来て、頭を下げる。

「御足労ありがとうございます。赤羽署の清野です」

その少し後ろに下がって、二十代の若手刑事と、五十過ぎの刑事とが一緒だった。清野は所轄の一係長だ。現場を取り仕切っているのだから、常識的に考えてそうなる。

「亡《な》くなったのは、この部屋の住人で、各務倖子《かがみさちこ》さん、三十八歳。大量の睡眠薬をアルコールとともに服用したことで昏睡《こんすい》状態になり、死に至ったと考えられます」

大河内は清野が言うのを聞きながら、部屋の状況を観察した。観葉植物の多い部屋だった。室内にも、それほど広くはないベランダにも、様々な鉢植えが置いてある。

鉢植えを避けるようにして、一回り小さなカーペットがしいてあり、真ん中に小さな座卓があった。ベッドとは反対の壁に、テレビとCDプレイヤー、それに化粧ダンス。ソファはなく、普段はベッドに寄りかかって床に坐《すわ》り、生活していたと思われる。

座卓にウィスキーのボトルとグラス、それに、中身がほとんど取り出されてなくなっているPTP包装シート。シートには、「パルミタール」と、睡眠薬の名が印字されている。――処方して貰《もら》った薬を貯《た》め込み、一遍に服《の》んだ、というパターンらしい。

「これが、テーブルに載ってました」

清野が、証拠保全用のビニールに入ったA4判の紙を差し出した。

――疲れました。ごめんなさい。

それだけの文字が、打たれていた。

「部屋のプリンターで印字されたものかどうか、鑑識で至急、調べさせます」

清野が言った。

一応は、遺書と見るべきだろう。

死体は、左半身を下にして横たわっていた。下半身は座卓に納まっており、体をくの字に折った姿勢で、背中をベッドにつけている。ベッドに寄りかかり、ウィスキーで大量の睡眠薬を服用し、そのうちに昏睡状態に陥《おちい》った。そして、横に倒れ、亡くなった。

状況はそう見えるが、しかし、それだけならば所轄がわざわざ一課を呼ぶわけがない。

「なぜ、連絡を？」

大河内は、端的に訊《き》いた。現場での会話はプロ同士のもので、余計な言葉は不要だと考えるタイプの刑事だった。

「ちょっと不自然なところがありましてね。まず、あれなんですが」

と、清野は座卓の端に載ったパソコンを指し、

「ここ数カ月のメールが、なぜだか全部消去されてるんですよ。それに、写真もね」

大河内は、軽く首をひねった。人間関係の痕跡《こんせき》を消した。そういうことか……。それは、各務倖子本人がしたことなのか。それとも……。

「それと、あれなんです」

清野はキッチンのほうに移動すると、壁際にあるプラスチックケースを指差した。ミカン箱大の青いケースの中には、お茶や炭酸飲料などのペットボトルに加え、保冷用の袋に納められたキャベツ等の野菜、インスタントラーメンなどが入っている。

「これは？」

「近くのスーパーの宅配サービスです。ネットで申し込めるようになってまして、各務倖子は、その会員だったんです。ここら、団地や公団住宅も多いですし、重たいものを届けて貰えるのが重宝して、お年寄りや独り暮らしの女性などに、結構利用者がいるみたいです。これが、玄関の表に置いてありました」

「いつ、注文したものなんです？」

「そこなんですよ。これを見てください」

と、やはり証拠保全用のビニールに入った伝票を差し出した。

注文日時は、一昨日の二十一時三十七分。配達希望時刻は、翌日の午後六時から八時の間となっていた。生協等のサービス同様、不在の場合は家の前に置くシステムらしい。

自殺を考えている人間が、翌日配達の宅配サービスを申し込むとは、いかにも不自然だ。しかも、配達希望時刻が午後の六時から八時の間というのは、勤めから戻って受け取るつもりだったということではないか。大河内は、隣で話を聞く菊池にちらっと目配せし、口を開いた。

「つまり、何者かが彼女を自殺に見せかけて殺害した。みずからと彼女の関係を隠すために、最近のメールや写真などを消去したと？」

「その可能性が、疑われます」

清野は、慎重な言い方をした。

「死亡推定時刻は？」

「――それも微妙でして、一昨日の午後八時から十一時の間ぐらいだというのが、鑑識の見立てです」

正に微妙だ。この見立て通りだとすれば、死ぬ直前に、翌日配達の宅配サービスを申し込んだことになる。

「開けてみる必要がありますね」と、大河内。

清野がうなずく。「監察医の先生を手配してます」

「死体に、何か不自然な点は？」

現場には、鑑識係の職員も出張《でば》っている。大河内は、清野のみならず、その男のほうにも視線をやりつつ訊いた。

「いえ、それは今のところ、特には――」

清野が答え、同意を求めるように鑑識を見る。所轄の鑑識の責任者らしき男が、無言で同意を示した。

「何も、ですか――？　例えば、口内に傷は？」

「ありませんでした」

鑑識が答えた。大河内の問いの意味を理解した顔だった。死体に屈み込み、大河内を手招きする。

「写真撮りは、すでに終わっています。動かすのは、本庁の方が現場を御覧になってからと思ったのですが、口の中だけは点検しました。睡眠薬の錠剤は何も残っていませんでしたし、口内に傷もありませんでした」

もしも無理やり誰かが睡眠薬を呑《の》ませたのだとすれば、口内に残っている可能性があるし、無理に口をこじ開けることで、左右の頬《ほお》の内側に傷が残る。だが、そういった痕跡はなかったのだ。

大河内は、死体を改めて眺めまわした。

肩をすっぽりと覆《おお》うぐらいの長さの髪を、後ろでひとつにまとめていた。年齢は三十八とのことだったが、若白髪《わかしらが》なのだろう、髪に染めた跡があり、分け目の生え際が白い。瘦《や》せ形で、色白、華奢《きゃしゃ》な体つき。ワンピースの裾《すそ》から太腿《ふともも》が覗《のぞ》いていることがわずかに気になったが、これは関心の端っこに留《とど》める程度にした。自殺を決意した女性の多くが、衣服の乱れを気にしてスカートやワンピースを避けるが、多くというだけであって、全員じゃない。人の気持ちは、統計では推し量《はか》れないのだ。

一応手首を点検してみるが、押さえつけられたと思われる痣《あざ》はなく、そのほか、目視できる範囲に不自然な痣等の痕跡はなかった。あとは、監察医の判断を待つしかないだろう。

大河内は、頭を整理した。――最近のメールや写真がパソコンから消去されていたのは、亡くなった各務倖子みずからが、何らかの理由で行ったとも考えられる。宅配サービスの件も、早急な判断は危険だろう。自殺する人間が、翌日の宅配を頼むわけがないというのが、ごく普通の判断だが、しかし、死を前にした人間が、普通の判断をするとは限らないのだ。恋人や親友と明日、会う約束をしたほんの数時間後に、みずから命を絶ってしまったような例は、実は決して少なくはない。

「玄関のドアの鍵は?」

腰を伸ばして、大河内は訊いた。

「ロックされてました。窓もです」

「第一発見者は?」

「職場の上司です。昨日、何の連絡もなく勤めを休んでまして、電話とメールで連絡をしても返事がなかったので、不審に思い、今朝、通勤の途中で立ち寄ったと言ってます。管理人に事情を話し、鍵を開けて貰って一緒に入ったそうです。管理人室で待って貰《もら》ってますが、どうしますか?」

「話を聞いてみます。各務さんは、勤めは何を?」

「保険の勧誘です。だいぶ、優秀だったみたいですよ」

大河内はうなずき、玄関に向かって戻りかけたが、途中でふっと足をとめた。

「薬袋は、どこだ……?」

キッチンから部屋へと戻り、つぶやくように言い、

「睡眠薬を入れていた薬局の薬袋はどこでしょう?　もう、見つかってるんですか?」

清野たちを見まわし、改めて訊いた。テーブルには、処方薬の包装シートはあるが、処方薬局の薬袋はなかった。

「そういえば、ないですね……」

清野が言い、自分でも部下たちを見まわすが、誰も見つけた者はなかった。

「探しておきます」

「お願いします」

大河内は靴を履き、外に出た。階段で一階に下りる。菊池も一緒だ。

管理人室の窓はカーテンが開いており、中に坐る男たちが見えた。三人。頭の禿《は》げた六十男は管理人で、背広姿の四十代が職場の上司だろう。残りのひとりは、三十前後の所轄の捜査員。

大河内はノックをして開けた。所轄の捜査員がつきそっていたのは、第一発見者たちの証言を再確認していたためだ。大河内たちを招き入れ、

「亡くなった各務さんの上司である駒田さんと、こちらは管理人の鈴木さんです」

そう紹介だけすると、みずからは入れ替えで表に出た。管理人室は三畳ほどの広さしかなく、大の男が四人も五人もいるには窮屈《きゅうくつ》すぎる。

大河内は自己紹介をし、ふたりに坐り直すように手振りでうながし、みずからは所轄の捜査員が使っていたパイプ椅子《いす》に坐った。菊池は、ドアを背にして控える。

「早速ですが、各務さんは、ウィスキーで睡眠薬を大量に服用したようなんです。彼女は、お

酒は大分たしなむほうでしたか？」

駒田に訊いた。

「お酒ですか――。いいえ……。飲めないわけではなかったですが、職場の忘年会とかでも、軽く飲む程度でしたけれど……。ああ、それに、ビールは苦いし、お腹が膨《ふく》れて嫌だとか言ってました」

駒田は丸顔で、目の大きな男だった。それほど太っては見えないが、顔の肉づきがいい。

「優秀な勧誘員だったそうですね？」

「ええ、それはお墨つきです。どういったお客様にも、親身になって対応するセールス・レディーでしたよ」

駒田の口調には、死者をただ悼《いた》む以上の実感がこもっていた。

「そちらで働き出して、どれぐらいに？」

「ちょうど十年ぐらいだと思います」

「結婚は？」

「いえ、彼女はずっと独身でした。履歴書にも、そうありました」

「異性関係は、いかがでしたか？　どなたか、親しいお相手は？」

「さあ、どうでしょう……。職場では、特にはそういった話は――。同僚の女性に訊けば何かわかるかもしれませんが、私たちは、そういったところには立ち入りませんので……」

駒田の左手の薬指には、結婚指輪があった。上司とはいえ、年齢はやはり四十前ぐらいで、亡くなった各務倖子とそれほど変わらない。一緒に働く女性が多い職場ゆえ、気を遣《つか》わねばならない点も多いのだろう。

だが、目の前の男の態度には、それだけではない何かが感じられる。

大河内は、管理人の鈴木への質問を、先に済ませてしまうことにした。

「鈴木さんは、いかがです？　各務さんのところに、時々、誰か男性が訪ねて来るのを見かけたことは？」

「いやあ、それはちょっと、私にはわからないですね。ここ、管理人は五時までの通いなんですよ。それに、土日は来ませんし。ですから、清掃とかが主な仕事で……。朝のゴミ出しや出勤の時に、誰か男性が一緒だったようなことはないですけれど、それ以外はちょっと、私には――。むしろ、同じ階の住人に訊いていただいたほうが」

「わかりました。ありがとうございます。それと、部屋の鍵の件なんですが、契約時には、いくつ渡しますか？」

「予備をひとつ添えて、ふたつです」

大河内は、もう一度礼を述べた。

対応を心得た菊池が鈴木をうながし、表に控える所轄の捜査員に耳打ちをして送り出す。

残った駒田のほうに、大河内は改めて向き直った。

「もしかして、何かお話しになりたいことがあるのではないですか？　もし、亡くなった各務さんと何か個人的な御関係がおありならば、口外は致しませんので、今、率直に仰《おっしゃ》っていただきたいのですが」

　駒田は、大きな目をぱちくりとさせた。

「僕が、彼女と、ですか……。刑事さん、それは誤解ですよ。娘が小学校に上がったばかりなんです。確かに各務さんは綺麗《きれい》な女性でしたが、僕は、外でそんなことはしませんよ。それに、自社の女性の誰かと関係を持ったりしたら、大変です。外交員というのは、みんな、敏感に察しますからね。前にも、問題になった人間がいるんです。僕のような仕事は、そうなったらもう、やっていけなくなりますよ……」

「失礼しました。しかし、普通はたった一日無断欠勤をしただけで、上司がメールや電話で連絡を取ったり、わざわざ出勤前に寄ってみる気にはならないように思うのですが」

　そう水を向けてみると、駒田はちらっと外の廊下に目を走らせた。体を折り、太腿に片肘《かたひじ》をつき、上半身を大河内のほうに近づけて来た。

「実は……、二年前なんですが、各務さんはやはり睡眠薬を大量に服用して、病院に搬送されたことがあるんです。ほんとをいうと、その時のことが頭にあったので、今回もしや、と思って駆けつけたんです」

　大河内のほうでも、体を乗り出した。

「二年前にも、あなたが？」

「いえ、その時は、各務さんの先輩に当たるセールス・レディーが見つけました。彼女は前夜、各務さんと一緒に飲んだそうなんです。その時は、ちょっと各務さんらしからぬほどに大騒ぎをして盛り上がってたらしいんですが、真夜中すぎに、しくしく泣きながら電話があったそうです。しばらく話し、慰《なぐさ》めて切ったんですが、やはり気になって今度は彼女のほうから電話をしたら、出なかった。胸騒ぎを覚えて、一一〇番通報をした上で、自分もすぐにタクシーを飛ばして駆けつけたんです。そしたら、睡眠薬を服用して、意識がなくなっていたと……。すぐに警察に通報していたことが幸いして、なんとか一命を取りとめたんですが」

「その先輩の名前は？」

「佐伯《さえき》さんといいます。でも、御自宅でお母さんを介護しなければならなくなったので、去年、退職しましたけれど」

「自殺しようとした理由は、何だったんです？」

「失恋だそうです。それ以上のくわしいことは、私にはちょっと」

「今回の自殺については、どうです？　テーブルに、遺書らしきものが見つかったのですが、そこにはただ『疲れた』とあるだけで、具体的な理由は何も書かれていなかったんです。何か、思い当たる節はありませんか？」

「いいえ、そんなことは……。疲れた、ですか……。いやあ、でも、わかりません……。二年前の時だって、我々には、そんな素振りは何も見せなかったし……」

「各務さんというのは、駒田さんの目から御覧になって、どんな方だったんでしょう？」

「物静かで、真面目《まじめ》な方でしたよ。それに、保険のセールス・レディーとしては、お世辞ではなく優秀な人でした。お客さんに、親身になって対応して、契約件数も非常に多かったです」

大河内は、もう二、三質問を振ってみたが、それ以上のことは何もわからなかった。佐伯という先輩のフルネームと現住所を確かめた上で、礼を言って腰を上げた。

「過去にも、自殺未遂の経験があるとなると、自殺でしょうかね？」

階段を上りながら、菊池が言った。

大河内が適当に言葉を濁《にご》すと、それ以上は何も言わなかった。二十代の頃から面倒を見ている部下だ。デカ長が何も答えない時には、会話はそれで終わりだと心得ている。

三階に戻ると、所轄の清野が外廊下に立ち、若い女に話を聞いているところだった。大河内たちに気づき、女に断り、自分のほうから廊下を近づいて来た。

「隣室に住んでる女性から話が聞けました」清野が言った。「今、ちょうど帰って来たところでして、呼びとめて協力を願ったんですが、一昨日の夜の九時頃、各務さんの部屋から男と女の言い争う声が聞こえたと言うんです」

大河内は、清野の肩越しに女を見た。一見してはではでしい服装は、水商売のものだった。お客につきあい、朝帰りといったところらしい。

女に近づき、身分と姓を丁寧《ていねい》に名乗った上で質問を始めた
「御協力に感謝します。一昨日の午後九時頃に、言い争う声が聞こえたと？」

「ええ、それに、どんって、部屋の壁に大きな物音がしたの。誰かがぶつかった音よ」

「言い争いは、かなり長いこと続いたんですか？」

「いいえ、おっきな物音がしたのはその時だけで、言い争いも、時間からすると、せいぜい四、五分ぐらいだったかしら」

「九時頃というのは、確かですか？」

「ええ、ちょうど出勤しようとしてた頃だから、確か」

「ずいぶんと重役出勤だ」

「こう見えても、ママだから。その分、帰りは大変。今日だって、しつこいお客さんがいて、みんな帰したあとで、私だけこの時間までよ」

「それは大変だね。で、どんなことを言い争っていたかは、わかりますか？」

「さあ、そこまでは……。ああ、ちょっと待って。そういえば、いんちきな預金とか、詐欺《さぎ》とか、そんなふうに騒いでたのが聞こえたけれど」

「詐欺——？」

「ええ。女のほうが、そう言って男を責めてるみたいだった」

「通報しようとは思わなかったんですか？」

咎《とが》めている雰囲気にならないように気をつけて訊いたが、彼女はいくらか疚《やま》しそうな顔になった。

「だって、そんなに長いことじゃなかったし、すぐに静かになったから……。隣も女の人だっていうのは知ってたから、争ってる音がもっと長く続いてたら、警察にかけたかもしれないけれど……。ほかの部屋の人にも訊いてみてよ。あの程度の騒ぎで、通報する気にはならなかったと思うわよ」

大河内は、なるほどというようにうなずき、間を置いた。

「隣の部屋に出入りする男性を、見かけたことは？」

「ええ、あるわよ。なよっとした人だったわ。洒落《しゃれ》てて、アーティストとか、芸能関係。何か、そういう感じがした。たぶん、普通のサラリーマンではないと思う。歳《とし》は四十前ぐらいだったけれど、なんとなくすれた感じがしなかったし」

女はひとしきり人間観察を披露すると、眠たそうにあくびをした。

「部屋の鍵を渡してたみたいね」

「なぜ、わかるんです？」

「だって、一度、その男の人が鍵を開けて入ってたもの。私がちょうど買い物から帰って来たところで出くわしたのよ。目が合って、ちょっと決まり悪そうに会釈して、部屋に入っちゃったわ」

「それは、いつ頃のことです？」

「そうね。二カ月ぐらい前だったかしら。今年になってたと思う」

今は三月。長くとも三カ月前、ということか。各務倖子は、ドアに鍵がかかった部屋で亡くなっていたのだ。この男を、探し出す必要がある。

「あ、でもちょっと待って……。ほかにも出入りしてたわね。あれは、いつだったかしら……。そう、去年の夏ね。夜、がっしりした背の高い男の人と一緒に帰って来るのを見たわよ。よく日に焼けたスポーツマンタイプで、頭はスポーツ刈りっていうか、ソフト・モヒカンぐらい。スーツを脱いで肩にかけてたんだけれど、腕も胸もいい筋肉をしてたわ」

「年齢は？」

「そうね。三十半《なか》ばぐらいかしら。出世タイプって感じがした」

「ふたりとも、顔をもう一度見れば、わかりますか？」

「たぶんね」

大河内が礼を述べて質問を切り上げると、

「そうか。あの人、死んじゃったのか……」

女はしんみりと言い、酒臭いげっぷをした。


真下の部屋の住人が、やはり一昨日の午後九時頃に、人が争う物音を聞いていた。

「薬局の袋は、見つからないですね」

清野が、さらにそう報告した。

大河内たちは、各務倖子の部屋に戻っていた。もしも九時頃に起こった騒ぎの末に、倖子が命を落としたのだとすれば、ネットを使って宅配サービスを注文したのは、犯人による偽装ということになる。

「それと、保険証や預金通帳などが入れてあるのと同じ抽斗《ひきだし》に、これが入っていました」

と、清野は産婦人科の診察券を大河内に見せた。

所在地はすぐこの近く。裏を返すと、予約日時を書き込むようになっていて、去年の十月から十二月にかけて三度、受診していた。

「至急、部下をやって話を聞いてきますよ」と、清野。

「お願いします。部屋の鍵は、見つかりましたか？」

「キーホルダーにひとつと、それから今お話ししたのと同じ抽斗に、予備の鍵がひとつ入っていました」

「近くの合鍵屋を当たって、各務倖子が合鍵を作っていないかどうかを確認して貰えますか？」

「わかりました」

清野はさらに、現場付近の聞き込みをする一方、各務倖子の男性関係について調べを進めると報告した。一昨日の午後九時頃に言い争っていた男を見つけ出すことが、急務だ。

「我々は、職場の先輩だったという女性に話を聞いてきます」

大河内は、清野にそう報告した。

もし自殺という線で落ち着けば、一課の仕事はここまでだが、自殺を偽装した殺人の疑いが濃厚になれば、係長の小林以下、全員が本庁から所轄に出張ってくる必要がある。

今、大河内がデカ長としてなすべきは、自殺か否かについて、はっきりとした判断を下すことだった。

2

佐伯典子は、練馬区豊玉北の古い一軒家に住んでいた。赤羽から環七で回り、四十分ほどの距離だった。

「サチちゃんが、そんな……」

典子は大河内の報告を聞くと、そうつぶやいたきりで絶句した。年齢は四十半ばぐらい、落ち着いた雰囲気の女性だった。

大河内と菊池のふたりは、彼女が暮らす家のリビングに通されていた。洋風のリビングのすぐ隣に和室があり、そこには介護用のベッドが置かれ、中で老婆がすやすやと寝息を立てていた。

男っ気は感じられない家だった。玄関にあった表札は、家同様にかなり古びたものだった。駒田から、彼女が既婚かどうかは聞いていなかったが、四十を過ぎて母親の介護のために退職した未婚女性、という感じがする。

「各務さんとは、職場の同僚だったそうですね」

「ええ、そうです」

「最後にお会いになったのは？」

「仕事をしてた頃には、よく一緒にお茶をしたりしたんですけれど、私が辞めてからは、御無《ごぶ》沙汰《さた》でしたから……、一年ぐらい前かしら。私が勤めを辞めてしばらくした頃、ここに訪ねてきてくれたんです。母があんな状態なので、ヘルパーさんを頼んではいるんですが、なかなか出歩くことができなくて」

「電話とか、メールなどでやりとりはどうです？」

「いいえ。私は、ＳＮＳとかはやってませんし――」

「遺書らしきものが一応、見つかりまして。『疲れました。ごめんなさい』といった言葉があったのですが、何か思い当たることは？」

尋ねると、典子は一瞬、言葉につまった。

「いいえ。ありません……。ごめんなさい……」

表情は、言葉とは逆のことを告げていた。

「どうぞ、冷めてしまいますから、召し上がってください」

大河内は、彼女が勧めてくれた茶を一口すすり、改めて口を開いた。

「二年前の出来事について、詳しく話を聞かせていただきたいんです。各務さんは、二年前にも一度、みずから命を絶とうとしたらしいですね」

「ああ、それで私のところに……。そうです。でも、約束したんですよ。もう、二度とこんなことはしないって」

「職場の方からは、失恋が原因らしいとうかがったのですが、間違いありませんか？」

典子は、黙って大河内を見つめてきた。

かつて保険の勧誘員をし、多くの人間と会う中で身につけたのか、さっきから適度に視線を合わせ、それでいて失礼に当たらないぐらいにそらす人だった。だが、今はそういった心得を捨て、真っ直ぐに刑事の目を覗き込むようにしてきたのだ。

大河内は、その視線を受けとめ、相手が話し始めるのを待った。

「それは、半分は当たっています。職場には、そうした説明しかしなかったんです。刑事さんは、サチちゃんの父親の話は？」

「いえ、なんのことです……」

「実は、サチちゃんの父親は、彼女が中学生の頃に、人を殺してしまったんです」

「――――」

大河内は息をつめ、ちらっと隣の菊池を見た。若手刑事は、デカ長以上に苦しそうな顔をしていた。

「それがつきあっていた相手の男性にわかってしまって、婚約が破棄されました」

典子は、淡々とつづけた。

「もう、式場を押さえ、職場にも報告してあったのに、相手の男性は、サチちゃんの父親が殺人犯だと知ると、彼女のことを捨てたんです。両親からも兄弟からも猛反対をされたと言ってたそうです。それに、親戚一同からも……。ずるい男……。私は、慰謝料を請求すべきだとサチちゃんに言ったのだけれど、そんなことをしても、傷がもっと大きくなるだけだからって……」

「――――」

「だけど、確かに婚約を破棄されて傷ついてはいましたが、彼女をあそこまで追いつめたのは、もうひとつ、もっと別のことが原因なんです。話すとちょっと長くなるんですが、彼女の高校時代の友人同士で、結婚したカップルがいるんです。ところが、その御夫婦のお子さんが心臓の病気で、移植しか助かる道がありませんでした。それで、アメリカで手術を受けさせたいと、高校の頃の仲間たちが音頭を取って募金を始めたんです。サチちゃんもその活動に共感して、事務局の一員になり、積極的に動き回ってました。職場の仲間にも協力を頼んだり、保険の顧客の方たちにもよく説明をして、個人的に寄付をお願いしたり。私も、わずかですけれど協力しました。――でも、殺人犯の娘がそんなことをするのは会のためにならないとか、そんなことを言い出す人が仲間の中から出て、活動から抜けたんです。彼女が睡眠薬を大量に服んだのは、それから間もなくでした」

「――その夜、一緒に食事をされてたそうですね？　いつもよりも明るかったのが気になって、別れたあとで本人に電話をしたら出ないので、警察に通報したと」

「そうです。明るすぎるのが気になったんです。私もそういうところがあるから……。辛いことは、できるだけ人に話したくないし、辛いことが多ければ多いほど、友達といる時って、明るく振る舞ってしまうんです……。だから、あの夜、サチちゃんと別れたあとになって、急に不安になって……。もしかしたら、って……」

典子は言葉を切ると、和室の介護ベッドで寝息を立てる母親のほうに、ちらっと視線を投げた。途中からは、胸にたまった何かを吐き出すような口調になっていた。

沈黙が降り、大河内が言葉の接ぎ穂を探して口を開きかけたとき、典子のほうからひっそりと言葉を継いだ。

「でも、今度は、防げなかった……。あの子、絶対にもうこんなことはしないって、そう約束したのに……。どうして、私に一本、連絡をくれなかったのかしら……。刑事さん、私がもっとメールや電話で、彼女に連絡を取っていたら、そしたら、サチちゃんは……」

彼女と視線を合わせるのが苦痛になり、大河内は初めて目をそらした。

「そんなふうには、お考えにならないことです」

「そうですね……。そんなふうに悔やんだって、彼女が戻ってくるわけじゃあないし……」

典子は、みずからに言って聞かせるようにしたが、うまくはいかなかった。

「刑事さん、殺人犯の家族というのは、負い目を一生背負わなければならないものなんでしょうか……。私には、わかりません……。サチちゃんには、何の関係もないことだったんですよ。しかも、父親は捕まり、裁かれて、ちゃんと刑に服しました。それなのに、二十年以上も経《た》ったあとになって、しかも、善意で、お友達のお嬢さんを助けたいと思っただけなのに……。なんでそんなことを言われなければならなかったのか……。もう疲れた、というのは、わかる気がします。何があったのかは知らないけれど、きっと、疲れてしまったんだわ……」

大河内は、充分に同情していることが伝わるように間を置いてから、質問を進めた。

「ところで、最近、彼女の部屋に誰か男性が出入りしていたようなんですが、何か心当たりはありませんか？」

「男性ですか……。さあ、なにしろ、さっき申し上げたように、会ったのは一年ぐらい前が最後ですから」

「去年の暮れに、彼女は産婦人科を受診してるんです。まだ確認は取れていないんですが、妊娠していたのかもしれないんですが、何か御存じでは？」

「妊娠、ですか……。いえ、わかりません――」

「婚約者だった男性と、その後、よりが戻ったというような可能性は？」

「いいえ。それは、絶対にないと思いますよ」

念のため、婚約者だった男の特徴を訊いてみたが、隣室の女が目撃したふたりのいずれとも一致しなかった。

「――そういえば、高校時代に、短い期間ですけれどつきあった相手がいて、二年前、移植手術の募金活動をしてる時に再会したと、そう話してくれたことはありましたけれど」

「それは、どんな人だったんでしょう？　名前とか、容姿や特徴はわかりますか？」

「さあ、そこまでは――」

「その会を運営していた人で、どなたか連絡先がわかる方はおいでですか？」

「その心臓病の女の子の御両親が、きちんと住所や姓名を公開してました。たぶん、パソコンの中に、寄付のお礼のメールが残ってると思いますけれど。探しましょうか？」

「お願いします」

典子は立って隣室に入り、ノートパソコンを持って戻ってきた。

刑事たちがそれぞれに茶をすする前で、電源を入れる。

「倖子さんの父親の名前はわかりますか？」

もう少し必要なことを確かめるため、質問を再開した。

「ごめんなさい。フルネームはわかりません。でも、確か笹森という苗字でした。各務は、彼女のお母さんの苗字です。事件のあと、離婚したと言ってました」

典子は、比較的慣れた手つきでパソコンを操作しつつ、答えてくれた。

「事件が起こった場所は？」

「名古屋です」

それだけわかれば、すぐに調べられる。

「どんな事件だったのか、何かお聞きになっていますか？」

「いいえ、とても訊けません……。ただ、お父さんが服役中に亡くなったことと、お母さんも、サチちゃんが二十代の頃に亡くなったことは、聞いてます」

「兄弟姉妹は？」

「いいえ、彼女は、ひとりっ子でした」

身内が殺人事件を起こした場合、大概は親戚とも疎遠になる。各務倖子は、母親を亡くしたあと、天涯孤独の身の上だったのだ。大河内はふと、別の質問を思いついた。

「そういえば、倖子さんの婚約者だった男性は、彼女の父親が人を殺《あや》めたことをどうやって知ったのでしょう？　倖子さんが、自分で告白したんですか――？」

典子は手をとめ、刑事たちを見た。

「いいえ、違います。婚約者に匿名の手紙が届いたんです」

声に、怒りがこもっていた。

「卑劣です。そうでしょ、刑事さん」

「誰が送りつけたのか、倖子さんには見当がついたんでしょうか?」

「いいえ」

彼女は首を振ったが、その後、改めて言い直した。

「もしかして何か見当はついたのかもしれませんが、私には言いませんでした」

パソコンの操作に戻ったとき、隣室が騒がしくなった。目を覚ました老婆が、典子を呼び始めたのだった。幼子が母親を求めるような声を聞き、刑事たちは「介護」の状況を察した。典子が、あわてて移動した。

「ごめんなさい。少し待っていていただけますか。トイレを済ませて、何か飲ませたら、静かになると思いますので」

「どうぞ、我々のことはお気になさらないでください。待っておりますので」

大河内は、礼儀正しく告げた。

3

警察車両に戻った刑事たちは、佐伯典子から聞いた各務倖子の父親の事件をデータベースで引いた。

父親のフルネームは、笹森英明。佐伯典子が言った通り、各務は倖子の母親の姓だった。事件が起こったのは、今から二十四年前。笹森英明は当時、妻とふたり、名古屋の大須地区で飲食店を営んでいた。父の代からの大衆食堂だった。だが、この店があった周辺に再開発の計画が持ちあがり、笹森の店も地上げの対象となった。

悪質な業者が地上げを担当し、笹森の店にも繰り返し嫌がらせが行われた結果、直談判に行った笹森が、かっとなって業者を殴りつけたところ、打ち所が悪くて死亡。ある程度の情状酌量がなされたものの、懲役七年の判決が下り、笹森は服役して二年目に病死したとあった。死因は、急性の心筋梗塞《しんきんこうそく》となっていた。

「被害者が、加害者に転じてしまったケースですね」

一緒にデータを読んでいた菊池が、いくらか声をひそめるようにして言った。

「二十四年前というと、各務倖子は十四か」

「中学二年。この事件がきっかけで、東京に来たんでしょうね」

殺人事件の加害者家族は、それまで暮らしていた場所にいられなくなって他に転出するのが普通だ。

しかし、その後も、父親が人を殺害した事実は、各務倖子について回ったのだ。それ故に、彼女は、疲れ果ててしまったのだろうか。それとも、これは自殺に偽装された殺人なのか。

答えを求め、刑事たちは次の聞き込み先へと移動した。

心臓病の子供を抱えた両親は、夫が砂川重喜で、妻が礼子。そして、娘自身は梨央《りお》という名だった。住所は目黒区八雲《やくも》。駒沢のオリンピック公園に近い高級住宅地の中に、同じ施工会社の手によるものとわかる住宅が四つ、ふたつずつ前と後ろに並んだうちの、いわゆる旗竿地《はたざおち》と呼ばれる後方の家の一軒がそうだった。

家の前面道路には、駐車しておける幅がなかったので、付近のコインパーキングに車を入れて戻った。

インタフォンに、女の声が応答した。

「警視庁の大河内という者ですが、各務侾子さんという女性を御存じですね」

「ええ、各務さんなら、高校の同級生ですけれど」

「彼女のことで、ちょっとお話を聞かせていただきたいのですが、よろしいでしょうか」

そういったやりとりの末にドアを開けてくれた女の顔を見た瞬間、不吉な予感に襲われた。

「砂川礼子さんですか――?」

念のために、確認した。

「そうです。各務さんが、何か?」

「実は、部屋で亡くなっているのが見つかりまして」

そう告げると、息が一瞬、彼女の喉元《のどもと》で立ち往生した。

「そんな……。いったい、いつです……？　何があったんですか？」

「まだはっきりしたことがわからないんです。一応、遺書らしきものが見つかったのですが、自殺と考えるには腑《ふ》に落ちない点もありまして。それで、彼女のことを御存じだった方たちに、話を聞いて回っているところです」

「わかりました……。玄関先ではなんですから、どうぞ、お入りになってください」

砂川礼子は、刑事たちふたりをリビングへと招き入れた。狭い土地を利用して建った都心の住宅によくある造りで、リビングは二階にあった。

階段を上がった先のリビングに入った瞬間、大河内は不吉な予感が的中したことを知った。ソファからも、ダイニングテーブルからも、カウンターキッチンからもよく見える場所に置かれた仏壇に、幼い女の子の遺影があった。

部屋そのものは、幼子を抱えた家のままだった。家族で撮影した写真があちこちにあり、子供が描いた絵が貼ってある。家族の図、乗り物の図、お花畑、お父さんとお母さんと自分……。食器棚には子供用のカップや皿が、テーブルには子供用の椅子《いす》があった。おそらくは、オモチャや衣服や布団などもみな、まだそのままなのだろう。この夫婦にとって、子供はまだここにいるのだ。

悲しみの影は、目に見えないほどに薄い膜となって、人の顔や体にまとわりつくものだった。それは、見えない人には見えないのだろう。だからこそ、日常生活というやつを送っていられれるのだろう。

だが、さっき玄関のドアを開けてくれた砂川礼子の顔を見た瞬間、大河内は胸が締めつけられる感じを覚えていた。

娘を亡くしたあとの、妻の顔にそっくりだったからだ。大河内夫婦も、事故で娘を亡くしていた。娘の恵美は、その時まだ小学校の二年生だった。

一年経とうと、二年経とうと、そして、今現在ですらなお、妻のどこかには翳《かげ》りが残っている。娘を亡くす前と後では、何かが決定的に違ってしまった。笑いもすれば、食事もする。夫婦喧嘩《げんか》をすることもあれば、予期せぬいたわりに感謝し合うことだってある。そんなふうにして夫婦の生活はつづいても、娘が死んでしまったことで、もう元のようには決して戻らないものがある。妻だけじゃない。大河内だってそうなのだ。

「各務倖子さんも、お嬢さんの心臓移植を実現するために、力を注いでくださったそうですね」

大河内は、戸口近くに立ったままで訊いた。

「ええ、そうでした。高校の友人たちが中心になって動いてくれたんです」

「お嬢さんは、いつ……？」

「三カ月ほど前に……。暮れも押し迫った頃でした……。移植手術は成功したのですが、結局、体がうまく適応しませんでした……」

「御焼香をさせていただいても、よろしいですか？」

デカ長は、意外そうな顔をする礼子を気弱げに見つめ返すしかできなかった。

「どうぞ。お線香を上げてやってください……」

刑事たちふたりは、娘を亡くした母親に頭を下げ、順番に焼香した。手を合わせる時、大河内の脳裏を、娘の恵美の顔がよぎっていた。

「どうぞ、あちらに」

焼香を終えるのを静かに見守っていた礼子は、大河内たちを和室の座卓へといざなった。リビングの端が、小上がりのように、小さな和風のスペースになっていた。

刑事たちは改めて身分と姓名を名乗り、

「早速ですが、各務さんとは、高校が同じだったとうかがったのですが。彼女が、こちらのお嬢さんのための募金活動に協力したのも、そのためだったと」

大河内がそう切り出した。

「ええ、そうです」

「実はですね、倖子さんは高校時代に、短期間ですがつきあった男子生徒がいて、募金活動の時に再会したというように聞いているんです。何か、御存じではありませんか？」

「ええ、それはなんとなく。ですが、なぜそんなことを——？」

「各務倖子さんが亡くなった夜、部屋で誰か男性と口論をしていたようなんです」

「そうしたら、その男性が、倖子さんが自殺した原因だと……？」

「まだ、何ともわかりません。まずは、その男性が誰だったのかを明らかにしないことには。故人のためなんです。御存じのことがあれば、教えていただけませんか？」

礼子はうつむき、唇を噛《か》んだ。そんなふうにすると、蛍光灯の灯りで、目の下のクマがいっそう際立った。

「だけど、その人、今は妻帯者なんです……。だから……」

「迷惑をかけるようなことはいたしません」

礼子は思い悩む顔のまま、ためらいがちに口を開いた。

「工藤大成さん。大きいに成功の成と書いて、『ひろなり』と読みます。──でも、刑事さん。ふたりがつきあっていたのは高校時代の話で、それも、倖子さんが転校してしまったから、ほんの短い間だけですよ」

「短い間というのは？」

「正確なことは、本人たちから聞いたことがないのでわからないけれど。私たち、二年のクラスで一緒になったんです。でも、夏休みが終わってすぐに、倖子さんは転校してしまったから……」

「転校した理由は、倖子さんの父親の事件と関係があるのでしょうか？」

大河内が水を向けてみると、礼子は驚いた様子で見つめ返してきた。

「警察は、何でもすぐに調べるんですね……。その通りです。二学期になって学校に行ったら、倖子さんのお父さんが何年か前に人を殺したという話がすっかり広まっていました。生徒の間だけじゃなくて、先生たちや、ＰＴＡの間でも噂《うわさ》になって……。うちの母なども、心配そうにして、どんな子なのか、とか、同じクラスで大丈夫、とか、声をひそめるようにして私に訊いてきたことがあります……。私、とっても嫌だった……。だって、倖子さんには、何の関係もないでしょ。それなのに、大人たちは寄ってたかって——。倖子さんのお母さんが働いてた職場でも、同じ噂が拡《ひろ》がってしまったみたいで、九月の終わりぐらいに、ふたりで引っ越していったんです……」

「——しかし、そうすると倖子さんは、その後、あなた方クラスの皆さんと交流は？」

「ええ、長いことずっとありませんでした。二年半ぐらい前です。学校全体の同窓会があって、その時に再会したんです。みんな、三十五、六でした。三十代の折り返し点を迎えて、ちょうどいい機会だから、集まってみようって」

「倖子さんとは、よく連絡がつきましたね」

「確かにそうですね……。でも、それはたぶん、業者の方が」

「——？」

「今は、業者に頼むと、卒業生への連絡から、会場の手配や写真撮影、場合によっては司会とか二次会の手配もふくめて、全部やってくれるんです。幹事が相談して、そういうところに頼んだんです」

「そうすると、請け負った業者が各務倖子さんの現住所を見つけて、同窓会に呼んだと？」

「たぶん、そうじゃないのかしら。ただ、彼女は本番の同窓会には、結局、来なかったんですけれど。でも、その後に開いたクラスの集まりには出てくれて、それで、再会しました」

「業者の連絡先は、わかりますか？」

「さあ、それはちょっと。――でも、工藤君は幹事だったので、彼ならばわかると思います」

「恐れ入りますが、高校の友人の写真があれば、見せていただけますか？」

「わかりました。ちょっとお待ちになってください」

礼子は言い置き、いったん部屋を出た。一階へと階段を下りる。

「チョウさん、ちょっと変ですよ」

菊池が顔を寄せて来て、低い声で告げた。「俺もついこの間、高校の同窓会があったんですよ。やっぱり、業者を使ったんですが、卒業アルバムの住所録をコピーして渡すと、業者がその住所にハガキで案内を出す仕組みなんです。実家等、本人に関係した人間がハガキを受け取れば、現住所が判明しますが、受け取り人が誰もいない場合は、当然、ハガキが返送されてきます。そういった同窓生については、また幹事や友人たちで手分けして現住所を探すんです」

大河内は、うなずいた。「二年の時に転校した各務倖子の住所が、卒業アルバムに載っていたはずがない。誰かが、彼女の連絡先を知っていて、同窓会のことを知らせたんだ」

「そう思います」

じきに戻って来た礼子は、卒業アルバムのほかに、ファイル式のアルバムを持っていた。

「二年半前のクラス会の時に撮った写真がありました」

そう言いながら、まずは卒業アルバムのほうを開いて見せた。

「これが工藤君です」

イガグリ頭の、よく日に焼けた高校生だった。バストアップの個別写真に、野球部のユニフォームで写っていた。

もう一冊のアルバムのほうをめくると、かつての高校球児は、スーツ姿の凛々《りり》しい男になっていた。短く刈り上げた髪を、整髪料でふわっと固めている。倖子の隣人である女が言っていた「ソフト・モヒカン」とは、このぐらいの長さの髪形ではないか。昔同様、健康的に日に焼けている。かなりの長身で、がっしりした体つきというのも、証言と一致した。本人に見せて、確認する必要がある。

「写真を何枚か、お借りしても構わないですか？」

「きちんと管理してくださるのでしたら、アルバムごとお貸しいたしますが。なんでしたら、卒業アルバムのほうもどうぞ」

「ありがとうございます。丁寧に扱います。もう少しつづきをお聞かせいただきたいのですが、その後、倖子さんがお嬢さんの心臓移植のための募金活動に協力することになったのは、どのような経緯だったのでしょう？」

「同じです。やっぱり、その同窓会がきっかけでした。実は、その少し前に、娘の病気がわかったんです。私たちは夫婦で頭を抱えてしまって、だから、私もとても同窓会どころじゃなくて、欠席しました……。でも、出席した主人が、久しぶりに再会した友人たちに梨央のことを話したら、募金をしたらいい、自分たちが会を作って、募金活動を始める、と、工藤君たちが中心になって言ってくれたんです」

「工藤大成さんが、募金の中心メンバーでもあったんですね」

「そうです。幹事のひとりでした。そして、クラス会で再会した倖子さんも、協力を申し出てくれました」

「だが、途中で会から抜けることになった。二年前、彼女が自殺を図ったきっかけは、そのことにあると言う人がいるんですが」

「そんな……」

礼子はつぶやくように言ったきり、絶句した。だが、大河内がもうしばらく黙って待ってみると、意を決したように改めて口を開いた。

「もし、そうなのだとしたら、私、倖子さんになんて謝ったらいいのか……。娘にかかりきりで、色々なことに目が行き届かなかったんです……。募金の会も、連絡を取りあっていたのは主に主人で、そのほかのことも、娘のこと以外はみんな主人に任せきりでした……」

「母親なんですから、当然です。お嬢さんの傍についていて上げるのは、母親にしかできなかったことだと思いますよ」

大河内は、この質問を切り上げたくなったが、まだ訊かねばならないことが終わってはいない。

「殺人犯の娘が、募金活動に加わっているなどとんでもないと、そういった声が出たと聞きました。具体的に、どなたがそういうことを言ったのか、御存じですか？」

「いいえ。それは、ネットの書き込みでした」

「ネット――？」

「心ないことを書き込む人が、たくさんいて……。私たち夫婦も、それですっかり疲れてしまったんですが……。倖子さんのことも、そうでした……」

「では、彼女はその書き込みを気にして？」

「はい。それで、自分のほうから会を抜けることにしたんです」

「――――」

「刑事さん。これぐらいでよろしいでしょうか……？　私、ちょっと疲れてしまって……」

大河内は椅子の上で尻をずらし、これで切り上げて立つ素振りを見せつつ、

「長々と、申し訳ありませんでした。工藤大成さんの連絡先は、今も卒業アルバムの住所録と同じですか？」

「――いえ、違います。たぶん、事務所に連絡していただいたほうがいいと思います。連絡先を、書きましょうか」

「お願いします。工藤さんは、お仕事は何を？」

「都議会議員です」

大河内は、改めて工藤の写真に目を落とした。そういえば、どこかで目にした顔だと感じたのだ。

礼子がしたためてくれたメモを受け取り、礼を述べて腰を上げた。

「最後にもうひとつだけ。各務倖子さんは、自分の父親が起こしてしまった事件は、当然、秘密にしていたと思うのですが、どうして学校や地域に知れ渡ったのでしょう？」

「わかりません……。あの頃も、どうしてだろうって思ったんですが、結局、今もってわからないんです……」

4

「なるほど、確かにだいぶタチの悪い書き込みがありますね」

コインパーキングに駐《と》めた車に戻り、ノートパソコンを操った菊池が言った。

「自分の預金はどうなってるんだ、とか、家も何もかも担保にして全財産をはたいてから、他人の金を当てにすべきだ、なんていう、罵詈雑言《ばりぞうごん》がすごいですよ」

モニターを、大河内のほうに向ける。スクロールしてみると、確かに他人の金を当てにするな、というたぐいの書き込みがいくつも並んでいた。

さらには、必要な目標金額の内訳を取り沙汰してあげつらう書き込みもあり、大河内は興味を覚えて内訳を読んだ。

「デポジットが日本円にして一億三千万円か……」

そのほかに、医療予備費一千五百万、渡航費二千万、補助人工心臓関係費一千二百万など、どれも高額な予算が並ぶ。

さらには、現地滞在費の四百万や、事務経費の二百万といった項目が計上されているのが、批判の的になっていた。

——滞在費ぐらい、自分で払えよ。

——なんで滞在費だけで、四百万も要るんだ。

といった書き込みに加え、

——渡航費二千万って、どういうこと？

——ファーストクラスを、いくつ取るつもり？

——事務経費を計上するなんて、筋違い。

等々、騒がしいこと、この上ない。

砂川夫婦が友人たちの協力を得て立ち上げた会の公式なサイトを確認すると、計上されたそれぞれの予算について、細かい説明がなされていた。

しかし、批判をしたい人間にとっては、そうした是非は無関係なのかもしれない。

「こんなことまで、書き込まれてるな」

無言でしばらくモニターに目を走らせていた大河内が、今度は指摘した。

砂川重喜は親から受け継いだ工務店の社長で、礼子は医者の娘だとの書き込みが目にとまったのだ。実家は金持ちなのだから、募金になど頼る前に、まずはお互いの親に金を借りろといった、高飛車で命令調のコメントがつづいていていた。

中傷を浴びせられるだけではなく、こうしてプライバシーまで容赦なく暴露されるのがネットの恐ろしいところだ。

ネットには、幼い少女が、手術の甲斐《かい》なく亡くなったことも触れられていた。

――どうせ助からない命だったのだから、支払った金が無駄になった。

そんな書き込みを見つけるに及び、さすがに胸糞《むなくそ》が悪くなった。母親である礼子の目に、こんな書き込みが触れていないことを祈るしかないが、さっき会った彼女の憔悴《しょうすい》ぶりは、娘を亡くした上に、こうした中傷にもさらされてきたことの結果なのかもしれない。

「これだな」

大河内は、募金の会に殺人者の娘がいるという書き込みを見つけた。

さらにスクロールしてみるが、とりあえず類する書き込みは見当たらない。しかし、何でもオープンに書き込みができるサイトは、これひとつではないのだ。

「どうしましょう。この書き込みの主を特定しますか？」

「いや、それをしてもキリがないだろ」

法改正により、中傷の書き込みをしたユーザーの特定はしやすくなったが、プライバシーとの関連で、プロバイダーにユーザー情報を公開させるには、それ相応の理由が必要だ。

携帯が鳴り、所轄の清野からだった。砂川礼子の聴取を終えてすぐ、工藤大成の顔写真を転送し、隣室の女性に確認を頼んでいた。

「確認が取れました。彼女が目撃したひとりは、間違いなくこの写真の男だそうです」

「ありがとうございます。我々が本人に当たりたいのですが」

「もちろん、結構です。よろしくお願いしますよ。それと、各務倖子が受診していた産婦人科で話が聞けました。院長も看護師たちも、口を濁してあまり話したがらない理由で来てたんです。迷いがあって、二度通院して経過を見ていたそうですが、結局、三度目に処置を行った。そういうことです」

各務倖子は、堕胎《だたい》したのだ。

「産婦人科では、彼女の相手については？」

「いえ、何も聞いていないし、三度とも、彼女はひとりで来たそうです」

工藤大成はすらりとした長身。写真で見るよりも実物のほうが、一層爽《さわ》やかな印象が強かった。

一緒にいる痩身《そうしん》でショートヘアーの女性が、大河内の注意を引いた。工藤のネクタイの結び目をさり気なく直すと、顔を寄せ、何かふたりだけの親しい言葉を交わしたように見えた。そして、片手を上げ、工藤から離れ、事務所の出入り口に立つ大河内たちのほうへと歩いてきた。

大河内たちを案内するスタッフに、さらには目が合った大河内たちにも如才《じょさい》なく会釈をして、事務所を出ていった。歩き方にも、仕草にも、優雅な自信が感じられた。それは、ややもすれば尊大さに転じそうなものだった。美しい女だった。

事務所で忙しげに動き回る工藤を遠目にしながら、大河内たちは小部屋へと案内された。応接ソファのほかに、会議用のデスクも置かれた部屋だった。スタッフの女性は刑事たちにソファを勧めるといったん部屋を出、お茶を持って戻ってきた。

ソファのすぐ横にマガジンラックがあり、そこには都の広報誌や党の会報に混じって、工藤大成が取材を受けた雑誌が何冊か立っていた。大河内は女性誌を抜き取り、菊池は党の会報をぱらぱらとやった。

女性誌の目次を確かめると、工藤は妻と連名で載っていた。《素敵な奥様》というシリーズだった。シリーズのタイトルからしても、女性誌ということからしても、取材の中心はむしろ妻のほうだった。今しがた見かけたのが工藤の妻であることを、大河内は知った。

妻の名前は寿子《としこ》で、肩書はインテリアデザイナーとなっていた。タイトルページには、夫婦で仲良く並んで微笑《ほほえ》む写真が、大きく全面に使われていた。

次のページには、家族全員で撮った写真が載っていた。工藤夫妻には一男一女がおり、中学生と小学生。自宅のリビングは広く、背後には緑豊かな中庭が写っていた。

――出会いから二十五年。今も変わらぬおしどり夫婦！

そんな見出しが大きく打ってあった。

本文に目を走らせていると、ドアが開き、工藤大成が現れた。刑事たちはあわてて手の物をラックに戻し、きちんと立って都議会議員を迎えた。

「すみませんね、お待たせしてしまって。どうぞ、お坐りになってください。バタバタしてまして、あまり時間は取れないと思うのですが、どういう御用件でしょう？」

工藤は向かいのソファに坐り、手振りで茶を勧めた。

「実は、各務倖子さんの件なんです」

腰を戻した大河内は、敢《あ》えてそこで言葉を切った。そして、相手の様子をうかがう。

工藤は、ごく自然に大河内を見つめ返した。

「各務さんが、どうかしましたか？」

「今朝、マンションの自室で亡くなっているのが見つかりました」

「――――」

工藤の喉仏《のどぼとけ》がころりと動く。何度か、まばたきした。

「どうしてです……？　いったい、何が……？」

「わかりません。それで今、彼女と親しかった方に話をうかがって回っているところです」

「――わからないとは、どういうことですか？　もう少し、きちんと説明をしていただけませんか？」

工藤は、そう食い下がってきた。そうするかもしれないと思い、敢えて中途半端な答え方をしたのだ。

「御遺体が発見された時の様子からすると、自殺とも見られますが、そう考えるには妙なことがいくつかありまして」

「自殺……。そんな……、彼女が……。妙とは、例えば、何です……？」

「各務さんが亡くなった夜に、同じマンションの住人が、彼女の部屋で誰かと口論し、争う音がするのを聞いています。工藤さん、あなたは一昨日の夜は、どちらにおいででしたか？」

ぶつけると、工藤は警戒する顔つきになった。正確にいえば、警戒しながら、そうしていることを押し隠している顔つきだ。

「どうして私に、そんなことをお尋ねになるんです？」

「去年の夏頃ですが、あなたと各務さんが連れ立って彼女の部屋に入るのを、同じマンションの住人が目撃していました」

　また、喉仏がころり。

「――何かの間違いですよ」

「工藤さん、お立場は充分にお察しします。ここでうかがった話は、決して外には漏《も》らしません。ですから、もしも故人と深い御関係にあったのでしたら、そのことを正直に話していただけませんか。そのほうが、工藤さんにとっても、今後のためだと思うんです」

「そう言われましてもね……」

　工藤は、部屋のドアにちらっと視線を投げた。ドア一枚へだてた向こうでは、スタッフやボランティアたちの忙しく動き回る音が聞こえていた。今年は都議選の年であり、あと三カ月ほどで告示なのだ。

　耳に神経を集めつつ、何かをじっと推し量るような目つきをする男の顔を見て、ピンと来た。爽やかなスポーツマンタイプなのは上辺《うわべ》だけで、ツラの皮を一枚はいだ下には、計算高くて用心深い素顔が隠されている。

　デカ長は、目の前の男を改めて観察した。各務倖子たちと同年齢だから今年三十八だが、容姿は三十代の前半ぐらいに感じさせる。しかし、落ち着きは充分に兼ね備えており、いわゆる若々しい政治家、というやつだ。身なり、髪形、話し方等、有権者にそう感じさせる工夫をこらしているのだ。

「刑事さん、僕と彼女がつきあっていたのは、高校時代のことですよ。それも、わずか数カ月の間だけです。はっきり申し上げますが、その後、そういった関係は一切ありません」

工藤大成は、きっぱりと言い放った。弁舌爽やか、とすら形容していいかもしれない。どうやら、わずかな時間のうちに、とぼけ通す決断をしたらしい。

「二年前のクラス会で再会したあと、最近、またつきあいが復活したのではないですか？」

「何を馬鹿なことを。私には、妻がいるんですよ」

「では、各務倖子さんのマンションに行ったことはないと？」

「ありません」

「同じマンションの住人が、あなたのことを目撃しているんですがね」

「だから、それは見間違えだと言っているでしょ。行ったことなどありませんよ」

「倖子さんの部屋の合鍵をお持ちでは？」

「そんなもの、持っていません」

工藤は、次々に否定した。何の疚しいところもない点をつつかれることへの腹立ちをもふくむ、きっぱりとした否定だった。仕事柄、身につけたものなのだろう。

刑事の直観が告げていた。この男は、嘘つきだ。

「それでは、最後に各務倖子さんとお会いになったのは、いつですか？」

もう少し嘘を重ねさせるつもりで、大河内は質問を畳みかけた。それがあとで、この男自身の首を絞めることになる。刑事がする聴取とは、そういうものなのだ。

「二年前、心臓移植をする友人のお嬢さんを支援するために、我々が会を設立した話は？」

「ええ、存じ上げてます」

「それならば、話は早い。その時が最後です。さあ、これぐらいでいいでしょうか？　選挙を控えて、大変な時期なんですよ。そろそろ、お帰りいただけませんか」

大河内は、まだ動かなかった。

「まだお答えいただいてないのですが、一昨日の夜は、どちらにおいででしたか？」

「失礼じゃないですか。いきなりやって来て、アリバイの確認なんて。僕が彼女の部屋で言い争いをしていた相手だと言うんですか？　ありえませんよ」

「一応、みなさんにうかがっているんです。気を悪くなさらず、答えていただけませんか」

「一昨日でしたら、スタッフと食事をしたあと、九時頃に帰宅しました。それからは、ずっと家にいましたよ」

「それを証言できる方は？」

「九時までのことは、スタッフに訊いてください。六時半頃からずっと一緒でした。そして、秘書が家の前まで送ってくれました」

「それ以降、ずっと家にいたと証明できる方は？」

「いや、妻はまだ帰ってなかったし。だけど、疲れて帰ったんだ。そのあと、わざわざ出かけたりしませんよ。そうだ、うちは玄関にも勝手口にも、防犯カメラが取りつけられてる。それをチェックしてくれれば、私がずっと家にいたことはわかるはずだ。さあ、もうこれでいいでしょ」

設置場所は自宅なのだ。防犯カメラには細工が可能なはずだが、それをここで述べるのはやめにした。

工藤はついに、自分から立った。大河内も立ったが、まだ動かなかった。

「各務倖子さんが妊娠していたことは御存じでしたか？」

何かが喉《のど》につかえたかのように、工藤は一瞬、沈黙した。

「いったい、何なんですか!?　僕が何か知ってるわけがないでしょ。もう、帰ってください！」

怒りを爆発させたのは、戸惑いを押し隠すためにも見える。

「失礼しました。それじゃあ、最後に、本当にもうひとつだけ。高校時代、倖子さんのお父さんの事件が噂になり、それが原因で倖子さんは転校したと聞きました。誰が噂を流したのか、御存じじゃありませんか？」

「――どうして僕が。知りませんよ」

「工藤さんは、高校時代は野球部だったんですね。甘いマスクだし、だいぶモテたんじゃないですか？」

「確かに、熱を上げてた子はいたみたいだけれど……。だから、何なんです？」

「そういった女子生徒の誰かが、あなたを各務さんに渡したくないと思って、彼女の過去をほじくり返し、みんなに触れ回ったのかもしれない」

「――たとえそうだとしたって、僕にはわかりませんよ」

「当時、誰か特別な女性から、言い寄られていたようなことはありませんか？」

「ありません」

工藤は腹立たしげに否定すると、ついにはみずから部屋のドアへと歩いて開けた。

「刑事さん、告示まであと三カ月。もう、実際には選挙戦は始まってるんですよ。正直な話、こういったことで来られるのは、迷惑なんです」

大河内は何か言おうかと思ったが、やめ、時間を取って貰ったことに礼を述べて退室した。

この男の各務倖子に対する気持ちがどんなものだったのかはわからないが、今現在のこの男にとっては、三カ月後に控えた都議選で再選を果たすことのほうが大事なのだ。

5

「工藤という男は、大分食わせ者かもしれませんよ。少なくとも、女性関係については、問題があるようですね」

電話の向こうで、清野が言った。

「六年前、事務所のスタッフのひとりから、強引にホテルに誘われて性行為を強要されたと訴えられてましたよ。三千万の示談金を支払ってます。また、都議会議員になる以前に勤めていた広告代理店でも、女性関係でもめ事になったとの噂があったそうです」

清野と相談の結果、工藤大成と各務倖子の関係をさらに探るため、所轄の捜査員が当たることになった。一昨日の午後九時頃、各務倖子の部屋の中で、彼女と争っていた男の正体を突きとめる必要がある。現在のところ、この都議会議員は、その有力な候補だった。

「それから、各務倖子は、駅前の合鍵屋で会員になってました。店にデータが残っていて、すぐにわかりましたよ。彼女は二年前に一度と去年の十月に一度、合計二回、合鍵を作ってました」

つまり、仮にそのひとつを渡したのが工藤大成だとしても、もうひとり、彼女の部屋の鍵を持つ人間がいることになる。

「付近の聞き込みから、その後、何か？」

「いえ、駄目ですね。マンションの住人にはすべて話を聞けましたが、新たな情報は何もありません。聞き込みの範囲を、もっと広げてみます」

「お願いします」

「ああ、でも、部屋の中にひとつ、登録指紋がありましたよ。とはいえ、五年ほど前に、新宿で自転車を盗み、無灯火の二人乗りをしていて捕まったおかまのものですけれどね。いや、ゲイ・ボーイというべきなのかな。職質で捕らえ、交番へ引っ張り、指紋を取って解放してます」

「姓名は?」

「ええと、佐藤哲典《あきのり》。哲学の哲に辞典の典と書いて、哲典です」

ハンドフリーでスピーカーを通してやりとりをしていた大河内は、隣の菊池に肩をつつかれた。ふたりは、路肩に停めた車の運転席と助手席にいた。

菊池がアルバムの住所録を提示し、指差した。

「チョウさん、佐藤哲典ならば、砂川さんから借りた卒業アルバムの住所録に名前がありますよ。三年生の時、砂川礼子や工藤大成と同じクラスでした。ほら、これです」

「なんですって……。そうすると、各務倖子とも同級生だった可能性がある。こりゃ、思わぬところでつながってきたな――」

電話の向こうの清野が聞きつけ、声を弾ませる。

「そうですね」菊池が、勇んで応じた。「佐藤はいざ知らず、哲典はそれほどある名じゃないから、当人に間違いないでしょ」

電話に応えつつ、手早く卒業アルバムをめくり、佐藤哲典の写真を探し出した。詰襟《つめえり》の制服を着た、真面目そうな、ごく普通の高校生だった。なよっとした体形で、スポーツマンタイプとは言い難い。

「佐藤への聴取は？」

大河内が訊いた。

「――それが、人をやったのですが、留守でして、まだ居所がわからないんです」

「現住所は、どこですか？」

「五年前と同じで、東中野です」

「勤め先は？」

「五年前に捕まった時点では、新宿二丁目のバー《クララ》となってます」

二丁目から東中野ならば、タクシー代もあまりかからない。住所が変わっていないということは、勤めも同じか、同じ界隈《かいわい》のままかもしれない。

「捕まったとき、二人乗りをしてたと言いましたが、後ろに乗ってたのは？」

大河内は、思いついて訊いた。職質で交番に呼び、指紋を取って解放したということは、後ろに乗っていた人間を身元引受人にしたにちがいない。

「葛生《くずお》一郎という、《クララ》の経営者ですね」

清野は答えたあと、一拍置き、自分のほうからつけたした。

「御自身で行ってみるんですか？　なんなら、我々のほうで人をやりますよ」

「ありがとうございます。自分で行き、佐藤のことを訊いてきます」

大河内は答え、電話を切った。砂川礼子から借りてきたクラス会のアルバムのほうをめくったが、そこには佐藤哲典らしき男は見つけられなかった。

だが、高校時代の印象のままならば、今もなよっとした男にちがいない。それは倖子の隣人が見かけた男の特徴と一致する。

それに、女に興味のない男にならば、合鍵を渡しても安心だ。そう考える女はいるのではなかろうか。


葛生一郎のヤサは、新宿五丁目の賃貸マンションだった。靖国《やすくに》通りから南は、東から西へと新宿一丁目から三丁目まで番地が上がる。靖国通りの北は、新宿五丁目になる。店がある新宿二丁目までは、徒歩で十分とかからない距離だろう。

ビル同士の隙間《すきま》のような細い路地を入った先に建つ、年代物の賃貸マンションの一階。スマホの地図を片手に歩きつつも、探すのに少し手間取ったのは、地図では入口がわかりにくかったためだった。

ドアのインタフォンを押すと、じきにすぐ隣にある台所の窓が開き、角刈りの五十男が顔を出した。ひげの濃い男だった。だが、眉はきちんと細く整え、皮膚自体はゆでたての卵みたいにつるつるしている。

「初めて見る顔ね。刑事には用はないわよ」

値踏みするような目で大河内たちを見つつ、野太い声で吐き捨てるように言った。

「なぜ刑事だと思うんだね？」

「あれ、違うの？　違わないでしょ。見ればわかるわよ」

大河内は苦笑し、ＩＤを提示した。

「御名答だ。時間は取らせないんで、少し上げてくれないか」

「どうしたの？　こっちはオフの時間だから、できれば遠慮して貰いたいんだけれど」

「佐藤哲典は、今もまだお宅で働いてるのかね？」

「アキちゃんが、どうかしたの？　今は歌舞伎町《かぶきちょう》のほうにいるけれど」

「最近も、会ってるのか？」

「会ってるわよ、そりゃあ、友達だから。お互いに、お客を連れて飲みにいったり、お店が終わったあとで何か食べにいったり」

「佐藤は、どんな男だい？」

「優しくって力持ち。そんな通り一辺の答えを聞きたいの？　本人に会って、確かめたらいいじゃない。私から言えるのは、ひとつだけ、あの子は、警察のお世話になるような悪い人間じゃないわ。あと、ちゃんとした大学出よ。コンピューターの専門家。夜の仕事に就《つ》く前は、ＩＴ関係にいたんだから」

「なるほど。まあ、立ち話もなんだから、上げてくれないか」

もう一度頼んでみたが、

「いやよ、部屋が散らかってるもの。じゃ、表の路地に喫煙所があるから、そこで待ってて。すぐに行くから」

頑として拒まれてしまった。

だが、言われた通り、路地に出て待っていると、すぐにサンダルを突っかけて出てきてくれた。トレーナーに、中学生が穿《は》くような赤いジャージ姿だった。

たばこ屋の自販機の隣に灰皿が立っており、喫煙ができるようになっていた。最近、室内が完全禁煙の場所が増え、歩きたばこも条例で規制される傾向にあるため、こうした屋外の喫煙所があちこちにできてきた。

そこでは今、ネクタイ姿の男がひとり、黙々と煙を味わっていた。大河内も菊池も、今ではもうたばこを喫《す》わない。喫煙者から少し距離を置いて立って待っていたのだが、葛生はジャージのポケットからハイライトを出すと、その男に会釈して喫いはじめた。

「もしかして、あの二人乗りの記録が残ってたので、私の所に来たの？　あんなの、酔ってちょっといたずらしただけじゃない。それを、嫌ね、警察って、いつまでも」

警察という言葉が出たのに反応して、ネクタイ姿の男がちらっと視線を向けてきた。傍《そば》に第三者がいるところで、聴取を始めるわけにもいかない。当たり障《さわ》りのない会話で、しばらくやり過ごそうかと思ったのだが、幸い、男のたばこはちょうど根元まで灰になったところで、それを灰皿の縁に擦りつけて消すと立ち去った。

「実は、その通りでね。佐藤さんを探してるんだ。彼の友人の各務倖子さんという女性が、部屋で亡くなってるのが見つかったんでね」

「え、サチちゃん、亡くなったの……？」

葛生はたばこを唇から離し、煙の中で目をしばたたいた。どうやら、ここに来たのは当たりらしい。

「彼女を知ってるのか？」

「知ってるわよ。時々、アキちゃんと店に来てくれたし、一緒に飲み歩いたことだってあるもの。――彼女、どうして死んだのよ？」

「まだ、はっきりしたことはわからないのさ」と、大河内は言葉を濁《にご》した。「自殺したようにも見受けられるが、断定はできない」

葛生は、指に挟んだたばこを唇に運びかけてとめ、今度は目を細めて大河内を見つめてきた。

「意味深《いみしん》な言い方をするのね」

「ほんとのことだ。つかぬことをうかがうが、佐藤哲典は、倖子さんの部屋の合鍵を預かってたんじゃないかな。何か知らないか？」

「預かってたら、どうなのよ？」

「預かってたんだな？」

「預かってはないけれど、合鍵の隠し場所は聞いてたわ。廊下の電気メーターの計器の裏の隙《すき》間《ま》に、挟んであるの。あの子の部屋、観葉植物が多いでしょ。旅行中に水をやるのをよく頼まれてたのよ。あと、サチちゃんがいない間に上がり込んで飲みながら待ってたり、そんなこともあった。私も、時には一緒だったわよ」

「なるほど、話してくれてありがとう」

　大河内の目配せを受け、菊池がすぐに所轄にかける。現場に残った捜査員に連絡し、すぐにメーターボックスの中を確認して貰うのだ。

「そういうわけで、佐藤哲典に彼女の話を聞きたいんだが、居所がわからなくてね。どこにいるか、知らないか？」

「さあ、そう言われてもね……。夜になれば、店に来るんじゃないの」

　大河内は、佐藤哲典が働いているという歌舞伎町の店の名を訊いて控えた。

「携帯に電話をしてみてくれるか？」

「いいけれど。それで、どうするのよ？」

「警察が、各務倖子さんのことで話を聞きたがってると、そのまま伝えてくれればいい。よければ、途中で電話を代わらせてくれ」

「わかったわ」

　葛生はたばこを灰皿で消すと、ジャージから携帯を出して操作した。だが、留守電になってしまっていた。伝言を吹き込む葛生に顔を寄せた大河内は、自分の携帯の番号を告げた。

「この番号に電話を欲しいと、伝えてくれ」

葛生は言われた通りに協力し、携帯を閉じてジャージに戻した。

「さ、じゃあこれでいいわね」

「もう少しだけ。工藤大成という男の名前に聞き覚えは？」

無言で大河内を見つめてから、

「なんで？」

少しして、訊いた。

「この男なんだけれど、見覚えは？」

菊池が、クラス会の時の写真を見せる。デカ長同様、葛生の態度に、何かピンと来るものを感じたらしい。

「知ってるわよ。都議会議員でしょ」

葛生は工藤が爽やかに微笑《ほほえ》む写真を、汚いものを払うような手つきで押しのけた。

「この男が、昔、アキちゃんに何をしたか知ってる？　こいつはね、アキちゃんの心を弄《もてあそ》び、笑いものにしたのよ」

「どういうことなんだ？　詳しく教えてくれ」

「どうもこうも、高校の時、アキちゃんは、この工藤っていう男が好きだったのよ。だけど、そういう気持ちなんて、大っぴらにできるわけがないでしょ。私たちだって、昔っからこんなふうだったわけじゃないんだもの。どうして自分はほかの友達みたいに、普通に女の子を好きになれないんだろうって、みんな、そういうことを真剣に思い悩む時期があるの。アキちゃんにとっては、自分は男しか好きになれないんだってことを、初めて真剣に意識した相手が、この工藤だったのよ。それなのに、こいつは——」

「どうしたんだ？　工藤は、佐藤哲典に何をしたんだ？」

「アキちゃんが自分に気持ちを告白するように仕向けて、それを近くに隠れてたクラスの男連中に見せて囃《はや》したてたの。可哀想《かわいそう》で、私からこれ以上は言えないわ」

葛生は、菊池の手にある写真に自分から手を伸ばした。

「ねえ、これってもしかして、クラス会か何かで写した写真なの？」

「二年前にあったクラス会の時の写真だよ」

「あの子、恥ずかしくて、高校の同窓会にもクラス会にも、ただの一度も出てないって言ってたわ。工藤って男からそんな目に遭《あ》ってから、学校を卒業するまでの何カ月かの間、学校にもほとんど行けなかったそうよ。何が都議会議員よ。クソ野郎さ、こいつは」

最後に吐き捨てる口調は、男っぽかった。

大河内のポケットで携帯が振動した。聴取の時には、その妨《さまた》げにならないよう、携帯はマナーモードにしておくのが常だった。

ポケットから出して確認すると、モニターに赤羽署の番号が表示されていた。清野だ。

「ちょっと失礼」

次のたばこを出して口にくわえようとしている葛生に断り、大河内は通話ボタンを押した。携帯を耳元に運び、喫煙所から少し離れる。

「パソコンのデータが復元できましたよ」

清野は挨拶《あいさつ》もそこそこに、口早に告げた。口調に、何か切迫したものが詰まっていた。

「それでね、大河内さん、とんでもないものが出てきたんです。至急、こちらにおいでいただけますか」

「とんでもないものとは――？」

葛生の耳を気にし、さらにもう少し離れつつ、抑えた声で訊く。

「各務倖子の高校の同級生たちが、心臓移植が必要なお嬢さんのために行なった募金の件です。倖子のパソコンに、この会の帳簿というか、出納帳《すいとうちょう》というか、金の出入りを示す細かいデータが見つかったんですが、これによると、どうやらおよそ三千万もの金が、不正に引き出されてるんですよ」

6

部屋に入った大河内と菊池のふたりを、所轄の刑事たちが緊張した面持ちで迎えた。まだ聞き込み中の捜査員もいるが、十人ほどが顔をそろえている。そのうちのふたりは、女性だった。

清野は大河内たちに署長と刑事課長を紹介した上で、早速、本題に入った。

「これが各務倖子のパソコンから見つかった、募金の会のデータです」

と、パソコンのモニターを大河内たちから見やすいようにする。

「見てください。募金の目標金額、一億八千万に対して、実際にはそれを上回るおよそ二億二千万もの寄付が集まっています。しかし、ネット等で公表された達成金額は、一億九千数百万です。すなわち二億弱。差し引き二千万ほどの金が計上されず、どこかに消えているんです。さらには、それに加えて、デポジット費用、医療予備費、渡航費、補助人工心臓関係費、現地滞在費など、それぞれが公にされた金額と、実際に使われた金額の間に差があることを裏づけるデータもあります。そうした差額が一千万円。合計すると、およそ三千万の金を誰かが懐に入れたんですよ」

「集まった金額の七分の一近いじゃないですか。悪質だなあ」

菊池があきれ顔でつぶやく。

「ええ、悪質です」

所轄の刑事課長が、そういって話を引き取った。天田《あまだ》という、角張った顔のがっしりとした大男だった。

「しかも、今、清野が申し上げた内訳をさらに細かく検討すると、結果として三千万の金が宙に浮いたわけではなく、三千万を浮かせるために、かなり早い段階から数字の操作がなされていた疑いが濃厚です。例えば、デポジット費用は当初一億三千万と計上されていたにもかかわらず、その後、一億三千五百万に計上し直されている。また、補助人工心臓関係費は、元々は項目がなかったんです。元は、デポジット費として計上されたものに含まれていたと見られますが、それをあとから、合計三千万を捻出《ねんしゅつ》するために追加計上したと推測できるんです」

大河内は、パソコンのデータに目を走らせた。つぶさな検証をするには、詐欺・横領事件を担当する捜査二課に実態を明らかにしてもらう必要があるが、今、清野や天田が指摘したような点は、募金の数字の流れを追うことで確認できた。

「このデータがパソコンに記録されたのは？」

「ちょうど一週間前です。メモリースティックからコピーされました」

「消えた金の行方《ゆくえ》は？　どこかの口座に移されてるんですか？」

「いえ、合計三千万ほどの金が、募金口座から数回に分けて銀行窓口で引き出されていました。現在、銀行の防犯カメラによって、引き出した人間を確認しているところです」

「募金の会が公表している会計報告は？　照合はしたんでしょうか？」

「会計報告は、まだホームページ等でも公開されていません。公表されているのは寄付金総額だけで、それ以外はすべて集計中として空欄のままです」

天田は一拍置き、

「それから、解剖結果も出ましたよ」

と話を転じた。

「どうでしたか？　死因は？」

「それがね、死因自体は、睡眠薬じゃないんです。塩化カリウムでした。塩化カリウムの過剰投与によって、心停止が引き起こされたんです。殺しですよ、これは」

塩化カリウムを過剰に投与すると、体内のカリウム、ナトリウムなどのバランスが崩れ、結果として心停止を引き起こすのだ。

「――しかし、そうすると睡眠薬は？」

「胃の中から、致死量の睡眠薬は検出されませんでした。しかし、意識の混濁《こんだく》が起こった可能性は充分に考えられる量だそうです。つまり、何者かが各務倖子に睡眠薬を呑ませ、意識が朦《もう》朧《ろう》としたところを狙い、塩化カリウムを注射した。自殺を装った殺人です」

「つまり、寄付金の一部が消えているのを公にされることを恐れた人間が、各務倖子を自殺に見せかけて殺害した上で、パソコンのデータを消去したと――？」

大河内は、静かにそう確かめた。デカ長は、常に慎重に判断を下す必要がある。それに、今はあくまでも「応援」の立場であり、まずは所轄の判断を問うのが筋だ。

「ええ、そう思います」

「しかし、どうも少し変ですね……」

「何がです？」

天田の声には、幾分、不快そうな感じが混じった。本庁の人間が、所轄の決定に口をはさむと、多かれ少なかれこういった反応が起こる。

大河内は、言葉を選びつつ口を開いた。

「塩化カリウムを過剰投与して殺害したのならば、なぜ自然死に見せかけず、わざわざ自殺に見せかけたのでしょうか？　自然死に見せかけたほうが、警察が動く可能性は低いのに」

所轄の捜査員たちが、顔を見合わせる。

代表するようにして、再び天田が口を開いた。

「しかし、隣人が、言い争う声や不審な物音を聞いている。単に自然死に見せかけても、捜査の網から逃れられたわけではありませんよ」

「それは結果論で、犯人が狙ったことではありません。しかし、自殺でしたら、確実に警察が動きます。なぜ、犯人はそんな工作をしたんでしょうか。そして、初動の段階ですぐ、パソコンのメールや写真が消去されていることが判明し、さらには宅配サービスの注文があったことや、隣人が不審な物音を聞いたことなどが重なって、殺人の疑いが生じました。私には、どうも、少しでき過ぎているというか、しっくりこない感じがあるのですが……」

「――そうでしょうか。考え過ぎのようにも思えますが」

この場では、これ以上の議論は無理かもしれない。所轄は所轄で、よく検討した上で出した結論だし、それに、所轄のメンツがある。

――大河内がそう思ったとき、会議室のドアがあわただしく開き、捜査員がふたり飛び込んできた。

「課長、銀行の防犯カメラの映像が確認できました。下ろしていたのは、毎回、同じ男でしたよ。映像のコピーを貰ってきました」

別の捜査員があわただしくパソコンを立ち上げ、飛び込んできた捜査員の手からＵＳＢメモリーを受け取ってセットする。

男は高額な引き下ろしのため、ＡＴＭではなく窓口を利用していた。行員の背後上方に設置されたカメラが、男の顔を正面から捉《とら》えている。地味なスーツ姿、痩身《そうしん》、年齢は三十代の後半だろう。眼鏡はしていない。髪はこざっぱりと短く、ひげもなく、生真面目そうな印象がある。

「あれ、この男は……」

菊池が小声でつぶやいたとき、大河内もピンと来ていた。

所轄の捜査員たちが見つめる中で、菊池は砂川礼子から借りて来た同窓会のアルバムをあわてて取り出した。

「顔に心当たりがあるんですか――？」

皆を代表するように清野が訊く。

菊池はアルバムのページを開いたあと、デカ長の意見を求めるように大河内を見た。大河内

がうなずくのを受け、

「これは、砂川重喜。移植手術を受けた娘の父親ですよ。御確認ください」

アルバムを、所轄の捜査員たちに差し出した。


砂川重喜の聴取には、清野と所轄のヴェテラン捜査員のふたりが当たることになった。各務倖子の部屋で清野の傍に控えていた捜査員で、山中という五十代の男だった。大河内取調室に坐る砂川の姿を、マジックミラー越しに目にした瞬間、大河内と菊池は反射的に目と菊池は反射的に目配せをし合った。

三カ月前にひとり娘を亡くした父親は、伏し目がちな目を落ち着きなく泳がせていた。必死で何かを隠そうとする人間の態度だった。

一緒にマジックミラー越しに取調室を見守る所轄の署長や刑事課長も、同様の感じを受けたのだろう、ちらちらと目配せし合ったあと、大河内にも視線を流してくる。

「なぜここにおいでいただいたのか、おわかりですね」

清野が、いきなり切り込んだ。

「いいえ、わかりません。亡くなった娘の会のことで、何かお調べになっていると聞かされただけですから。これって、任意なんですよね」

「そうですよ。御協力に感謝します。早速ですが、高校の同窓生のひとりで、お嬢さんの会にも協力をしていた各務倖子さんが亡くなったことは、御存じですか？」

「——はい、それは妻から聞きました」砂川はいったん言葉を切りかけたが、「妻のところにも、警察の方が見えたので」と、つけたした。どこか恨みがましそうな口調だった。

「その各務さんの部屋で、お嬢さんのために設立された会の会計データが見つかりました。正確に言いますと、各務さんのパソコンから消去されたデータを、我々が復元したんです」

清野が、相手の様子をうかがう。砂川は伏し目がちな視線を清野の胸の辺りにとめ、じっとそこを見つめるだけで、何も言おうとはしなかった。

「それによると、お嬢さんの心臓移植のために集められた寄付金のうち、およそ三千万円が、抜き取られてどこかへ消えている」

「そんな馬鹿なこと、ありませんよ……。何を言ってるんです……？　意味がわからない……」

「わからないことはないでしょ。これを御覧になってください」

清野は、プリントアウトしたデータを砂川に突きつけた。

「馬鹿馬鹿しい……。こんなものはでたらめだ……。きっと誰かが捏造《ねつぞう》したんです」

「砂川さん、シラを切るのはよしませんか。会計上、浮かした金を抜き取っていたのは、あなただ。募金の会の銀行口座から、数回に分けて現金を引き出すあなたの姿が、防犯カメラに映っていましたよ」

「――――」

砂川は蒼白《そうはく》になり、うつむいた。

「なんなら、それもお見せしましょうか」

清野が言うのを受け、山中がノートパソコンを取調べデスクに置く。操作し、画像を立ち上げた。

「これはあなたですね。何とか言ってください、砂川さん」

だが、砂川は画像をちらっと見ただけで、何も言おうとはしなかった。

「これは全国から、多くの皆さんが、あなたのお嬢さんのために寄せてくださった善意のお金ですよね。それを不正に抜き取って、いったい何に使ったんです？」

「――――」

「こう言ってはなんですが、お嬢さんに対して、顔向けができるんですか？　奥様も御存じのことなんですか？　奥さまもここに呼んで、話を聞きましょうか？」

押し黙っていた砂川が、すがるような目で清野を見つめた。

「妻は何も知りません。妻は、母親として、ずっと娘にかかりきりでした。どうか、彼女をこれ以上苦しませるのだけはやめてください。娘が亡くなった悲しみから、まだ少しも立ち直っていないんです」

「それでしたら、あなたが協力してくださいませんか」

砂川は、今や紙のように真っ白な顔色になり、小さく体を震わせてもいた。

「知りません……。何も話すことはありません……」

かさかさの声で言った。かろうじて踏みとどまっている。

「知らないわけはないでしょ」

清野が語調を強め、拳《こぶし》で机をたたいた。

「砂川さん、はっきり申し上げますよ。各務倖子さんは、自殺に見せかけて殺害されたんです。会の寄付金が不正に抜き取られていたことを隠すために会計データが消去され、殺された可能性が疑われている」

「そんな……」

「嘘じゃない。あなたは、ホシを庇《かば》ってるかもしれないんですよ。それとも、あなたがやったんですか?」

「僕は誰も殺してなんかいません……。知らない……。僕は何も知りません……。これは任意だと言いましたよね。そうしたら、帰らせてください」

「警察を甘く見るんじゃありませんよ。銀行から下ろした金をどうしたのか、きちんと話すまでは、いつまでも帰れませんよ。これはね、砂川さん、詐欺・横領ですよ。そして、殺人事件の捜査なんだ」

「――――」

「一昨日の午後九時頃、あなたはどこにおられましたか？」

「僕は各務さんを殺してなんかいない。その時間ならば、得意先を接待してました。ちゃんと領収書も取ってあるし、事務所の人間がひとりずっと一緒でしたので、確認してください」

7

所轄の係長は、百戦錬磨だ。一緒に取調べに当たる山中というヴェテラン刑事との呼吸もぴったりで、あの手この手で攻め立てた。

だが、砂川重喜は強情で、金の行方については決して話そうとしなかった。

察しがついた。マジックミラーの向こうにいるこの男は、覚悟を決めたのだ。自分が詐欺・横領で逮捕されることについては、やむを得ないと思っている。こうした事態になった時には、断固として何も喋《しゃべ》らないと、予《あらかじ》め決めていたにちがいない。

ごく一般の人間が、頑《かたく》なに口を閉ざす場合の理由はひとつ。話したほうが、逮捕以上に悪い事態を招くと本人が思っているのだ。

一方、砂川重喜のアリバイは、確認された。一昨日、一緒に得意先を接待していた社員にくわえて、店の証言も取れた。各務倖子殺害については、この男はシロなのだ。

しばらくは、根競べになるだろう。そう踏んだ大河内は会議室に戻り、寄付金のデータを改めて精査し、監察医が作成してくれた死体検案書を読み直した。

事件の流れを頭に思い浮かべ、解せないことがふたつあった。ひとつは、各務倖子がいったいどこから寄付金の不正流用を示すデータを入手したのか、という点だ。倖子自身は、移植手術のために寄付を集める会から、短期間で抜けている。

それからもうひとつは、一昨日の九時頃に被害者の部屋から聞こえたという、人が言い争う物音は何か、という点だった。各務倖子の胃からは、睡眠薬が検出された。ホシは飲み物にこれを混ぜて彼女に呑《の》ませ、意識を朦朧とさせた上で、塩化カリウムを注射したと見られる。しかし、それならば下手な争いを避けようとするのが普通だろう。犯人は言い争いが生じそうになっても、いなし、各務倖子の意識が混濁するのを待とうとしたにちがいない。単に、それでも言い争いになってしまっただけのことなのか。

大河内は、検案書の一部に目をとめた。

「あれ、おかしいな……」

デカ長のつぶやきを聞き、隣でやはり捜査資料に目を通していた菊池が、手元から目を上げた。

「どうかしましたか——?」

「睡眠薬の種類が違うんだ。各務倖子の部屋にあった薬の包装は、パルミタールだった。しかし、彼女の胃から検出されたのは、アキシオンもしくはそれに類する薬品だとあるぞ」

大河内たちの会話が耳に入った所轄の捜査員が、寄ってくる。その中には、さっきまで一緒に取調べを見ていた刑事課長の天田もいた。

「ちょっとよろしいですか」

天田が大河内の手から、死体検案書を受け取って目を通す。

「誰か、現場の写真を」

気を利かせた大河内が言うと、捜査員のひとりがすぐにファイルを持って飛んできた。現場を撮影した写真はすぐにプリントされ、こうしてファイルに整理されている。

「これですね」

座卓にあったＰＴＰ包装シートの写真を、天田に見せる。そこには薬品名が印刷されていて、パルミタールとわかる。

「ほんとだ。どういうことですかね……」

天田は首をひねった。

パルミタールはバルビツール酸系の睡眠薬であり、これを大量に摂取すると、呼吸停止に至る。だが、ベンゾジアゼピン系のアキシオンはアルコールとともに服用した場合でも意識が混濁する程度で、死に至ることはない。

バルビツール酸系の睡眠薬は、医師の処方がなければ入手できないが、アキシオンは普通に薬局で手に入る。

「パルミタールの入手経路については、その後、何か手がかりは？」

大河内が訊き、天田が首を振った。

「いえ、まだわからないままですね」

大河内は指先で下顎《したあご》を掻《か》いた。何かがぼんやりと見え始めている。

廊下から足音が聞こえ、所轄の捜査員が会議室に飛び込んできた。部屋を見回したのは、係長の清野を探したのだろう。清野がいないため、天田のもとに走り寄る。

「課長、今、ブン屋さんに教えられたんですけれど、砂川梨央ちゃんの心臓移植のための募金の会が、ネット炎上してるそうです」

「どういうことだ……」

「お金の抜き取りと私的流用が、暴露されたんです」

「なんだって……。まさか、捜査情報が漏れたのか……」

天田が苦々《にがにが》しげに言う。

パソコンの前に陣取っていた捜査員が、みずからの作業を中断してネットに接続する。

「ほんとだ。これだ。――すごいことになってますね」

モニターに目を走らせ、押し殺した声でつぶやくように言う。部屋に居合わせた全員が、その捜査員を囲むようにして立ち、モニター画面を覗き込んだ。

多くの非難と抗議、さらには中傷や罵声《ばせい》が、砂川梨央の両親へと集中していた。

——娘への厚意を、こんな形で無にするなんて、人間じゃない。

——あきれるインチキ団体だ。すぐに両親は死んで詫《わ》びるべき。

といった類《たぐい》の発言が延々とつづく。

砂川礼子の姿が脳裏をよぎり、大河内は胸にうずくような痛みを覚えた。あの母親は、まだ娘を失った悲しみの渦中にある。我が子を失った親にとって、三カ月はまだほんの一瞬なのだ。目を閉じさえすれば、すぐ隣にいた我が子の姿がたやすく思い浮かべられる。まるで、本当にまだそこにいるかのように……。

彼女は、夫のしたことを気づいていたのだろうか。それとも、取調室で砂川重喜が強調したように、妻の礼子はずっと娘につきっきりで、募金の会が行った不正については何ひとつ知らなかったのだろうか。

そうだとしても、彼女はこれから、辛い事実を知ることになる。会計処理で浮かせた三千万を銀行の窓口で下ろしたのは、死んだ娘の父親であり、自分とともにその娘を守るため、必死に闘ってきたと信じていた夫だと知ることになるのだ。

「これは……」

天田がつぶやいた。

すべての捜査員の目が、モニターの書き込みに再び引き寄せられた。

——裏で糸を引いている本ボシは、工藤大成。都議会議員だ。

そんな指摘が現れたかと思うと、瞬く間に増殖した。

――会計処理で浮かせた金をこっそりと抜き取り、今度の選挙の裏金にするつもりだ。

――なんて汚い都議会議員だ。

――工藤大成を、即刻、クビにしろ！

「何なんだ、これは……」天田が顔をしかめる。「工藤が捜査対象になっていることまで、漏れたのか……」

その時、会議室のドアがあわただしく引き開けられ、署長の桑野が姿を現した。一緒に、ほぼ同年代の男を伴っていた。

「天田君、ネットを見たか？」

桑野が訊く。

「ええ、我々も、たった今気づいたところです」と、天田。

「参ったよ。ブン屋さんが大挙してやって来て、都議会議員の工藤大成と事件の関係を説明しろと喚《わめ》いてる」

桑野と一緒に入って来た男が言い、大河内は察した。この男は、副署長だ。副署長が、マスコミをふくむ外部との調整役を果たす。

「マスコミの反応も、ずいぶん早いんですね」

大河内が訊き、副署長がこちらを見る。

「大手テレビ局や新聞社に、ファックスが届いたんだ。現物を見せられたが、募金の会から抜き取られた三千万が、工藤大成の裏金になってると告発するものだった」

副署長はいったん口を閉じたのち、所轄の捜査員たちを睨《ね》め回した。

「もし捜査の内部情報が漏れたのだとしたら、一大事だぞ」

「いえ、内部情報が漏れたわけではないと思います」

大河内が否定した。自分が抱いていた疑問について、やっとひとつの答えを得ていた。

「なぜ、そう言い切れるんです？」

署長の桑野が訊く。

「手際がよすぎるからです。我々は工藤に聴取を行い、砂川重喜を現在、取調べてる。これは、そういった流れになることを、予め読んでいた人間の仕業《しわざ》だと思います。天田さん、佐藤哲典の行方はわかりましたか？」

「いえ、まだですが。――そうしたら、佐藤が、この騒ぎを引き起こした張本人だと」

「佐藤は、各務倖子の部屋の合鍵の場所を知ってました。やつが、死体の第一発見者ではないでしょうか。しかも、行方をくらましてるとなれば、何らかの意図があるんです」

「だけど、何のためにそんな騒ぎを……。工藤大成への復讐《ふくしゅう》ですか？」

「それだけではないかもしれないが、高校時代に受けた心の傷が、佐藤哲典の中で消えることなく残っているのは確かです。工藤の企《たくら》みによって、自分が男しか好きになれないことが周囲に知れ渡ってしまい、囃《はや》したてられたんです。その後、佐藤は学校にほとんど行かなくなり、二年前にあった同窓会にも欠席しています」

捜査員はみな黙って大河内の発言を受けとめ、反論するものはなかった。

人の心の傷というものは、たやすく癒《い》えやしないことを、刑事という仕事をする者ならば誰でも知っている。長年の鬱憤《うっぷん》が殺人の動機になるし、小学生の頃に受けたいじめによる心の痛手がどうしても消せずに、成人してから無差別殺人に走ったような例さえある。

「すぐに佐藤哲典の行方を見つけ出すことだな」桑野が言った。「佐藤は、必ず何か知っている。天田君、すぐに佐藤探索に捜査員を割こう」

「それなんですが、佐藤に直接、呼びかけてみてはどうでしょうか?」

大河内が言うのを聞き、捜査員たちの雰囲気が変わった。本庁のデカ長の意図を測りかねるといった顔つきはまだしも、中には呆《あき》れた様子の者もある。

「どう呼びかけるんですか?」

遠慮がちに、天田が訊く。

「やつの携帯番号はわかっています。電話をしても出ませんが、ショートメッセージを送れば、読むでしょう」

ショートメッセージならば、メールアドレスがわからずとも携帯番号宛てに送ることができる。

「――しかし、そういうことではなくてですね。逃亡中の人間にそんなことをしても」

「わかります。だが、私の読み通りならば、佐藤は必ず何か反応してきますよ。やつに、各務倖子は自然死ではなく、何者かによって殺されたことを告げるんです」

「待ってください。どうも、仰りたい意味がわからないのですが……」

大河内は、言葉を選んだ。同じ本庁の、身内同士の会話のようにはいかないのだ。慎重に考えを告げる必要がある。

「先程、私が呈した疑問についてなんですが、塩化カリウムを過剰投与して各務倖子を殺害したホシは、彼女の遺体を自然死に見せかけて放置したのではないでしょうか。解剖を行わない限り、塩化カリウムがもたらす死は、心筋梗塞と見分けがつきません。各務倖子の父親は、心筋梗塞によって、獄中で亡くなっています。彼女は、家系的に、心筋梗塞を起こしやすい血筋なのかもしれないし、警察がそう判断し、そのまま自然死として処理されるかもしれない。犯人は、おそらくそう期待したんです。しかし、合鍵の隠し場所を知っていて部屋に入った佐藤哲典が各務さんの遺体を見つけ、咄嗟《とっさ》に、彼女が自殺したように見せかけたんです。いえ、正確にいえば、自殺に見せかけて殺された、というふうにです」

低いどよめきが、会議室に広がった。大河内はいったん口を閉じ、所轄の捜査員たちの反応を推し量《はか》った。今度は、天田も反対意見を表明することなく、口を閉じて聞いている。

「スーパーの宅配サービスを頼んだのも、わざと人が言い争う物音を立てたのも、そして、パソコンに募金の会のデータを仕込んだ上で消去したのも、すべて佐藤の仕業にちがいありません。自殺する人間が、翌日の宅配サービスを頼むだろうか、と警察が疑問を持つのを見越してのことです」

「つまり、この事件は、ホシが自然死に見せかけたのに、第一発見者が別の工作を行なったと？」

「はい、そうです」

「しかし、そうだとして、狙いは何です？」

「募金の会に集まった寄付金が不正に消えていて、それには工藤大成が裏で関わっていることを、大々的に世間に伝えるのが狙いでしょう。つまり、現在、すべてが佐藤哲典の狙い通りに進行してるのではないでしょうか」

「ちょっと待ってください」

　捜査員のひとりが、小さく挙手をして口を開いた。パソコンの前に陣取った男だった。

「募金の会のデータが被害者のパソコンに保存されたのは、一週間前です。この点については、どうお考えでしょう。その頃から佐藤は、こうした計画を立てていたのでしょうか。だとしたら、亡くなった各務倖子も、何か一役買っていたことになるのでは。少なくとも、何も知らなかったというのは、不自然に思えるのですが」

　今度は菊池が挙手をして、発言を求めた。

「そうとばかりも言えないのでは。佐藤は夜の仕事に就く前、ＩＴ関係で働いていたそうです。パソコンの時刻設定をいじるぐらい、簡単に思いつくでしょう。一週間前に募金の会のデータが各務倖子のパソコンに保存されたように見せかけただけで、実際にデータがコピーされて保存されたのは、一昨日かもしれない」

菊池がちらっと大河内を見たが、大河内は目顔でうなずくにとどめた。

署長の桑野が、口を開いた。

「パソコンの時刻設定の件は、すぐに調べましょう、工作がされたのであれば、なんらかの痕跡が残るはずです」

部下たちを見渡してから、視線を再び大河内に向けて来た。

「大河内さん、あなたの指摘はわかりました。そうしたら、各務倖子を殺害したホシについてはどうお考えですか？　工藤なんでしょうか？」

「それも佐藤に訊いてみませんか。やつは、遺体の第一発見者です。きっと何かを見てるはずだ」

8

佐藤哲典の携帯にショートメッセージで連絡をしてから返事が来るまで、それほど待つ必要はなかった。

「あなたが、大河内さん？」

　男の声だが、喋り方は完全に女だ。大河内はヘッドセットマイクを装着して喋り、相手の声はスピーカーから出るようにしていた。周囲を、所轄の捜査員たちがずらっと取り囲んでいる。

「そうだ」

「クズちゃんにも確認を取ったわ。確かに、あなたが訪ねたみたいね」

「ああ、協力願ったよ」

「で、いったい、何が狙いなの？」

「それはこっちが訊きたい台詞《せりふ》さ。きみは、各務倖子が自殺に見せかけて殺されたように工作した。スーパーの宅配サービスに翌日配達の注文をしたのも、怪しげな物音を立てて隣人に聞こえるように工作したのも、パソコンに募金の会のデータを記録した上で消去したのも、何もかもきみの仕業だ。言い争う振りをしたときには、男と女の、ひとり二役を演じたんだろ」

「ねえ、まずはちゃんと聞かせてよ。サチちゃんが自然死ではなく殺されたというのは、本当なの？　私を騙《だま》してるんじゃないでしょうね」

「本当だ。何者かが彼女に睡眠薬を呑ませた上で、塩化カリウムを注射したんだ」

「――――」

「事件の解決に協力してくれ。きみは、彼女から、部屋の合鍵の場所を聞いていた。だから、それを使って部屋に入った。そうだな？」

「そうよ」

「つまり、きみは殺人事件の第一発見者なわけだ。合鍵のあった場所は？」

「電気メーターの裏側」

所轄の人間が探したが、鍵はそこには見当たらなかった。

「鍵は、まだきみが持ってるのか？」

「ええ、持ってる」

「訪ねたのは、何時頃？」

「一昨日の八時半頃よ」

「なぜ彼女の部屋を訪ねたんだ？」

「別にぃ。ただ遊びに行ったのよ。部屋飲みする約束だったから。でも、インタフォンを押しても返事がないので、中で待ってることにして、合鍵でドアを開けたの。そしたら、サチちゃんが床に倒れてたの……」

「部屋のどの辺りに倒れてた？」

大河内が訊くのに押しかぶせるようにして、

「そんなことはどうでもいいでしょ。犯人は工藤よ」

佐藤の激しい声がした。

「すぐに、あの男を捕まえてちょうだい。私、まさかサチちゃんが殺されたなんて思わなかったから、だから、こんな工作をしたのだけれど、殺人だって言うのならば、間違いない。犯人は、絶対に工藤だわ。ひどい男、なんてやつなのかしら」

「なぜそう断言できるんだ？」

「あの子は、サチちゃんは……、工藤の子供を堕《お》ろしてるのよ。馬鹿な子……。あんな男と、できちゃうなんて……」

「二年半前のクラス会で工藤と再会し、つきあうようになったのか？」

「ううん、再会したのは、もう少し前。ＳＮＳで名前を見つけて、時々、やりとりをしてたそうよ。あの子がクラス会に行ったのも、工藤から誘われたからよ。あいつが幹事だったんでしょ。みんなと再会して、砂川君夫妻のお嬢さんの話も聞いて、心臓移植のための募金の会にも、積極的に協力するようになったの。あ、でも、勘違いしないで。その時は、あの子、ちゃんとつきあってる人がいたし、工藤とそんな関係じゃあなかったのよ。――それなのに、工藤の奥さんが焼きもちを焼いて、高校時代と同じことをした」

「何を言ってる……？　どういう意味だ？　工藤の奥さんは、同じ高校じゃないだろ。きみらの同窓生じゃないはずでは……」

問い返す途中で、大河内ははっと息を呑んだ。工藤大成の事務所で見た雑誌のキャプションを思い出したのだ。

——出会いから二十五年。今も変わらぬおしどり夫婦！

今年、工藤大成は三十八。二十五年前だから、十三歳、中学で妻の寿子と出会ったことになる。

たとえ高校が違っていても、ふたりはその時、すでに知り合いだったのだ。もしくは、つきあっていたのかもしれない。

「そうよ。同窓生じゃないわ。だから、あの頃は、工藤に中学の頃からつきあってる相手がいるなんて、誰も知らなかった。工藤って、昔からそうなのよ。寿子に手綱を握られてるくせに、寿子のわからないところで、別の女にちょっかいを出すの。だけど、秘密を持ちつづけるなんてことができない性格だから、少しすると寿子にばれちゃうのよ。そうなったら、大変。刑事さんは、サチちゃんがうちの学校にいられなくなった原因を知ってる？」

「ああ、聞いたよ。——そうしたら、彼女の父親の件をバラしたのは？」

「寿子の父親は、新聞記者なの。あの女は、父親から、サチちゃんのお父さんの事件を聞いたんだわ。そして、学校で噂を流した。みんなそうわかってるけれど、言わないだけ。言えば、何をされるかわからないもの。工藤は工藤で、今じゃ自分の妻におんぶに抱っこよ。工藤が議員になりたての頃、女性スタッフから訴えられたことがあるの」

「ああ、知ってる」

「それじゃあ、そのもめ事を解決したのが、寿子が雇ってる顧問弁護士だってことは知ってた？」

「――いや、知らなかった。彼女の会社の顧問弁護士ってことか？」

「そうよ」

傍で一緒に話を聞いていた天田の耳打ちを受け、部下が早速、確認に走る。

「各務倖子を募金の会から追い出したり、婚約者だった男に彼女の父親のことを教えて婚約を破棄させたのも、工藤寿子だと言うのか？」

「そうよ」

「それは、何か証拠があるのか？」

「証拠なら、あるわよ。私、コンピューターは専門なの。募金の会のスタッフには、殺人犯の娘がいるって投稿がネットに出回ったのは、知ってる？　あれは、工藤寿子の事務所で使ってるパソコンから送られたものだった。セカンド・アドレスを使って投稿してたけれど、プロバイダー経由で難なく特定できたわ」

「なんてことだ――。そうしたらきみは、各務倖子に、工藤のような男とはつきあうなと忠告しなかったのか？」

「つきあってることを、もっと前に知ってたなら、忠告してたわよ。でも、あの子、長いこと何も言わなかったの」

「きみは、いつ知ったんだ？」

「つい最近よ。知ったのは、サチちゃんが工藤と別れたあと。サチちゃん、婚約を破棄されたあと、工藤としばらく不倫してたの」

「彼女は、去年、産婦人科に行ってるんだが――」

「だから、その時、工藤の子を堕《お》ろしたのよ。そのあと、じきに別れたって言ってた」

「――きみ自身についての話も、葛生一郎から聞いた。もしかして、きみが高校時代に受けた仕打ちも、寿子の発案だったのか？」

　佐藤は、大河内の言葉をさえぎるようにした。

「私のことはどうでもいいでしょ。もう、とっくに忘れてるんだから。それよりも、寄付金から消えた三千万のことをきちんと調べてちょうだい。砂川君が、なぜそんなことをしなければならなかったのか」

「――なぜなんだ？」

「私の口からは何も言えないわ。本人が、ちゃんと話すかどうかでしょ。話せば、きっとまだ礼子と一緒に立ち直れる。刑事さんだって、そう思わない？」

「まあな」

「じゃ、もう切るわよ」

「待て。砂川重喜は、取調べでずっと口をつぐんだままなんだ。口を開かせるには、何かのきっかけが必要だ。助けてくれ」

「――私からは何も言えないって言ってるでしょ」

「頼む」

「――三千万が、工藤の選挙のための裏金になったたっていうのは、私の出任せよ。憎ったらしいから、工藤の名前を出してやっただけ。でも、あいつはあれでも都議なのよ。寄付金からお金を抜いて懐に入れたりして、もしもそれが公になれば、自分の築いてきたものを全部失うことになるとわからないほどの馬鹿じゃない」

「工藤じゃないなら、いったい……」

大河内は言いかけ、はっとした。

「それも、妻の寿子なのか――？　寿子が、砂川重喜に三千万を抜かせたんだな！」

「砂川君に伝えて。礼子のためにも、全部、話しちゃったほうがいいって」

佐藤は言い置き、電話を切った。捜査員が行方を探し出し、身柄を確保する必要があるが、今はこれで充分だろう。

大河内は、天田のほうを振り向いた。

「寿子というのは、高校時代、各務倖子が工藤大成とつきあっていたことに腹を立て、彼女の父親の過去を暴露し、言いふらした女です。募金の会に倖子が加わっているのが気に入らず、ネットで中傷することで、彼女を会に居づらくもした。一応、裏を取る必要があるでしょうが、それだけに飽き足らず、倖子の婚約者にまで父親の事件を報せたのだとしたら、これはもうある種の偏執狂です」

ひとつ間を置き、さらにつづけた。

「そんな女が、各務倖子が亭主の工藤と不倫の末に妊娠したことを知ったとすれば、どうするでしょう」

天田がうなずく。

「どうやら、ホシの目星がついてきましたね」

9

取調室の砂川重喜は、大河内の説明を静かに聞いた。

聞き終わると、唇の隙間から、細く長く息を吐いた。

「それじゃ、工藤寿子が各務さんのことを……」

「我々はそう踏んでいます。ですから、協力してください」

「協力とは、しかし……、いったい僕に何が……」

「寄付金から抜いた三千万をどうしたのか、話して欲しいんです。あなたはその金を、工藤寿子に渡したんじゃないですか。なぜ、そんなことをしたんです？」

「――――」

「あなたと礼子さんが立ち直るには、あなたが何もかも正直に話すことだ。佐藤哲典さんが、そう言っていました」

「彼が、そんなことを……」

「我々もそう思います。それに、あなたが話してくだされば、工藤寿子を詐欺・横領の容疑で逮捕することができる。同時に、あの女の事務所や自宅への家宅捜索令状が取れます」

「家宅捜索――」

「ええ。そして、家宅捜索を行えば、彼女が各務倖子を殺害した証拠が必ず出るはずだ」

大河内は、上半身を砂川に近づけた。

「だから、話してください、砂川さん。あなたと工藤寿子の間に、いったい何があったんですか？」

砂川は、取調べデスクに乗せた両手をきつく握った。

「彼女は、恐ろしい女なんです――」

苦いものを吐き出すように言うにつれ、固くしこっていた肩の位置がわずかに下がる。喋る気になったのだ。

「昔から、すぐに徒党を組む人でした。いつの間にか、自分の周辺に、自分の味方を集めてしまうんです。工藤君と彼女が結婚してからは、彼女は僕らの人間関係の中にもずかずかと入ってくるようになりました。社交的な人ではあるので、あっという間に同級生の女連中と親しくなりました。娘の梨央に心臓移植が必要だとわかったとき、募金の会の話を始めたのは、彼女です。いえ、表向きはもちろん違って、同じ高校の同窓生たちが協力して始めてくれたことになってます。でも、実際には、あの女が主だった女性たちとお茶をしたり、自分の家に招いてパーティーをしたり、そんな中で、募金の会を立ち上げるように話を持っていったんです。そのことについては、感謝しなければならないんでしょうが、僕には嫌な予感がありました」

砂川はそこまで話すと、ふいに言葉を途切れさせた。

大河内の隣には、所轄の清野と山中が立っていた。三人がじっと見守る中で、あえぐように何度か息をする。

「親父《おやじ》のことを、持ち出されるのではないかと思ったからです……」

「お父さんと工藤寿子の間に、何があったのですか？」

「――僕は、父の工務店を継ぎました。建売だけじゃなく、マンションの建設も請け負えるような、地元ではそれなりに大きな工務店です。五年前でした。うちが請け負ったマンションのインテリア関係を、寿子さんの事務所に発注したんですけれど、マンションが完成し、売り出しを始める間際になって、下請けの杭打ちに偽装があることが発覚したんです。販売は延期、うちも寿子さんも、そのとばっちりを食って工事代金の未払いが生じ、数千万単位の損害をこうむりました」

「まさか、三千万は、その損失の穴埋めだと――？」

「その通りです」

「しかし、お宅だって損害をこうむった被害者でしょ。それに、そもそも、仕事を発注しただけであって、あなたのお父さんにも工務店にも、ましてやあなた方御夫婦には何の責任もない」

「刑事さん、理不尽でも何でも、彼女と話していると、そういうことになってしまうんです。寿子という女が決めた正義が、周辺にいる人間にとっての正義になります。もし、異を唱えようものなら、そのコミュニティーから爪《つま》はじきにされてしまいます。今度のことも、募金の会を立ち上げ、運営することと、その中から三千万の損失を彼女に払い戻すことは、暗黙のうちにセットにされてしまっていました。いったんそれで歯車が回り始めたら、とめられませんでした。もしもそれを拒んだら、募金の会自体が成り立たなくなる。僕ら夫婦は、そうした恐怖から逃れられなかったんです」

「奥さんは、あなたが寿子に金を渡していることを、本当に何も御存じなかったんですか？」

「すみません……、さっきは、嘘をつきました。最初の金を渡してじきに、妻にも知られてしまいました。あろうことか、寿子が話してしまったんです。礼子も巻き込んでおいたほうが、僕が何もできなくなると思ったんでしょう……」

　砂川は、すがるような目で大河内を見つめた。

「刑事さん、妻をお願いします。僕が心配しているのは、妻のことなんです。僕が警察に真実を話したりしたら、あの女が妻をどんなふうに扱うかと考えると、悪いことだとは知りながらも、言いなりに金を渡すしかありませんでした」

「工藤寿子は、逮捕されます。塀の中に入るんです。奥さんに手出しなどできませんから、どうぞ安心してください」

「だけど、そうじゃなくて……。いや、いいんです。忘れてください……」

「何です？　言いたいことがあるならば、きちんと言ってください。ここは、そういう場でもあるんですよ」

「――あの女には、取り巻きがいるんですよ。募金の会を中心になって運営していたのは、そういった女連中です。もちろん、そのことには感謝してますが、もしも僕のせいで工藤寿子が逮捕されたと知ったならば、たぶん、妻はのけ者にされます。女の世界は、理屈じゃない……。寿子やその取り巻き連中を見て、ほとほとそう思いました……。それに、ネットの反応もあります。寄付をつのった時でさえ、数多くの心ない中傷が寄せられました。妻は、梨央の面倒を見ながら、そうした発言のひとつひとつに怯《おび》えて暮らしていました。妻の実家が医者で、僕が工務店の二代目だから、手術費用が捻出《ねんしゅつ》できないはずがないなんて、無責任な意見が、それこそ何度も繰り返し書き込まれたんです。だけど、妻の父はただの町医者ですし、うちだって、億単位の金を捻出できるわけがありません」

　大河内の脳裏を、ふっと何かがかすめた。

「寄付金を抜き取って、僕が寿子に渡していたことが公になれば、きっと妻はもう今のままではいられません。今の家に暮らしつづけていることだってできないでしょう。申し訳ありませんでした……。それが怖くて、秘密を守り通すしかなかったんです……」

こみ上げるものを堪《こら》えつつ詫びる砂川を見るうちに、黒い不吉な予感に襲われた。

(俺は、何かを見過ごしている。何か重大なことを……)

胸の中で、そんな声がした。

だが、その正体が何だかわからない。

「薬……」

大河内は、つぶやいた。

「薬は、いったい誰のものだったんだ……」

「何です――？　何と言ったんです？」

自分に問われたと思ったのだろう、そう訊き返してくる砂川の顔を、大河内は正面から見つめ返した。

「奥さんは……。礼子さんは、今はどこに……？」

「さあ……、刑事さんが来たと言って電話をよこした時には、家でしたけれど……」

「その後、彼女はどこかへ出かけるとか、何か、話してましたか……？」

大河内は、自分の声がかすれるのを感じた。

「いいえ、特には……。どうしたんですか、刑事さん……」

頭の中で、いくつもの断片が渦巻いていた。それが今、ひとつの形を取ろうとしている。

「礼子さんは……、あなたに自首を勧めたことは？」

「――なぜです？」

「答えてください、砂川さん」

「なぜか、一週間ほど前に勧められました。それまでは、怖がって、断固として反対していたんですが、先週、急に――」

「だが、あなたはそれを受け入れなかった」

「今、申し上げたように、妻が心配だったんです……。秘密が公になれば、妻が到底、堪えられないと思ったから……」

大河内は悟った。寄付金から三千万が消えていることを示すデータを佐藤哲典に渡したのは、礼子なのだ。それに、倖子の部屋で男と女が言い争う振りをしたのは、佐藤哲典のひとり二役ではなかった。あれも、佐藤と礼子で演じたものだ。亭主に自首を勧めたが、受け入れて貰えなかったので、礼子は佐藤に協力を頼んだにちがいない。いや、佐藤と各務倖子のふたりにだ。

各務倖子の部屋にあった睡眠薬のＰＴＰ包装シートは、すべて空《あ》いていて中身がなかった。しかし、倖子はそれを服用してはいない。それでは、中身はいったいどこに行ったのだ……。

――疲れました。ごめんなさい。

各務倖子の部屋で見つけた遺書らしき文言が頭に浮かび、大河内は反射的に席を立った。砂川重喜のみならず、一緒に取調べに当たっていた清野と山中のふたりまでもがぎょっとしてこっちを見つめるが、構わず、一目散《いちもくさん》に出口を目指した。

「ここをお願いします……」

かろうじてそうとだけは告げた気がするが、わからない。

廊下に飛び出ると、隣室で取調べの様子を見ていた桑野と天田、それに本庁の菊池が出てくるのと鉢合わせした。

「どうしたんですか、大河内さん!?」

唖然《あぜん》とし、半ば咎めるような口調で訊く天田に、

「至急、砂川宅がある目黒の所轄に連絡をして、警官を向かわせてください」

大河内は足をとめないままで頼み、

「お菊、一緒に来てくれ」

と、菊池を呼んだ。

天田が声を上げた。「わかりましたが、いったい、どうしたんです。説明してください、大河内さん」

「砂川礼子は、死のうとしてるんです。各務倖子の部屋にあった遺書は、あれは、礼子のものなんです。詳しい話は、あとでしますので、とにかく手配をお願いします」

10

小一時間後、大河内は緊急治療室の長椅子で、じっと砂川礼子の回復を待っていた。

大河内と菊池のふたりが砂川宅に駆けつけた時には、所轄の警察官と救急隊員とが彼女を搬送したあとだった。玄関に鍵がかかっていたため、一階の窓ガラスを割って入り、ベッドルームで意識をなくしている礼子を発見したとのことだった。

その場に残っていた捜査員に搬送先を聞き、こうして駆けつけたのだ。医師は胃洗浄や輸液などを行い、睡眠薬を可能な限り取りのぞいてくれた。だが、すでにどれほど吸収され、それが脳にどういった影響を与えるかについては、様子を見てみないことにはなんとも言えない。それが医師の見解だった。

「あのぉ……」

声をかける者があって顔を上げると、胸板の薄いひょろっとした男が立っていた。ジャケットにジーンズ、模様入りのシャツに無地の赤いネクタイをしている。こざっぱりと短く刈った髪を手櫛《てぐし》で七三くらいに分け、洒落《しゃれ》たデザインの眼鏡をかけた三十代の男だった。

「メッセを聞いて来たんですが、砂川礼子さんはどこです？」

尋ねる声で、目の前の男が誰だかわかった。佐藤哲典だ。そうわかって見ると、高校の卒業アルバムの面差《おもざ》しが確かにあるが、別人のように洒落て垢抜《あかぬ》けた男になっていた。

だが、佐藤は大河内の視線を何か誤解したようで、自嘲《じちょう》気味に苦笑した。

「いやね、変な目でじろじろ見ないで。店じゃ、かつらをつけてるのよ」

大河内と菊池は、長椅子から立った。佐藤は、大河内たちが携帯に残した伝言を聞いて、飛んできてくれたのだ。

「いや、そんなつもりで見たんじゃないんだ」

大河内は言いながら、手振りで長椅子を勧めたが、佐藤は坐ろうとはしなかった。

「礼子は、どこ？　彼女はいったい、どうなったの？」

「みずから、大量の睡眠薬を呑んだ。医者は、必要な処置はすべてしてくれたが、まだ意識が戻らない――」

「そんな……。馬鹿な礼子……。どうしてそんなことを……」

「少し、話を聞かせてくれるか」

再び手振りで長椅子を勧めると、今度は力なく腰を下ろした。

大河内が隣に坐り、菊池は佐藤の横に少し距離を置いて立った。

「各務倖子の部屋の座卓には、パルミタールという睡眠薬のＰＴＰ包装シートが載っていた。だが、中身はほとんど全部出してあって、空いていた。礼子は、それを呑んだんだ」

「――」

佐藤の顔に驚愕《きょうがく》が拡がる。それはすぐに、怒りや後悔などの感情で塗り込められた。佐藤は開きかけた口を閉じ、大河内から視線をそらし、太腿に自分の両肘をついて前屈みになると、じっと目の前の床を見つめた。

頭のいい人間であることは、電話でやりとりをした時からすでに気づいていた。おそらくは今、自分が礼子から見聞きしてきたことと真実の間の空白を埋めようとしている。

「私って、馬鹿……。どうしようもない馬鹿ね……。馬鹿なのは、礼子じゃなかった。あの子の気持ちに気づけなかった、この私だわ……」

声を押し出すようにしながら、上半身を起こす。低い、湿った声だった。

「彼女は、きみには、あの睡眠薬のことをなんと説明したんだ？」

「何とも。――彼女、実家が町医者なのよ。夜、寝付きにくいんで、実家に帰った時に、睡眠薬をまとめて貰ってるって言ってた。それで、あの日はちょうど帰ったところだったから、たまたま持ってたって」

「順を追って話してくれ。きみは電話では、各務倖子の部屋を訪ねたのは、ただ家飲みをするためだったと言った。だが、口調が少し変だった」

「――刑事さんって、よく気づくのね。確かに、あれは嘘。礼子が、私と倖子に相談したいことがあると言うので、倖子が、それじゃあ部屋に来ればって誘ってくれたの。だけど、電話で嘘をついたのは、その点だけよ。あとは全部、ほんと」

「嘘はそれだけかもしれないが、隠し事はしてたろ。きみは、礼子さんが一緒だったことを隠したし、一連の工作をすべて自分のアイデアのように話した」

「そうね……。でも、大方は私のアイデアよ。倖子が部屋でひとりっきりで死んでるのを見つけて、あまりに不憫《ふびん》だったの。工藤とのことを、あの子自身の口から聞いてたし、工藤と寿子の夫婦がどんななのかってことも、長い間に自分の目で見てわかってた。こんなことがあっていいのかって……。そしたら、礼子から、告白されたの。梨央のために集めたお金の中から、三千万を寿子に渡さざるを得なかったって。それを聞いた時に、ひらめいたのよ。自然死だったら警察は動かないけれど、自殺に見せかければ捜査をするはず。それで、パソコンに三千万がうやむやに消えてる証拠を残して消去したら、警察は何だろうと思って調べるにちがいないって。礼子は元々、そのことを私たちに相談するつもりだったので、会のデータを持ってたの。──その時には、あの子はもう、死ぬつもりでいたのね」

「たぶん、砂川礼子は、きみと倖子さんに寄付金から三千万が消えてることを公にして欲しいと頼んだ上で、死ぬつもりだったんだ」

「そうね……。だから、睡眠薬を隠し持ってたし、寄付金のデータも持ち歩いてたんでしょ……」

「ああ、きっとな」

佐藤が、熱いものにでも触れたかのように体を固くした。

「あの遺書……。あれは、あの場で、礼子が打ったのよ……。『疲れました。ごめんなさい』あれは、あの子の心の叫びだったんだわ……。それなのに、私、全然、気づけなかった……。きっと、工藤たちへの憎しみで、私の心が濁ってたからよ……。だから、隣にいた友人の気持ちが見えなかった……。寄付金の一部が不正に使われてたことが世間に知られれば、大騒ぎになる。梨央を亡くしてまだほんの三カ月しか経っていないあの子が、そんな騒ぎに堪えられるはずがなかった。そのことに気づくべきだったのに、私は……」

「自分を責めないことだ。死ぬ決意が固ければ固いほど、その兆候は、表には出ないものなんだ。きみといる時、礼子さんは、凜《りん》としてたんじゃないのか。だから、きみは、彼女が自殺するつもりでいるなんて気づけなかったんだろ」

「刑事さん――。あなた、いい人なのね……」

佐藤は泣くような、微笑むような表情をした。女性らしい表情だった。

「だけど、それにしても寿子って女は、いったい何なの……。何なのよ！　なんでサチちゃんを……」

「犯罪者体質の人間は、我々のごく身近にいるんだ。わずか一日、話を聞いて回っただけだが、工藤寿子という女が独善的で、執念深い性格であることはよくわかった。そういった人間は、自分の心や生活の平安が乱されることは、絶対に許さない。寿子という女にとって、各務倖子は、高校時代からずっと思うがままに扱える存在だったにちがいない。殺人犯の娘であることを暴露して、ほかの高校へと転校させた。亭主の工藤が彼女を募金の会に誘ったと知ると、そこに居られなくさせたばかりか、婚約者にまで倖子の父親のことを告げ口した。そんな人間が、各務倖子が亭主と不倫した挙句に、妊娠したことを知ってしまった。工藤寿子のようなタイプの人間に共通するのは、自分の取った行動を、常に正当化できることなんだ。殺人というのは、あの女にとっては、ただの手段のひとつに過ぎなかったにちがいない。だが、任せてくれ。あの女は、もうすぐに逮捕される。必ずパクリ、裁判にかけ、どんな女なのか丸裸にしてやるさ。そして、償《つぐな》いをさせるんだ」

11

ガサ入れによって、工藤寿子が塩化カリウムを購入した事実はすぐに明らかになった。ネットを使って購入しており、しかも、使用法や効果について検索した履歴も残っていた。

工藤大成が「知らない」と言っていた各務倖子の部屋の合鍵が、彼女のクロゼットの奥から見つかり、それまで妻をかばっていた亭主の態度に変化が生じた。寿子は、夫が不倫中に使っていた合鍵をそっと保管しつづけており、それを使って被害者の部屋に入ったのだ。

さらには、彼女の携帯に興信所の電話番号が登録されていて、その興信所からの領収書及び報告書が複数枚ずつ見つかるに至り、妻につき添っていた亭主が低くつぶやいた。

「きみって人は……」

報告書には、工藤大成の女性遍歴が詳しく記されていた。

亭主の放ったその一言が、世に言うおしどり夫婦の終焉《しゅうえん》を招いた。

「何なのよ、その言い草は！　あなたが悪いんでしょ。私が、今までどれだけ尻拭いをしてきたと思ってるの！　立候補前も、立候補してからも、もめごとを解決したのはいつも私でしょ。手切れ金を誰が出したのよ。誰が弁護士を用意したのよ。全部、あなたのために、私がしてあげたことじゃないの。それが、何なの、自分は何もかも知らなかったみたいな顔をして。今度だって、あなたがあんな女を妊娠させるからよ。堕ろしたら、それで済むと思うの！　あんな女に、私のメンツが潰《つぶ》されたのよ！」

両目を吊《つ》り上げ、鬼のような形相で喚《わめ》きつづける寿子の両手を、捜査員が背中にねじ上げて手錠をかけた。

亭主のほうにも、参考人として任意同行を要請した。

12

病室に足を踏み入れた刑事に、礼子はぼんやりと顔を向けてきた。枕の上で、頭をわずかに動かした程度だった。視線は大河内の体をすり抜けて、背後の天井を見ているようにすら感じられた。

「お加減はいかがですか？」

大河内は、静かに訊いた。幸いに発見が早かったために処置が間に合い、睡眠薬の過剰摂取による脳へのダメージや後遺症はないだろうとの意見を、医師から聞いたところだった。

「ああ、刑事さん……」

礼子はそう応じただけで、あとは何も言わなかった。

「工藤寿子は、逮捕されました。御主人に寄付金の一部を抜き取って回すようにと恐喝した容疑、それから、各務倖子さんを殺害した容疑の双方で、取調べを受けているところです」

「あの人が、サチちゃんを……」

「ええ、塩化カリウムを大量に注射することで、心臓が自然に停止したように見せかけました。佐藤哲典とあなたのふたりは、あの女が殺害した倖子さんを、自殺に見せかけて殺されたように細工したんです」

「そうだったんですか……」

礼子は低くかさつく声で言ったが、それ以外の反応はないに等しかった。体だけがここにあり、心はない。どこにあるのかは、自分自身でも見つけられない。そんな人間の顔だった。

大河内は、自分にはもっとほかに告げるべきことがあるのを感じた。だが、改めて口を開こうとして、戸惑いを覚えた。これはデカとしての戸惑いなのか、それとも、人の親としての戸惑いなのだろうか……。

誰にもしたことのない話だった。話すことを頑《かたく》なに拒んできたのは、誰かに話せば、これ以上、自分を支えていられなくなるような気がしたからだ。だが、今、話さなければならない。

「私も娘を亡くしました……」

つぶやくように告白する刑事の顔へと、礼子は相変わらずぼんやりとした視線を向けるだけだった。

「水の事故でした。家族が目を離した隙に、貯水槽に落ちてしまったんです」

礼子は何も言わなかった。

「ひとり娘でした……。まだ、たったの八歳でした……」

「…………」

「娘を亡くしてからずっと、私は、砂時計を思い浮かべて暮らしている。きっと、妻もそうだろうと思います……。あの砂が全部下に落ちたら、この痛みを忘れられる。この苦しみや悲しみが、少しは軽くなる……。そう思って、頭の中にある砂時計をじっと見つめているんです……。だが、砂が落ち切っても、何も変わらない。悲しみは相変わらずここにあり、そして、娘が二度と戻らない事実が居坐っている。仕方なく、砂時計をひっくり返し、また砂が下へ下へと落ちるのを待ちつづけます。そんなことを何度も何度も繰り返した挙句に、やっとわかった……。子供を亡くした痛みは、決してなくならない。気づくまでに、気づいてそれを認められるまでに、長い時間がかかりました。我が子を亡くしてしまったあと、親は一生、その痛みを背負って生きていくのだと……。私は刑事として、何人もの被害者を見て、被害者の御家族にも会ってきました。今の部署になってからは、大概の被害者は、亡くなっています……。娘を亡くす前と、亡くした後では、被害者の御家族に対する気持ちが変わりました。彼らはみな、何らかの理不尽な仕打ちによって、身内を奪われた人たちです。その痛みは、一生消えない。消えないままで、みずからの人生と折りあいをつけ、悲しみに折りあいをつけて生きていこうとしている人たちです。その痛みは、私も一緒だ……。事件だろうと、事故だろうと、病気だろうと、変わらない。砂川さん……、いや、礼子さん、あなたもそのひとりです。どうか、命を絶たないでください……。寄付金に何が起こったかは、知っています。御主人が、経緯も含めて、警察に何もかも正直に話してくれました。これから先も、あなた方御夫婦は、娘さんの寄付金の一部を勝手に盗用した両親として、糾弾《きゅうだん》されることでしょう。特に御主人は、詐欺・横領の罪に問われるかもしれない。この先、あなた方ふたりを待つのは、辛い、茨《いばら》のような道にちがいない。しかし、それでも死んではいけません。生きてください」

礼子の瞳《ひとみ》に、ぽっと赤い光が灯《とも》った。追い詰められた小さな獣は、こんな目をする。

「そうしようと思った……。娘のことを忘れたくない……。あの子が、私たちのところに生まれてきてくれたことを忘れたくない……。毎日、毎日、そう思って暮らしています。でも、刑事さん……、私、疲れてしまったの……。疲れて、どうしようもなくなってしまったの……。

寿子は、私たちが、寄付金の横領で世間から責められるのには堪えられないと、高をくくってました……。私たちが、決して告発できないと踏んでいたんです……。だけど、死ぬ気になれば何だってできるわ……。意地を見せて、そして、死んでしまえばいい……。ちょっと前から、そんな考えに取りつかれてしまって……」

涙があふれ、礼子は大河内に背中を向けた。細い肩が、病院の白いシーツの下で激しく揺れている。堪えてもなお漏れる嗚咽《おえつ》に、大河内は胸を締めつけられた。

「ありがとう、刑事さん……。大丈夫よ……。だから、もうひとりにして……」

「何かあれば、遠慮なく私に電話してください」

「ありがとう――」

感情の昂《たかぶ》りが収まってはいたが、まだこちらを見ようとはしない礼子に無言で頭を下げ、大河内は病室の出口へと向かいかけた。

「刑事さん――」

呼びとめられて振り向くと、ベッドに上半身を起こした礼子がこっちを見ていた。憎むような、挑むような目。その目は刑事などではなく、みずからの前に立ち塞《ふさ》がる、何か巨大なものを見据《みす》えていたのかもしれない。

「折りあいはついたの?」

「――」

「刑事さんの中で、お嬢さんを亡くしたこととの折りあいはついたの？　みんな、どうやって折りあいをつけていくの？」

「わからない……。どうすればいいのかわからずに生きています。敢《あ》えていうなら、そうして生きつづけていることが、折りあいをつけるということなのかもしれない」

礼子は、考え込むように目を伏せた。こんな舌っ足らずな言い方でしか、気持ちを伝えられない自分がまどろっこしい。

「——それじゃ、心の平安はあるの？」

「それは、人それぞれの捉《とら》え方でしょう」

「どうしてそんな思いをしてまで、生きつづけなければならないの？」

その答えだけは、単純な一言で言えた。

「親だからです」

第二話

日和見《ひよりみ》係長の休日

1

　九月の平日。雷門《かみなりもん》周辺は、すごい数の人でごった返していた。若者、家族連れ、そして、外国人の観光客……。すっかり変わった。

　小林がこの雷門交番に勤務していた頃は、浅草から人の足が遠ざかり、平日には閑古鳥が鳴いていた。もう賑《にぎ》わいが戻ることはないと言われ、都市論めいたものを語る評論家たちは、浅草から銀座へ、そして新宿や渋谷へと人の流れが移動したことを指して、戦後の繁華街の変遷《へんせん》を論じたものだった。

　警視庁捜査一課係長小林豊は、雷門の人込みの端っこに立ち、遠目に交番を眺めながら、かつての自分を思っていた。あの頃きみは若かったと、そんな歌謡曲みたいな感慨《かんがい》がわいてくる。小林の警官としてのキャリアは、この雷門の交番から始まったのだ。

　えらく背の高い西洋人に、ぽんと肩をたたかれてカメラを見せられた。シャッターを押してくれという意味だろうと判断して、その男と家族たちと思われる連中の写真を撮ってやってやっていたところに、小林の妻と娘がやっと追いついてきた。

　浅草寺《せんそうじ》のお参りを済ませ、仲見世《なかみせ》を向こう端から一緒に歩いていたのだが、やれ人形焼だ、煎餅《せんべい》だ、豆菓子だ、と足をとめ、あっちのお土産《みやげ》こっちのお土産と喜んで見て回るふたりにはつきあいきれず、雷門で待っていると宣言して先に来たのだった。

妻は木村家本店の人形焼の袋を、ハンドバッグとは反対の左手にぶら下げ、大学生の娘のほうは、まるでどこか遠い国から来た若者のように、安っぽい飾り物の羽子板を嬉《うれ》しそうに抱えていた。あんなものを、どこに飾るつもりなのかと呆《あき》れるが、一方で、どこか幼さの残る娘を愛《いと》おしくも思う。

「もうやだ、パパ。どうしてここにいるの？」

妻から問われ、小林はどきりとした。妻の顔にはまたいつものように、ただ問いかけるだけではなく、あんたにはあきれた、と言いたげな表情がうっすらと染みわたっていた。いったい、いつから俺は、妻からこんな目で見られるようになったのだろう。

三歳下の妻とは、恋愛結婚だった。彼女は小林が所轄勤務だった頃、同じ所轄の事務職だった。一目見て好きになり、なんとか話しかけたかったが、なかなかそんなチャンスは訪れなかった。

だが、管内に暮らす老人夫婦が殺されて、捜査本部が立ったとき、彼女もその手伝いに駆り出された。所轄の、ましてや若い捜査員が割り当てられる仕事といえば、使いッ走りの雑用ばかりだ。腐りかける気持ちを、かいがいしくお茶を配ってまわり、夜食の準備をしてくれる彼女の姿を遠くから見つめることでなんとか持ちこたえたのだ。

やがて少しずつ口をききあう仲になり、めでたく犯人逮捕に至って捜査本部が解散になったあと、思い切って食事に誘ってみたらオーケーされた時の嬉しさといったら。

——誠実で、まじめそうな人だったから。

結婚を承諾してくれた時には、恥ずかしそうにうつむいて、そっと何か大事なものを手渡すみたいにして言ってくれた。

「おいおい、雷門で待ってるぞと、言ったろ」

小林がそう言い返すと、妻と娘は、そろって左のほうを指差した。

「お昼は、『三定《さんさだ》』で天ぷらを食べようって話したじゃない。だから、先に行って、列に並んでるって、あなたが」

ちょっとふくれる妻の顔を、小林は思わず見つめ返した。

（そんなことを言ったか……？）

という言葉が、喉《のど》をついて出かかるが、すんでのところで呑み込んだ。抗弁したところで、言い争いになるのがオチだ。たぶん、妻がそう頼んだのに対して、カラ返事をしたのだろう。

家族は雷門からすぐのところにある天ぷら屋へと移動してみたが、昼飯時とあって、店の前には、すでにかなりの列ができてしまっていた。列の後ろに並ぶかどうかを話し合おうとしたところに、ちょうど、はとバスの団体が着き、小林たちを押しのけるようにして店内になだれ込んでいく。

「もう、やだ……」

妻が低い声で言い、

「天気がいいんだ。何か買い、隅田川でも眺めながら食べようぜ」

小林は、雷門でふたりを待つ間に思い描いていたアイデアを、さもたった今、思いついたみたいにして言ってみたが、

「それもいいけど……。せっかく来たのだから、どこかで美味《おい》しいもの食べましょうって、そう話してたじゃない」

不服そうな、妻の態度は変わらない。

「そうね。遊覧船の時間があるから、おにぎりでも買って早めに隅田川に行ってるのもいいかもしれないわよ」

娘の英里《えり》が、夫婦の会話にすっと分け入り、さり気なくふたりをうながした。高三の長男のほうは、大学受験などどこ吹く風で、今日も休日だというのに柔道の練習にうつつをぬかしてるスポーツ馬鹿だが、長女は気遣《きづか》いができる娘に育ってくれた。

このあとは、隅田川を下る遊覧船を楽しむ予定だった。浅草通りを、吾妻橋《あずまばし》の方向を目指して歩く。通りの先に、秋めいてきた入道雲がでんと陣取っている。最初に目についたコンビニエンスストアに入り、適当におにぎりやサンドイッチを選んで店を出た時だった。

怒鳴り合う声が聞こえて目をやると、車道の端っこに人力車が停《と》まり、それを引く若者と数人の若者たちが言い争いをしていた。

その若者たちのほうは、小林たちがコンビニに入る時から目立っていた。さっきからずっとそこにたむろし、歩道の縁石に腰を下ろして缶ビールを飲んでいたのだ。人数は五人。はではでしいTシャツを着た者のなかに、アロハ姿がふたり混じっている。

すぐ横から、ちらちらと父親のほうを盗み見する、娘の視線に気がついた。この子が幼かった頃から、刑事は普段は目立ってはならないと教えてきた。非番や公休に、警察手帳をひけらかしてもめごとを収めるなど、ただのスタンドプレーにすぎないのだ。

だが、いつからか、もめごとに関わること自体を億劫《おっくう》に思う気持ちが芽生えた気がする。

歩道を行く通行人たちの歩みが妨《さまた》げられ、こぞってのろくなり、人力車の周りに人だかりができ始めていた。こうなると、騒ぎにかかわっている当人たちが、互いに引けなくなってくるのが常だ。

「危ないから、歩道に上がれと言っただけだろ」

「何をしてたって、俺たちの勝手だろ。おまえこそ、いったい誰の許可を取って、車道をそんなので走ってるんだよ」

さかんにそんなふうに言い争っている。たむろする若者のなかでリーダー格は、模様入りの真っ赤なアロハを着た男だった。にやにやしながら、ここは天下の往来だ、といったことをまくし立てている。一方、人力車の若者のほうは、最初のほうこそ勇ましかったが、じきに相手の人数に気圧《けお》され出していた。

言い争いをする彼らのすぐ横を車が通行していて、ちょっと間違えば、誰かが車と接触する事故にもなりかねない。おいおい、こんな時に、さっと飛んでくるのが交番の務めなのに、いったい何をしているのだ……。

仕方ない、と思う気持ちのなかに、娘にいいところを見せたいという若干の気負いも隠しつつ、小林は若者たちに近づいていった。

だが、声をかけようとした瞬間、甲高《かんだか》い罵声《ばせい》が機関銃のような勢いで始まった。

「危ないから危ないって言ったんだろ。このすっとこどっこいが。だいたい、いい若いもんが、昼間っからこんなところで酒かっくらってるんじゃないよ。男ばっかり。みっともない。そろいもそろって、彼女のひとりもいないのかい」

遠巻きにしていた人だかりから、苦笑が漏れる。

声の主は、人力車の座席にちょこんと坐《すわ》った小柄な老婆だった。若者たちを怒鳴りつけたあと、

「あんたも、かっかするんじゃないよ、このバカが。客商売なんだろ。私しゃ、さっき、車がひっくり返るかと思って心臓が縮んだわよ」

人力車を引く若者のほうに身を乗り出し、短い右手を振り回した。車夫の若者が、首をすくめる。

「ばばあは、引っ込んでろ」と真っ赤なアロハががなる。

「なにを!?　あんたに、ばばあ呼ばわりされる筋合いはないよ」

老婆が腰を浮かして怒鳴り返すものだから、車夫の若者はあわてて両足を踏ん張り、懸命に人力車のバランスを取らねばならなかった。

売り言葉に買い言葉、騒ぎが益々《ますます》大きくなりそうな気配を感じ、小林は赤アロハに近づいて肩をたたいた。

「おいおい、それぐらいにしろ。車の通行もあるんだ。危ないじゃないか」

若者たちが一斉に睨《にら》んできたが、こういう視線には慣れている。そんな仕事をしてきたのだ。

周囲を取り囲むようにしてすごむ若者たちの顔を、小林は黙って眺めまわした。

「おっさん、いい格好してんじゃねえぞ」

すごんで肩を怒らせる赤アロハの手元を、小林は指差した。

「屋外での飲酒。それから、空き缶には、たばこの吸い殻《がら》がある。ここで吸ったんだな。条例違反だ。なんならそれに、公務執行妨害を足してもいいんだぞ」

すらすらと言い立て、相手が一瞬ひるんだところに、警察手帳のＩＤを提示した。若者たちが、水を打ったように静まりかえる。その顔に恐れが拡がるのを、小林は内心、まんざらではない気持ちで見返した。

非番や公休の間に、無闇《むやみ》に警察手帳を提示してはならない。――それは、小林がまだ駆け出しの捜査員だった頃に、同じ所轄の先輩に言い聞かされたことだった。それは、案外、こんな気分になるのを戒めるためだったのかもしれない。自分が正義の味方みたいに錯覚するのを。

若者たちはぶつぶつ言いながらも、小林に命じられるままに缶ビールの缶をコンビニのゴミ箱に捨てた。通行人も、元通りに流れはじめる。小林は、彼らがその中に混じって遠ざかるのを確かめ、妻と娘をうながして歩き出した。

そうしてじきに、お父さん、格好いい、の一言を娘から貰《もら》い、今日は家でごろごろしていなくて本当によかったと思う。

「ねえ、ちょっと待って。ちょっと待ってってたらさ。あんた、コバちゃんだよね」

そんな気分もつかの間、後ろからそう呼ばれてドキッとした。

——コバの旦那《だんな》。

小林は、自分が部下たちや、馴染《なじ》みの同僚たちの多くから、陰でそう呼ばれているのを知っていた。そして、彼らがそう呼ぶ時には、決して尊敬や親しみの気持ちが込められてはいないことも、だ。

小林の「コバ」を取って「コバの旦那」と呼ぶと思っている連中はまだいい。中には、コバを古馬に引っかけたと言い立てる連中もいるらしかった。ろくろく働きもしない日和見係長は、「古馬の旦那」というわけだ。

振り向くと、さっきの人力車があとを追ってきていて驚いた。

その座席で、小さな老婆がにこにこしていた。

「コバちゃん、わからないの。私よ、相良《さがら》よ」

目の前の笑顔が、段々と時間をさかのぼる。

「あ、寮長さん――」

小林は、思わずそうつぶやいた瞬間、なぜだか自分の体が少しだけ軽やかになったような気がした。

何がどう変わったのかなどと考えるつもりはないが、今とはまだ何かが違っていた頃の記憶が、いくつも芋《いも》づる式によみがえる。

ひとつ、はっきりしていることがあった。当時の「コバちゃん」という呼び名には、小林を蔑《さげす》み疎《うと》んじるようなニュアンスは皆無だった。

「いやだ。寮長じゃないわよ。まだそんなこと言って。それは、皮肉のつもり」

相良直子は、左手で口元を押さえ、右手で小林をたたく真似《まね》をした。そんな仕草《しぐさ》が癖の人だった。さっき、人力車夫をたたくような仕草をした時に、どうして思い出さなかったのだろう。

小林は、改めて直子の顔を見つめた。あの頃よりもいっそう小柄で、そして、しわくちゃになった気がする。

それに、記憶のなかのこの人は、いつも割烹着《かっぽうぎ》かエプロン姿だった。

直子はそこで人力車を降りた。車夫の若者にチップをはずむと、がんばりなよと背中をたたいて送り出し、みずからは小林たちと一緒に歩き始めた。ちょこちょこと短い歩幅で懸命に歩く姿に、時の流れがあった。

「ほら、前に話したろ。独身寮の例の寮長さん」

小林が耳打ちし、妻はくすくすとおかしそうに笑った。小林と妻とで、娘の英里にその由来を説明し、娘も笑いの輪に加わった。

独身の警察官の大半は、勤務先から近い寮に住む。家賃が安い上に、食堂がついていて、外食や自炊の手間がはぶけることが魅力なのだ。相良直子は、当時、独身寮の食堂で働いていた。

「寮長」というのは、あの独身寮に暮らす警察官たちが、直子に代々進呈してきた呼び名だった。遥《はる》か昔からそうだったようで、小林が寮に入った時も、先輩から食堂の直子を「寮長」だと紹介されたし、小林も後輩に同じようにしたものだった。時折、本気にする新人もいて、部屋の不具合や寮生同士の人間関係の悩みごとなどを、直子に相談に行ったらしい。

実際の「寮長」は、独身寮に暮らす居住者から選ばれるが、誰よりも長く寮にいて、思ったことは何でも口にし、時には若い警察官たちに容赦《ようしゃ》のない説教を浴びせる直子こそが「寮長」だったのだ。

「ええと、そうすると、あなたが里子さん」

直子が妻の里子にそう話しかけ、小林たちは驚いた。

「どうして私の名前を……」

妻と直子は、今日、こうして会うのが初対面だ。

「みんなじゃないけれど、職場結婚をした子の奥さんの名前は、なんとなく覚えてるのよ。ええと、あなたは、庶務にいたんだったわね」

小林は、直子の記憶力に舌を巻いた。

「直子さん」と、ちょっと改まって呼んでみる。「は、今もまだあの寮に?」

「あら、やだ。もう、とっくにお役御免よ。今は、娘のところで悠々自適。――とはいっても、忙しい時には、店を手伝ってるんだけどね。覚えてる、娘のこと?」

「ああ、本所《ほんじょ》で泥鰌《どじょう》屋を――」

「そうよ。よく覚えててくれたわね」

直子の娘は、亭主とふたり、本所で小さな泥鰌屋をやっていた。

孫は三人。上のふたりの男の子は独立して、それぞれ会社勤めをしているが、末っ子の長女はまだ英里と同じ大学生だといったことが、ぽんぽんと進められる会話でわかってくる。

直子は「ひ」と「し」の区別ができない生粋《きっすい》の江戸っ子だった。特に腹を立てた時などは、口調がマシンガンのような勢いになることは、ちょっと前に目にした通りだ。

じきに四人は隅田川に着いた。江戸通りと浅草通りが交差する大きな交差点を渡り、川堤の階段を下った。九月も半ばを過ぎたというのに、今日は季節が引き戻されたような陽射《ひざ》しで、川の両側を固めた護岸のコンクリートがぼっと発光したようにてかっていた。

吾妻橋のたもとに、水上バスの乗り場がある。さっきコンビニで買ったおにぎりなどを川岸で食べたあと、この水上バスに乗り、日の出桟橋まで下る予定だった。

そろそろ別れのタイミングを探る頃あいになると、直子の口が重たくなった。

「ここでコバちゃんと会えるなんて、神様に感謝しなくっちゃ」

「なんです、大げさな」

苦笑する小林の前で、どこか気弱げに微笑《ほほえ》んだ。

「実はね、ちょっと聞いて貰《もら》いたい話があるんだけれど、もう少し時間をくれないかい？」

2

「ここのもうちょっと上流さ」

直子が、隅田川を指差した。

「二、三キロ歩いた先の対岸に、高速の乗り口があるだろ。その乗り口の辺りで、知り合いの沢野って男が身を投げたことになってるんだ。地元の警察が調べた結果、結局は自殺って断定されたんだけれどね、だけど、沢野さんが自殺するわけないんだよ。きっと、何か危ないことに巻き込まれたに決まってるのさ」

川を見渡すベンチに並んで坐《すわ》ると、さっきの気弱で遠慮深げな態度はどこへやら、夢中で話し始める彼女を、小林はあわててとめた。

「ちょっと待って。先を急がず、まずはその沢野さんと直子さんの関係は？」

そう質問を振ってみたものの、実のところ、答えを聞きたいわけではなかった。先を聞くのを、なんとか少しでも先延ばしにする間に、先を聞かない理由をでっち上げたい。

内心、まいったな……、と思っていた。本庁（警視庁）勤務になってから、ましてや係長として部下をまとめるようになってからは、いわゆる「不審な事件」の相談を受けることが、たびたびではないが時折あった。

そして、その大半は、「近しい人間の死が、自分にはどうしても自殺には思えない」ということに決まっていた。

だが、警察が不審死を捜査して「自殺」と判断したケースのこれまた大半は、判断通りに自殺だ。ただ、身内や近しい人間には、その事実がなかなか受け入れられないだけなのだ。

それより何より、今日は公休。大手を振って休める日だし、ましてや家でごろごろしていたい気持ちに鞭《むち》打って、こうして家族孝行をしている最中じゃないか。このあとは、水上バスで隅田川を下り、銀座でショッピングをし、そして、どこか妻と娘の希望する店で夕食をとることになっていた。部活が終われば、長男も合流してくる約束なのだ。

「娘がやってる店の常連さんなんだけどね、元はあんたの同僚さ。一度、行方不明《ゆくえふめい》になった私の猫を見つけ出してくれたことがあるんだよ。あの人は、絶対に自殺をするような人じゃないのさ。だから、コバちゃん――」

「警察を辞めたあとは、何をしてたんです?」

小林はそう尋ねてから、自分が相手の言葉をかなり強くさえぎってしまったことに気がついた。警察を退職した男の話など聞きたくないという気持ちが、自分で思うよりもずっと強かったのかもしれない。

警察を辞めた人間に、ろくなやつなどいないのだ。

「探偵よ――」

テレビや小説のなかでしか馴染《なじ》みがない単語を、直子はどこか気恥ずかしげに口にした。ますます話を聞きたくなくなった。警察を辞めてから、興信所のたぐいで働き出した人間に、絶対にろくなやつなどいない。他人様《ひとさま》のために何かをしたいと思うのならば、警察官をつづけていればよかったのだ。組織の歯車になるのが嫌だとか、警察官が守れる正義には限界があるとか言いながら、実際には警察官として立ちいかなくなった連中がケツをまくって辞め、その挙句に、警察官だった頃につちかった技術や経験以外には自分を生かす道がなくて、興信所に勤め出す。そんなところだ。

（探偵だ、などと、笑わせるんじゃない）

と、胸のなかで毒づいた時、直子にきつい目で睨《にら》まれていることを知ってドキッとした。昔、寮に暮らしていた頃、なぜだか隠し事をしても見抜かれそうな感じがした相手だった。

「それで、その沢野さんが何かに巻き込まれた可能性というのは、具体的に何かあるんですか？　仕事で何か危ないことを調べていたとか？」

ついつい先をうながしてしまってから、自分の優柔不断さにうんざりする。なんだか段々とこの直子のペースに引きずり込まれていくような、そんな嫌な予感をおぼえていた。

「わからないよ、そんなことは。だから、それをあんたに調べて欲しいって言ってるんじゃないかい。ねえ、頼むよ、コバちゃん」

直子は、急に猫なで声を出した。

しかし、小林が口を開きかけると、それをさえぎるようにして、

「だけどさ、私は見たんだよ」

「何をです――？」

「あの人が土左衛門で見つかる前の日に、変な男たちがふたり、あの人の部屋で何かしてたのさ」

「変な男たち――？」

「ああ、そうだよ」

「何かって、何です？」

「そりゃあ、あんた、家探しさ。何かを探してたに決まってる。私と出くわすと、顔を隠すみたいにして逃げてった。沢野さんはさ、うちの近所に暮らしてたのさ。ちっちゃな賃貸マンションだけれど、大家が私の友達で、私は、時々、お茶を飲みに行くんだよ。その日も、大家を訪ねたら、ちょうど沢野さんの部屋から、そのふたりが出てくるところだった。そのマンションは、廊下が外にあって、表から見えるんだ」

「ちょっと待って。じゃあ、家探ししてるのを見たわけじゃないんですね？」

「まあ、そうだけれどさ」

「部屋から出てくるところを見たんですか？」

「——ああ、はっきり見たよ」

「だけど、表から見ただけなんですね？　間近ではなく」

「………」

「それは、直子さんひとりで？　それとも、大家をしてる友達も一緒でしたか？」

「私ひとりじゃ、信用できないと言うのかい？」

「そんなことは言ってませんが……」

そろそろ話を切り上げなければならない。こういう話は、つきあっていても、それでどうなるものでもないのだ。

「しかし、担当した所轄では、不審死として捜査をした上で自殺と断定したはずです」

「だから、それが間違ってると言ってるんじゃないか。わからない人だね。頼むよ、コバちゃん。あんた、今は本庁にいるんだろ。聞いたよ、大変な出世だって」

小林は、唇を引き結んだ。ちょっと自尊心がくすぐられて悪い気分じゃなかったが、簡単に喜ぶことなどできなかった。本庁の係長というのは、こういうたぐいの話に一々引っかかってはいられないのだと言ったら、直子はきっと怒りだすことだろう。

「そのふたりというのは、どんな男たちだったんです？」

「ネクタイに背広。両方とも、つるしの背広で、ネクタイもふくめて野暮ったかった。あんな野暮ったい格好をしたヤクザ者はいないよ。何か、堅い仕事の人間だと思う。——だけどさ、ふたりとも顔を隠すみたいに、サングラスをしてた。六月の梅雨時だったんだよ。あれは、絶対、顔を隠してたのさ」

直子は、じれったそうに体をくねらせた。

「ねえ、どれだけ話せばいいのさ？　お願いだよ、ちょっとでいいんだから、調べてみておくれよ」

「一応、所轄に連絡して訊《き》いてみましょう。それで、何かわかったら知らせますよ」

小林は、すらすらと言った。こういった台詞《せりふ》には慣れていた。何かわかったら知らせると言っただけで、必ず連絡すると約束するわけじゃない。そういう言い方で会話を終えれば、どちらも（特に言った本人のほうの）心の負担が少なくて済むし、言われたほうは、大概は時間が経《た》つうちに、相談を持ちかけた時の切羽詰《せっぱつ》まった気持ちが消えるか和《やわ》らぐかしてしまうものだ。

「だけどね、直子さん。これだけは言っておきますけれど、身近な人がみずから命を絶ってしまうと、それがショックで、周囲の人間は自殺だとはなかなか認められないものなんです。しかし、警察は、客観的に判断をします。現場が自殺と判断をしたのなら、たぶん間違ってはいないと思いますよ」

ちゃんとそう釘《くぎ》を刺しておくことを忘れなかったが、直子は喜ばなかった。

「それで、コバちゃん。あんた、沢野さんのフルネームを聞かなくっても調べられるのかい？」

3

大きな事件が起こった時は別だが、一課の刑事の公休は、班ごとに取る。小林班の連中は、全員が今日は羽を伸ばし、それぞれの休日を楽しんでいるところだった。

だが、デカ部屋の直通に電話をしてみたところ、若手の林田雅之が出勤していた。昨夜、捜査報告書のまとめが途中だったにもかかわらず、デカ長の大河内たちに誘われ、あとは明日、なんてことにして飲みに出たのだ。

捜査員は、群れるべきじゃない、との自論を堅持し、小林はほとんど部下たちと飲みに行くことはなかったが、大河内のほうは、事件解決のあとや休日の前など、さらっとほかの連中を誘って繰り出すのが上手《うま》かった。小林も時折、声をかけられるが、立場が下のデカ長に仕切られるのは面白くないので、つきあわない。

担当の所轄に連絡してみるとは約束したものの、何の予備知識も持たずに連絡するわけにはいかない。小林は林田に沢野のフルネームと遺体が見つかった時期を告げ、データベースで概要を調べるようにと命じた。

小林が、直子と話す間に昼食を終えていた妻と娘のとなりでサンドイッチを頬張《ほおば》っていると、それほど待たされずに林田から連絡が来た。

「沢野謙一、四十三歳。六月十八日に、越中島《えっちゅうじま》で遺体が見つかっていますね。死因は溺死《できし》です。しかし、捜査を担当したのは、向島中央署です」

「なぜだ?」

越中島なら、管轄は深川署のはずだった。

「遺体が見つかった日の朝に、向島五丁目の堤防にきちんとそろえて脱いであった沢野謙一の靴が見つかり、すでに向島中央署に届け出があったんです。靴のなかには、部屋の鍵と携帯が残されていて、携帯には、『すまない、疲れた』というショートメッセージがありました。それで、向島中央署が沢野謙一の行方を探していたところ、その日の夕方近くになって、越中島一丁目の水門付近で溺死体《できしたい》が発見されました」

「なるほど、それで向島中央署が担当になったわけか。ショートメッセージの宛先は？」

「離婚した妻だったそうですが、しかし、発信はされていません。宛先として妻の携帯番号が打ち込まれ、『すまない、疲れた』との文句が書き込まれてありましたが、未発信のままでした。向島中央署では、これを、妻に宛てた遺書だと解釈しました」

「不自然な外傷等は？」

「いえ、そういった記述はありません。ただ、アルコールの血中濃度が高かったとのことです」

「泥酔状態だったのか……。ほかには、何か？」

「いえ、特には――。係長、なぜこの件に興味を？　何か事件なんですか？　チョウさんに、連絡しましょうか？」

最後の一言がよけいだ。赴任してきてまだ間もない若手までもが、捜査の取りまとめ役は大河内だと誤解してないか。だが、あくまでも小林班であって、大河内班などどこにもないのだ。

「いや、いい」

と否定した語調が強すぎた気がし、「なあに、ちょっと知人に頼まれてな」とつけたして小林は電話を切った。

「警視庁の係長さんが、どうされましたか？」

遠慮がちに訊かれ、内心、悪い気はしなかった。小林の前に立つ向島中央署の刑事一係長は、須山功一といった。瘦《や》せた、神経質そうな男だった。警視庁捜査一課の係長が訪ねてきたことに戸惑い、いくぶん硬い表情で名刺交換を済ませたのち、すぐにそう訊いてきた。

「いきなり申し訳ありません。ちょっと確認したいことがありまして。今年の六月に、沢野謙一という男性の水死体が、隅田川で見つかったと思うんですが」

「ああ、その件なら覚えてますよ。元警察官だった男性ですね。首都高速6号向島線の向島ランプ付近に、確か靴などの遺留品が見つかり、最終的に自殺と判断されました。——何か本庁で、気になる点でも？」

須山は和やかな雰囲気を崩さないまま、いくらか慎重な口ぶりで訊いてきた。

「ええ、まあ」

と、小林は言葉を濁《にご》した。こっちは、本庁の捜査一課だ。細かい話などする必要はないのだ。

「恐れ入りますが、捜査資料を拝見できますでしょうか？」

一応、下手に出て頼むと、

「わかりました」

須山は、それ以上は何か訊こうとせずにうなずいた。「正木さん、ちょっと」と、デスクワークをしていた私服の女性警官を呼び寄せ、用件を告げ、捜査資料を小会議室へ運ぶようにと命じた。

「ま、ここではなんですから、会議室へどうぞ」

須山がみずから席を立って小林をいざなう。それがくせなのか、机にあった定規《じょうぎ》を手にし、ぽんぽんと肩をたたきながら歩きだした。

「今の女性は、新婚ホヤホヤでしてね。御主人ともども、すぐに我々を飛び越していくキャリアですよ」

いくぶん声をひそめるようにして言う口調には、ノンキャリ同士の連帯感を温《あたた》めるような雰囲気があった。小林は黙ってうなずきつつ、足早に刑事部屋を出て行く女性警察官に目をやった。

背筋をぴんと伸ばし、女剣士のように進む女だった。実際に、剣道か何かをしてるのかもしれない。ショートヘアーの痩身《そうしん》。平たい胸に、骨ばった肩。須山に応対していた時の生真面目《きまじめ》そうな目つきは、いくらか融通《ゆうずう》が利かなそうな感じもした。

キャリア警察官は、新人時代、現場経験を積むために所轄署に配属される。正式な赴任先の前の腕試し、ということなのだろうが、現場の責任者からすると、やりにくいことこの上ないシステムだった。捜査のイロハを教えようにも、上の勝手な判断でまたすぐほかへ異動してしまうし、相手はすでに警部補であり、現場の大概の警察官よりも階級が上だ。

「あの件は、彼女も捜査を担当しましたので、なんならお手伝いをさせますよ」

須山は、相変わらず定規で肩をぽんぽんとやりつつ申し出たが、小林はすぐさま首を振った。

「いや、それには及びませんよ。簡単な確認事項だけですので」

「そうですか。それならば、何か必要があれば、仰《おっしゃ》ってください」

須山は隣の会議室に小林を案内し、そう言い置いて出て行った。

だが、じきに捜査資料を入れた段ボール箱を抱えて現れた正木という女捜査官は、その箱を会議デスクに置くと、

「向島中央署、捜査一係の正木和美です」

わざわざ所属を名乗って丁寧《ていねい》に頭を下げ、

「どうぞ、何でもお申しつけください」

そう申し出たので、小林はどぎまぎしてしまった。

「いやいや、ひとりでできるから」

キャリアの女捜査官となど、関わりたくなかった。それに、整った顔つきの、なかなかの美形だ。こんな女がそばにいたら、落ち着いて捜査資料を読めるわけがない。

小林は、段ボールを自分のほうへと引き寄せた。重大事件の場合には、こうした箱がふたつ、三つと嵩《かさ》んでいくが、水死体を自殺と断定しただけの単純な捜査だ。箱は軽いし、大して時間

もかからずに目を通せるだろう。終わったら、電車で移動し、水上バスで隅田川を下った娘たちと合流する予定だった。

それなのに、正木和美はまだ動こうとはせず、

「ひとつ、質問してよろしいでしょうか？　本庁の方が、どうしてこの事件に興味をお持ちなんですか？」

係長の須山よりもずっと率直な訊き方で、その分、きちんと答えることを要求されたような気分になる。だが、きちんとした答えなど、持ち合わせてはいないのだ。

「なあに、簡単な確認事項です」

一定の年齢が行った、それにまあ男同士の場合ならば、こうして言葉を濁せば話は終わるのに、キャリアの若い女性警察官は、黙って小林を見つめ返してきた。

小林はその視線から逃れるようにして手を動かし、段ボールのテープをはがして上蓋《うわぶた》を開けた。中身は、やはり多くはなかった。捜査報告書、鑑識報告書、死体検案書などが綴《と》じられた資料を取り出し、めくる。

「正木さんは、新婚だそうだね」

沈黙がやりにくくて話しかけたが、すぐに後悔した。

「もう、一年経ちましたよ」

そう答える口調には、どこか冷たい響きがある。

「古女房と二十年以上も暮らしてる身からすりゃあ、一年は新婚ホヤホヤだよ」

打ち解けたい気持ちから、さらに墓穴を掘ったような気がし、小林は手元の資料に意識を集中することにした。下手なことを言えば、セクハラだパワハラだと騒がれる時代だし、相手はキャリア組なのだ。手元のスチール椅子を抜き出して坐った。

正木和美は、まだしばらくそばを離れようとしなかったが、小林がそうするとさすがに気が引けたのか、

「それでは、何か御用がありましたら、声をかけてください」

そう言い置いて出口へと向かった。

その時になって初めて小林は、口頭で確かめておくべきことに思い当たった。

「ああ、そうだ。沢野さんの遺体が見つかる前日に、ふたりの男たちが、沢野さんの部屋を訪ねたといった話は聞いているかい？」

ざっと目を通した捜査資料のどこにも、そんなことは書かれていなかった。

和美はドアの手前で立ちどまり、くるりとこちらを振り向いた。何か声をかけて貰えるのを、待っていたようにも感じられた。デカ部屋にいても、ただのお客様扱いで、よほどやることがないのだろうか。

「それって、もしかして、相良さんからお聞きになったんですか？」

「ええと、なぜそう？」

「――私たちのところにも、何度かいらっしゃったので。あの方、独身寮の寮長だったとか」

「食堂のおばさんだよ」

この署にも、ヴェテランの捜査員のなかには、小林同様に直子に世話になった人間がいるようだ。和美は、目をぱちくりとさせた。

「そうなんですか……」

「それで、その男たちについては、調べたのかね？」

「それは、わからず仕舞いでした。ですが、部屋に押し入った形跡はないし、無関係だろうと判断されたんです」

「直子さんは、男たちが部屋から出てくるのを見たと言ってたが」

「私たちにも最初はそう言っていたんですが、よくよく話を聞いてみると、ふたりが外廊下を歩くのを表から見ただけで、部屋から出てくるところを見たわけではないんです」

そういうことか……。小林も、みずから直子に確認し、そうかもしれないと思っていたのだ。

「それに、室内に、何かを物色したり、荒らされたような様子は皆無でしたし、部屋の鍵は、亡くなった沢野さん本人が持っていて、スペア・キーは室内にありました」

「キーホルダーが、携帯電話とともに、隅田川の堤防上で見つかった靴に入っていたんだったね」

小林は、該当箇所を目で追った。

「はい、そうです。そして、携帯電話には、奥様に宛てたと思われる言葉が打たれていました」

「それを所轄は、遺書だと判断したんだね。しかし、そのショートメッセージは、未発信だった」

「はい」

小林は、靴を撮影した証拠写真を見た。コンクリートの堤防に、綺麗《きれい》に並べて置かれた革靴が写っている。右の靴に、携帯とキーホルダーが入っていた。

「なぜ未発信だったんだろう?」

「さあ、それは――」

「きみの意見は?」

「最後になって、奥さんを苦しめる気がして思いとどまったのでは。自殺する直前に打ったメッセージが届けば、一生忘れられないでしょう」

「しかし、やがては自分宛てのメッセージを見つけることになるぞ」

「後になって知るのでは、インパクトが違います」

確かに一理ある。

「靴が見つかった現場は、向島ランプ付近だったね。目撃者は?」

「いえ、いません。元々、人通りが少ないところでしたし、沢野さんが亡くなった夜は、霧雨が降っていました。翌朝、川沿いに犬を散歩させていた老人が、川岸にきちんとそろえて置かれた革靴を発見して、近くの交番に知らせたんです」

「付近の防犯カメラの映像は？」

「一応当たりましたが、関連がありそうな不審人物は見つかりませんでした」

「沢野さんの姿は？」

「いえ、それもありませんでした」

小林は、疑問をおぼえた。

「ランプ付近ならば、大概は防犯カメラが設置されていると思うんだがね」

「正確には、現場はランプ付近というより、ランプ付近の遊歩道なんです。革靴が見つかったのは、遊歩道脇の川岸で、特に夜間は人通りがない場所でした」

「そうすると、沢野さんの死亡推定時刻は、目撃情報からのものではないんだね」

「はい、そうです。解剖の結果、遺体が発見された前夜の十一時前後だとの判断がなされました」

小林は死体検案書の該当項目に目を走らせたのち、質問を再開した。

「沢野さんは、どうやってそこに行ったのだろう？」

「それは、たぶん、川沿いの道を、徒歩で行ったのではないかと……」

「泥酔してたようだね」

「はい、遺体の血中濃度を調べたところ、酩酊《めいてい》状態だったことがわかりました」

「この夜は、どこで飲んだかは確かめたのか？」

「いえ、さすがにそういうことまでは」

責められたと感じたのか、和美はいくぶん顔を曇らせた。事件性が疑われれば、当然、足取りを調べる必要が生じる。足取りを追っていないということは、比較的、早い時点で、自殺の判断がなされたらしい。

「沢野さんは、癌《がん》だったんです。死体検案書の次のページを御覧ください」

和美に指摘されて、小林は死体検案書をめくった。

そして、「肺か――」と、つぶやいた。特に小林たち中年以降の人間にとっては、もっとも恐ろしいと実感する病気だ。こんな話は、直子から聞いていなかった。

「すでにリンパに転移があって、手術は難しい状況だったそうです。沢野さんには、別居中の奥様とお嬢さんがいました。そして、奥様を受取人にした生命保険に加入していました。自殺では保険が下りない免責期間の一年は、すぎていました」

和美は淡々と説明したあと、ひとつ間を置いた。このあと、何か大事なことを話すと言いたげな間の置き方に思われた。

「それと、沢野さんが亡くなったのは、お嬢さんとの月に一度の面会日でした。沢野さんは、この日、正午から二時間ほどの間、奥様とお嬢さんが暮らす浦和にあるレストランで過ごしていたことがわかっています」

「つまり、妻と娘に、別れを告げに行ったと？」

「自殺と判断した根拠のひとつは、このことでした」

小林は黙ってうなずくことで、今度は自分が間を置いた。

「ほかにも、根拠が？」

「知人の証言です。沢野さんの携帯の発着信履歴を御覧ください。夕方から夜にかけて、木塚という同じ人物と複数回、電話で話しています」

てきぱきと説明を始めるうちに、キャリアの女性警察官は活き活きとし始めていた。小林は、発着信履歴のリストを手に取った。そして、そこに並んだ名前のひとつを指差した。

「ああ、これだな。木塚隆。夕方の六時過ぎに、沢野さんから電話をしてる」

和美が体を寄せ、小林の手元を覗《のぞ》き込む。うっすらと、女物のコロンの香りがした。

「それと、十時前には木塚さんのほうからもかけています。あと、〇時過ぎにもです。ですが、この時にはすでに沢野さんは死亡していました。話したいから電話をくれ、といった木塚さんからの伝言が、携帯の留守電に残っていました」

「木塚さんは、沢野さんとどんなやりとりをしたんだ？　はっきりと自殺をほのめかすようなやりとりがあったんだろうか？」

「いえ、そこまでは……。しかし、なんとなく様子がおかしかったので、木塚さんからもかけ直したそうです。もっと自分が注意をして、電話をかけ直した直後に警察に連絡をしていれば、もしかしたら沢野さんは死なずにいたかもしれないと、ずいぶん、悔やんでいました」

「きみが直接、聴取したのか？」

「はい、そうです。最終的に気になったのは、レコードだったと聞きました」

「レコード？」

「はい、ここ数年、またＣＤじゃなくレコードに注目が集まっているそうなんですが」

「そうだな。きみらより、その辺りは俺のほうが詳しいよ。うちももう一回プレーヤーを買おうかなんて、女房と話してるところだ」

「沢野さんと木塚さんは、ふたりともすでに買ってたんです。そんなことでも話題が合って、沢野さんのレコードを木塚さんに貸したそうですが、電話の最後に、あのレコードは返さなくていいと言われて、えっと思ったと……。それで、気になり、あとでまた電話をしたと言っていました」

「さっき友人ではなく、知人と言ったのは、なぜだね？　木塚さんと沢野さんの関係は？」

「知り合ったのは、警官時代です。木塚さんも、沢野さん同様、かつて警察官だったんです。今年の五月ごろに、飲み屋で再会して、意気投合したと言ってました」

「経歴が似ていて、お互いにシンパシーを覚えたってわけか」

「そうです」

「しかし、警官時代、親しかったわけではない？」

「はい、同じ署にいたようなことはなかったそうです」

「それが、自殺を考えたとき、最後の電話の相手に選ぶものだろうか？　親しくもなかった警察時代の同僚を――」

これは答えを期待した質問ではなく、小林の心の声がそのまま口をついて出たようなものだった。案《あん》の定《じょう》、和美は困惑した様子で目をしばたたいた。

「さあ、それは私には、なんとも……」

小林は、胸のなかで苦笑した。この先、大いなる前途が待つキャリアの若手警察官にする質問ではないのだ。

「木塚さんは、勤めは何を？」

「《帝都警備》にお勤めです」

「《帝都警備》――」

小林は、小声で反復した。大手の警備会社だ。本社は確か新宿だが、全国に数多くの支店や関連施設を持っている。当然、あまたの警察ＯＢが天下りをしている。

七月の初めだから、今からおよそ二カ月前になる。この《帝都警備》は、防犯カメラの設置をめぐり、警察庁との談合疑惑で騒がれたのだ。警察庁主導で、都内に新たに設置する防犯カメラ約四百台、六億二千万円の発注を、談合によって《帝都警備》が請け負った疑惑が持ち上がり、一時期、マスコミで盛んに報じられた。

そして、《帝都警備》への発注は見直され、この発注案はいったん白紙に戻された。だが、様々な制約によって、警察庁からの発注を受けられる業者は限られている。改めて「公正」とお墨つきの入札が行われた結果、適正とされる価格によって、やはり《帝都警備》が入札するだろうと噂《うわさ》されている。

警察庁で、これ絡みの異動がいくつかなされたのは想像にかたくはないが、具体的なことは何もわからなかった。雲の上といえばいいか、伏魔殿というべきか、いずれにしろ、警視庁の係長風情には、あずかり知らぬ世界での出来事だ。《帝都警備》の中も、やはり異動がいくつか敢行されたのだろう。

こうして疑惑は立ち消えになり、熱しやすく冷めやすいマスコミの注意も、じきに別の獲物へと移っていった。

小林は死体検案書を置き、遺留品の札入れを箱から取り出した。すでに自殺と断定された事件なので、遺留品は遺族が望めば必要な手続きをへて返却されるが、そうなっていないということだ。

「遺体が持っていたのは、これだけなのか？」

「はい」

「手帳のたぐいは？」

「いえ、見つかっていません。川に流されたと思われます」

小林は黙ってうなずいた。仕事柄、手帳は必需品のはずだ。身に着けていなかったとは考えにくい。あるいは、依頼人等、迷惑のかかる筋を慮《おもんぱか》り、あえて身に着けずに川に飛び込んだのか。あくまでも、自殺と断定した上での話だが。

小林は、唯一の遺留品を点検した。合成革の札入れのほか、中身もすべて抜き出され、ひとつずつ証拠保全用の小袋に納められた上で、札入れと同じビニール袋に入っている。

万札が一枚と千円札が数枚、あとは小銭だけ。カード入れの部分に入っていたカードや名刺、保険証、病院の診察券が数枚、スーパーやコンビニのポイントカード、それに飲み屋のカードも数枚。大概は浅草や両国界隈《かいわい》のものだったが、新橋の店のものも入っていた。スナックやバーのたぐいだった。銀座のホステスのネームカードもある。

適当に押し込められてあったのを広げた様子のレシートや領収書を一応、点検してみるが、沢野が自殺したとされる日付のものは見当たらなかった。何かがふっと引っかかった気がしたが、それが何かわからないし、ただの気のせいかもしれない。

小林は、遺留品を保管用の箱に戻しはじめた。

「もう、よろしいんですか?」

和美が確かめ、自分も戻す作業を手伝いだす。

「現場に行かれるんですか?」

熱心な視線に出くわして、小林は内心、戸惑った。そんなことをするより、妻と娘に合流するために、そろそろ銀座に向かったほうがいい。

「いや、そこまでする必要はないだろ。頃合いを見て、直子さんに連絡しておくよ」

小林は、時間を取って貰ったことに礼を述べた。

何かがぼんやりと頭に引っかかっているような感じは残っていたが、こういうことは、懸命に考えてもわからないものだと知っていた。つまり、やり過ごしてしまうのが一番なのだ。

4

水上バスで日の出桟橋まで行った里子と英里のふたりと、有楽町で待ち合わせた。その後、妻と娘は、五丁目のＰＬＡＺＡ《プラザ》銀座店に入った様々な雑貨屋を、長々と時間をかけて見てまわった挙句、たぶんこの程度の値段のものを選ぶのだろうなと予想した雑貨を買ってほくほくしていた。

今度はティファニーを覗きたいというふたりにつきあって、小林たちは銀座通りを歩いた。雑貨屋であれだけ何を買うか買わないか迷った挙句に買ったのだから、ティファニーで何かを買いたいと言いだすことはないだろう。たぶん、あれこれ手に取り、真剣な顔と顔を寄せあって相談した結果、次の機会にね、といった同意が成立するにちがいない。そんな母と娘を愛《いと》おしく思うし、黙ってふたりにつきあう自分だってなかなかのものだと、小林は思う。

まだ、夕食時までは時間がある。ショッピングが済んだら、日比谷公園まで戻ってみるのもいいかもしれない。あるいは、このまま京橋方面へ歩き、東京駅の地下を見てみようか、皇居の周りを散歩しようかと、互いにあれこれと思いつきを口にしあうのもまた、楽しいものだった。

だから、向島中央署でふっと引っかかりを覚えたことなど、もう忘れていたはずなのに、そうではなかった。

「あ——」

会話の途中で、小さな声を漏らした夫を見て、里子が怪訝《けげん》そうに首をかしげた。

「ぼったくりバーだ……」

そんなつぶやきまで耳に入ってしまったのか、いよいよ怪訝そうな表情になり、何度か目をしばたたきながら、

「なに？　何て言った？」

と、訊いてきた。銀座通りを歩いているときに、まさか夫の口から、そんな単語が飛び出るとは思わなかっただろう。それとも、妻は機転を利かせ、深く立ち入らないことにしたのだろうか。

「いや、何でもないんだ——」

小林は言葉を濁し、それまでしていた会話のつづきに戻った。

刑事は仕事の話を家庭でしてはならない。——刑事になりたての頃、小林は先輩刑事からそう教え諭《さと》されたが、小林が妻の前で仕事絡みの話をしないのは、何もそういった教えを忠実に守っているからではなかった。

仕事の気がかりなど思い出したくもない、今日は、せっかくの休日なのだ。


それなのに、ぼったくりバーのことが頭を離れなかった。店の名は、《ギャラクシー》で、場所は正にこの銀座だった。おそらくは、それもあって思い出したのだろう。新橋寄りの六丁目か七丁目あたりだった気がする。

沢野謙一の札入れには、いくつかの飲み屋のカードに混じって、この《ギャラクシー》のホステスのネームカードが入っていたのだ。大して興味を払わなかったので、源氏名はちらっと見た程度だったが、エリかエミか、何かそんな感じだった気がする。

この店の従業員の男とホステスの死体が、外房の海岸沿いにある賃貸の古い一軒で発見されたのは、確か今から三カ月前のことだった。

ふたりはアルコールとともにメタンフェタミンを服用しており、死因は薬物の過剰摂取によるショック死だった。担当の所轄は事故死と他殺の両面で捜査を行い、警視庁が千葉県警を通じて捜査協力を求められた。

捜査員が自分の管轄以外で捜査をする場合には、必ず該当地域の捜査機関に書面で協力を要請せねばならない。そして、この手続きは所轄間で直接、行われるのではなく、県警本部同士、県警本部と警視庁といった上部組織を通して行うことになっている。

捜査協力には様々な形態があり、重大事件の場合には合同捜査に近いか、完全な合同捜査となるが、大概は補佐的に地元の捜査員がつき添うか、ただ書面上の手続きを行なった上で、他地域へと出向いた捜査員が事実上は単独で捜査することが多い。

この事件の場合は、所轄の調べによって、亡くなったふたりが働いていた《ギャラクシー》という店が、いわゆるぼったくりバーであることが判明した上、ふたりが使用した薬物の入手経路から、密売組織の検挙につながる可能性も取りざたされた。そのために一課と薬物銃器対策課が協力することになり、小林のところにお鉢が回ってきたのだった。

ただし、小林みずからが指揮を執《と》って班全体が動いたわけではなく、手が空《あ》いていた捜査員をふたり、協力要員に出す形だった。

結果として、死んだふたりにクスリを売った売人グループが逮捕されたほか、ぼったくりバーについては、経営者の男を恐喝容疑で逮捕するに至った。だが、死んだふたりの死には他殺の可能性は見当たらず、薬物の過剰摂取による事故死で決着したのだった。

この店のネームカードが、なぜ沢野謙一の札入れにあったのだろう……。

ただのバーやスナックのネームカードならば、財布に入れっぱなしになっていることもあるだろうが、《ギャラクシー》はぼったくりバーだ。もしも沢野がたまたま入って被害に遭《あ》ったのだとしたら、その店のネームカードを、そのまま財布に入れておくとは考えにくい。

　何らかの理由で《ギャラクシー》を調査しており、そのために店に足を運んだ。その時に貰ったホステスのネームカードが、そのまま札入れに入れっぱなしになっていた、と考えるほうが普通ではないか。あるいは、店の外でそのホステスと会い、ネームカードを受け取ったとも考えられる。

《ギャラクシー》の従業員とホステスが薬物の過剰摂取によって亡くなったのが、沢野謙一が隅田川で水死したのと同じ、今から三カ月前の六月だという点も気になった。このふたつに何らかの関係があるとすれば、まだ捜査線上には浮かんでこない裏が存在するのかもしれない。

　小林は携帯電話を取り出し、向島中央署にかけた。妻と娘はティファニーで懸命に買い物──おそらくは買わない物を、物色している最中だった。

　一係を頼むと、意に反して女の声が応対した。正木和美だった。

「申し訳ありません。須山は会議で外してるんですが」

「いや、きみでいい。ちょっと追加で教えて欲しいんだが、沢野さんは興信所で働いてたね。職場には、話を聞きに行きましたか？」

「ええ、行きましたが……、なぜでしょうか……？」

「なに、もしかしたらだが、仕事がらみで何か危ないことに巻き込まれた可能性はないかと思ってね。ただの、思いつきなんだがね」

小林は、咄嗟《とっさ》に言葉を濁した。それは、警察で長年過ごすうちに身につけた習慣だった。特に違う署の人間と話すときは、なるべく本音を隠して言わないほうがいいのだ。

それに、もしもふたつの件に関連があり、事故死や自殺として断定された事件をほじくり返すことになるとしたら、担当した人間たちの顔をつぶしてしまう。それは、組織のなかでは、決して喜ばれないことだった。

だが、そう思う反面、もしも何か大手柄になるならば、それを自分だけのものにしたいとの気持ちもある。

和美が反応するまでには、少し間があった。

「そんなことはないと思いますけれど……。こう言っては何ですが、沢野さんが働いていたのは、浮気調査などがメインの小さな興信所なんです」

そういった興信所が、何か危ないことに関わるわけがない、と思っているらしい口ぶりだった。

「興信所の名前はわかるかね？」

小林は、さり気なく訊いた。

「ええ、《深見探偵事務所》です。深いに見るです。所長の名前が、深見でした」

「わかった。ありがとう。それとだね、沢野さんの札入れに、《ギャラクシー》という店のネームカードが入っていたね。ホステスの名前を覚えているかな?」

今度はどうさり気なく尋ねようと、相手の注意を引く質問だった。

「――エミリ。カタカナで、エミリでした」

さすがキャリアの明晰《めいせき》さで、和美は名前を覚えていた。答えていいものかどうか、迷いつつ答えたといった感じの口調だった。和美が何か訊きたがっている雰囲気を感じたが、小林は素早く礼を言って電話を切った。

ちらりと店の玄関口を振り返り、妻と娘の姿がまだ見えないのを確かめ、今度は警視庁にかけた。デカ部屋の直通ダイヤルだ。

「もしもし、小林班大河内――」

デカ長の大河内茂雄が電話を取り、いつものてきぱきとした口調で応じるのを聞いて、戸惑った。林田が出るとばかり思っていたのだ。

「いたのか」

「ええ、ちょっと野暮用で」

「林田は、どうした?」

「雅之なら、遅い昼飯を食いに行きましたよ。何も食わずに報告書を打ってて、ちょっと前にやっと終わったところです。やつに、何か?」

「ええとな」

小林は迷った。このデカ長は、どんな仕事も苦にしない。何を命じられても黙々とこなし、係長である小林を補佐するのだ。正に女房役の鑑《かがみ》というやつで、だからこそ、時にはなんとなく煙《けむ》たくなってしまう。

「三カ月前に、外房で、薬物の過剰摂取によって死んだアベックがいたろ。千葉県警から、捜査協力を頼まれたやつだ」

「ああ、そんなことがありましたね。確か、石やんとお菊が担当したんじゃなかったですか」

すぐに思い出すところが、小憎らしい。それに、このデカ長は班の連中をみな親しげにあだ名で呼ぶ習慣があるのも、小林にはどうも気に入らなかった。石やんとは石嶺辰紀《いしみねたつのり》で、お菊は菊池和巳だ。もしかしたら、小林に《コバの旦那》なんてあだ名をつけたのは、この男ではないのか。

「アベックの名は、何だったかな?」

「ちょっと待ってください。今、データを見ますので」

さほど待つこともなく、大河内の声が電話口に戻ってきた。

「男は平泉茂久、女のほうは、見沢真理子ですね」

「女のほうの、店での源氏名はわかるか?」

「源氏名ですか?」

おかしなことを訊く、と思ったのかもしれないが、大河内は何も言わなかった。余計なことは口にしない男なのだ。

今度は少し待つ必要があったが、

「――ああ、わかりましたよ。『エミリ』です。記録にありました」

答えを聞き、小林は胸のなかで手を打ち鳴らした。

「ふたりの遺体が見つかったのは、正確にはいつだ？」

「六月の十二日ですね」

沢野謙一の水死体が見つかったのが六月十八日で、隅田川に落ちて死んだとされるのはその前日の十七日なのだから、わずか五日しか違わない。

「あの事件が、どうかしましたか？」

「いや、何てことはないんだ。気にせんでくれ」

小林は、言葉を濁した。もしも何か手柄を立てられるとしたら、自分ひとりだけのものにしたい……。

5

沢野謙一が調査員をしていた興信所は、内神田の雑居ビルにあった。ＪＲ神田駅と外堀通りの間に連なる、雑多な年代ものの建物のひとつで、エレベーターのないビルだった。薄暗い階段を三階まで上ると、やはり薄暗い廊下の左右にドアが並んでいた。どれも給湯室やトイレのものと見間違うばかりのドアは、大人の顔の高さに磨《す》りガラスがはまっていて、そのガラスに各事務所の名前が書き込んである。該当する名前を見つけ、ノックをして開けると、なかに男がひとりいた。

所長の深見悦司は、小林が差し出した名刺に油断のない目を落とした。髪は整髪料で丁寧《ていねい》に撫《な》でつけているが、下顎《したあご》はうっすらと不精髭《ぶしょうひげ》でおおわれていた。年齢は小林よりもいくつか上に見えるが、それはふてぶてしく油断のない雰囲気のためで、実際には年下かもしれない。

「警視庁の方が、何の御用ですか？」

礼儀正しい口調だったが、親しみはなかった。

「こちらで働いていた沢野謙一さんのことです」

わざとそこで言葉を切ってみたが、興味が動かされた様子は少しもなかった。

「沢野はもう亡くなりましたけれど、彼が何か――？」

「越中島付近の水門で、水死体で発見されたことは存じてます。最終的に、自殺と判断されたことも」

もう一度、言葉を切ってみた。今度はこちらの腹の内を探ろうとするような目を向けてきただけで、何も言おうとはしなかった。

「《ギャラクシー》という店は御存じですか？」

いきなりぶつけてみた。小林は、相手の顔から目をそらさなかった。

「《ギャラクシー》ですか？」

深見は、ころりと喉仏《のどぼとけ》を動かしてから、訊き返した。首を振り、

「いや、知りませんけれど。その店が何か？」

「銀座にあるバーなんです。生前、沢野さんはこの店を調べていたのではないかと思いまして」

完全なはったりに過ぎなかった。そうするために、こうして足を運んできたのだ。

「沢野が、ですか……。いやあ、もしもそうなら、所長である私の耳に入っているはずですが。なぜそんなふうに？」

「いや、理由はちょっとお話しできないんです」

小林は言葉を濁し、少し何事かを考えるような間を置いた。実のところ、次にする質問はもう決めていた。

「沢野さんは、こちらの興信所の仕事以外にも、個人的に何らかの依頼を受けていたようなことは？」

「ううん、それは何ともお答えしかねますが……、おそらくなかったとは思いますよ。ただ、刑事さん、我々のような仕事は、始終、事務所に詰めているわけではありませんし。それに、刑事さんたちのように、組織で行動してるわけでもありませんのでね。おのずと、充分には把

握できない部分もあるんです」

ただ「わからない」と答えれば済むところを、わざと回りくどい言い方をしているとしか思えない。

「ま、立ったままではなんですから、そちらにどうぞ」

深見は、入口のすぐ脇にある応接ソファを、やっと勧めた。

小林は礼を言って坐り、さりげなく部屋を見渡した。窓際に、窓を背にしてあるのが深見の机で、その正面に、田の字型にくっつけた机が四つ置かれている。どの机にもパソコンが設置され、書類立てやファイル、文房具などが見えるので、捜査員は所長以外に四人ということか。

窓の外には、隣接するビルの壁が見えるだけだった。

「沢野さんが自殺する理由に、何か思い当たることは？」

尋ねると、深見の顔が険しくなった。

「なぜ、三カ月も経った今になって、そんなことを訊くんです？」

「いや、なに……」

何か適当な言い訳を探そうとしたが、深見はそれを待たずに、みずからつづけた。

「さて、どうお答えすればいいんでしょうね。あったと言えばあったし、なかったと言えばなかった。一緒に働いていたんです。もしも自殺しそうな理由に、何か具体的に思い当たっていれば、もちろん注意を払ったし、なんとか悩みを解決できるよう、最大限の協力をしましたよ。しかし、警察から、彼が自殺したかもしれないと聞かされた時、やっぱり、という気がしたのも事実でした。そんなところです」

すらすらと言い立てた分、どこか棒読みの台詞《せりふ》を聞くようなそらぞらしさも感じられた。

「彼は、癌《がん》だったそうですね。一緒に働いてらして、何も御存じなかったんですか？」

「ええ、知りませんでした。一言も漏らしませんでしたので。亡くなって、警察から聞かされて、初めて知りましたよ。癌だから、自殺をした。奥さんとお嬢さんと面会し、最後の別れを告げ、みずから隅田川に飛び込んだ。私のところに来た捜査官は、そう説明しました」

「ちょっと待ってください。所轄は、あなたを訪ねた時、沢野謙一さんは自殺であるとすでに断定していたんですか？」

深見は、無言で小林を見つめ返した。少しして、

「四十男の捜査員と、若い女が一緒でしたよ」

「女のほうは、正木といいましたか？」

「そんな名でしたね」

「しかし、深見さん自身は、沢野さんが自殺をしたことには疑いを持っている。違いますか？」

「いや、それは違います。今、申し上げたでしょ。私には、わからない……。そういうことです。刑事さんにもないですか、ぼんやりと予感がするというようなことが。彼は警察を辞めた

あと、家庭生活もうまくいかなくなって、別居しました。ひとり暮らしのせいで、正直言って、暮らしは大分荒れてもいた。それに、どうも最近、顔色が悪いし、変だなと思っていたんです。彼が癌だったことを知らされて、やっぱり、と思いましたよ。なんと言うんでしょうか、仕事はそつなくこなしてくれてはいましたが、どこか投げやりな感じもしました。いや、色々なことから下りてしまっているような感じというべきかもしれない。しかし――」

そこまで言ってから、深見は唐突に言葉を切った。次に言うべき言葉を、吟味《ぎんみ》しているらしかった。だが、

「刑事さん、あなたは俺に、いったい何を言わせたいんです？」

結局は、そう訊き返してきた。

「あなたは、《ギャラクシー》という店を知ってる。さっきの反応は、そう見えました」

深見は、小林を見つめてきた。ふてぶてしい目つきだった。小林が見つめ返しても、ほとんど表情は変わらなかった。

「もし仮にだが、知っていたとしたら、どうなるんです？」

「彼が何を調べていたのかを、正直に話してください。そうしたら、沢野さんが自殺ではない、別の可能性が浮上するかもしれない」

「それなら、浮上してからここに来てください」

「――」

「失礼だが、俺にはあなたが、サラリーマン警察官に見える」

小林は、気色ばんだ。

「何が言いたいんです？」

「あのとき来た刑事たちと一緒だ。ひとりは、やる気がなさそうな四十男。刑事をやっちゃいるが、一生、所轄どまりで、自分でもそのほうが世話なしだと思ってる。郊外にローンで中古のマンションを買い、そのローンを返し終えるまでの間は、決して勤めを馘《くび》になっちゃならない。それこそが一大事の中年男です。一方、若い女刑事のほうは、生真面目《きまじめ》だけが取り柄の堅物。男にゃ縁がなく、警察が男社会であることを嫌ってもいるが、融通《ゆうずう》が利かないために、ほかの生き方など見つけられないタイプだった」

「鋭い観察眼だが、ちょっと違ってる。彼女は、新婚ですよ」

深見は、意外そうな顔をした。正木和美が新婚だったことに対してではなく、目の前の冴《さ》えない中年刑事が、そんな切り返しをするとは思わなかったのだろうか。

「沢野が警察を辞めた事情は、知ってますか？」

ぽんと投げ出すような訊き方だったが、わずかに胸襟《きょうきん》を開いたのかもしれない。

「いや」

「任意同行を求めた男が、いきなり逃走し、そのまま、自宅があったマンションから飛び降りて死んだ。その男は、暴行殺人の容疑をかけられていたんだが、じきに本ボシではなかったことが明らかになった。証拠の取り違えなど、いくつかの要素が絡んで起こったミスだったらしい。詳細は忘れました。男の遺族が、弁護士を立て、強引な捜査がこの男を死に追いやったと騒ぎ、マスコミの一部が同調した。そして、上司に責任を押しつけられ、詰め腹を切らされたんです。よくある話だ」

深見は唇の端をゆがめたが、これは笑顔と呼べる代物じゃない。

「警察の事なかれ主義で、あの男は組織を追われた。そして、今度は、大した調べもして貰えないまま、自殺として処理された。それに対して、俺が自分の職業倫理を天秤《てんびん》にかけてまで、何か話すと思いますか？」

「話せば、沢野さんに何が起こったのか、真実がわかるかもしれない」

「だから、そう思うなら、自分で調べればいい。俺の答えは、もう話した通りです。沢野が自殺したのかどうかは、わからない。以上です。こっちも、仕事中でしてね。さあ、帰って貰えませんか」

6

まだ残暑の季節だが、川面《かわも》を渡って吹く風には、つい数日前までのような熱気は感じられない。上空を走る高速6号線が陽射《ひざ》しをさえぎり、小林の立つ周辺は日陰になっていて涼しかった。

車ですぐに駆けつける。電話でそう言っていた正木和美は、隅田川と並行しつつ、高速6号よりも内陸部に延びる墨堤《ぼくてい》通りのほうから小走りで近づいて来た。ここには、墨堤通りからカーブを切った道と、高速6号線の下を走る道とが交差する辺りにランプへの上り口があり、付近には駐車ができない。どこかに車を駐《と》めてきたのだろう。

小林は、両手を前に突き出して振り、あわてて走ることはないと手振りで示しつつ、自分のほうからも和美に近づいた。

「忙しいところ、悪かったね」

「いえ、とんでもありません」

正木和美は、小林から見えていた範囲はずっと小走りだったのに、大して息を切らした様子もなかった。

「じゃ、早速だが、案内してくれ」

小林にうながされ、ふたりはそこから川沿いに歩き出した。大人の背丈の倍以上はある高さの堤防が、ずっと川沿いに連なり、延びている。その上も遊歩道になっていて、階段で上れるようになっている。しかし、堤防よりももっと川に近いところにも別の遊歩道があり、和美が小林を連れていったのは、そっちの道のほうだった。上流の方角を目指していた。

川沿いの遊歩道は、左右に植栽がほどこされた間を、右に左にゆるやかにくねりつつ続いていた。

「ここです。靴が見つかったのは、この場所です」

待ち合わせ場所から、徒歩で二、三分の距離だった。和美が立ちどまり、川の方角を指差した。遊歩道のすぐ横にひとつと、川岸のすぐ手前にひとつ、柵《さく》が延びている。ふたりは、手前の柵をまたいで越えた。

「川岸の柵の向こう側に、靴が並べて置いてありました」

和美はそう言いながら、現場を撮影した紙焼きのコピーを取り出した。

小林はそれを受け取り、目の前の景色と照らしあわせた。確かにここに間違いない。靴は柵の向こう側に、隅田川の流れを見下ろすようにして、丁寧に並べて置かれていた。

コピーを手にしたまま、左右を見渡した。聞いていた通りに、人通りの少ない場所だった。川の近くを歩けるためだろう、堤防上よりも通行人が多いようには見受けられるが、それでも疎《まば》らで閑散としている。霧雨の深夜となると、人通りがなかったのもうなずける。

「沢野さんはここに、徒歩で来たそうだが、上流、下流、どちらから来たのだろう?」

「おそらく、上流からだと。というのは、すぐ下流にかかった桜橋のたもとの防犯カメラには、沢野さんの姿が確認できなかったんです。同じく、さっきの高速ランプの乗り口付近のカメラにも、映ってはいませんでした。下流から来たのであれば、このいずれかのカメラの前を通らないことには、ここには来られません」

「で、上流は？　あれは、白鬚橋《しらひげばし》だね」と、指差した。交番勤務の頃の経験から、橋や通りの名前はすらすらと出る。「あの橋のカメラは、沢野さんを捉えていたのか？」

特に隅田川のような一級河川を横断する橋は、人の動きを追うのに重要な拠点となるので、大きな橋のほとんどに防犯カメラが取りつけられている。

「――いえ、それは確認できませんでした」

和美は伏し目がちになり、いくぶん言いにくそうにした。

「先ほど、署で申し上げたように、沢野さんの姿は、上流、下流、いずれのカメラにも捉えられていなかったんです。しかし、上流の方角ならば、ここと白鬚橋との間に何本か、墨堤通りとこの遊歩道をつなぐ路地があります。そこには、防犯カメラがありません。ですから、その路地のいずれかを通ってきたのだと推測しました」

「なるほど。そういうことか」

小林はそう応じたが、その態度に何かを感じたのかもしれない。

「警部補、ひとつよろしいでしょうか？」

「おいおい、その呼び方はやめろよ。階級は、きみも一緒だろ」

「では、何とお呼びすれば……？」

「小林さん、でいいさ。で、何だね？」

「沢野さんは、自殺でした。そう、断定されたんです。なぜ、小林さんは、足取りをそんなに気になさるのですか？」

小林は、いつものようにやり過ごすつもりだった。警察組織のなかで、やりあっても実りがないのでやり過ごすべき対象者はふたつ。その一はキャリアで、その二は若い女性警官。目の前にいるのは、その両方に当てはまる。

だが、やり過ごしてしまうには、正木和美の目は生真面目すぎた。

「私が気にしているのは、沢野さんの当夜の足取りよりもむしろ、別のことだ。あんたがた所轄が、いつ、どの時点で彼を自殺と判断したのかを気にしている。自殺だから、足取りを詳しく調べる必要はない、という言い方は正しい。だが、自殺ではない可能性が検討された時点では、付近の防犯カメラに沢野謙一の姿が映っていないことは、重大な検討要素になったはずだ」

「――それは確かに仰る通りです」

気の強い女なのだ。口ではそう言うものの、むしろ反発心が芽生えたらしい。

「しかし、お言葉を返すようですが、当日、沢野謙一は、妻と娘に会いに行っています。先ほどは言い忘れましたが、奥さんにも、病気のことは何も話していなかったそうです。おそらく、そっと別れを告げに行ったんです。その後、どこかで深酒をし、そして、隅田川に飛び込んだ」

「どこか、とは、どこだね？」

「――――」

「それと、別れた奥さんは、沢野さんが別れを告げに来たようだったと、はっきり証言したのか？」

「――どこか態度がおかしかったとは言っていました」

「彼の勤務先はどうだ？」

「同じです。どこか、態度がおかしかったと」

「俺には、違う話もしたぞ。ここの所轄の人間がふたり訪ねて来て、お宅の調査員が自殺したと告げられたとな。ひとりは中年の刑事で、もうひとりはきみだった。そうだな――？」

和美の顔が強張《こわば》った。生真面目な顔が、いくらか青白くなったように見える。小林は内心うんざりし、話を切り上げることにした。

「すまん。言い過ぎたようだ。頼んだものは、持ってきてくれたな」

形ばかり頭を下げ、右手を差し出した。相手はキャリアで、すぐに階級も逆転するが、今はこっちが上だ。

和美はどこか不服そうだったが、鞄《かばん》を再び開けて、今度はなかから通話リストを出した。沢野の携帯電話の発着信履歴だ。

人名や法人名、裏社会の組織名、地名、住所、時には番地や電話番号まで、小林は目にしたものは、なんとなく頭にとどめておく習慣があった。日和見《ひよりみ》係長と呼ばれていても、それぐらいのことはする。正確に記憶することまではできないが、ぼんやりとした印象のようなものをとどめておくと、思わぬ結びつきが判明する場合がある。それが捜査というものだ。小林は、リストに並んだ名前のひとつに目をとめた。

薬物の過剰摂取で死んだ《ギャラクシー》の従業員だった男は平泉茂久で、女のほうは、見沢真理子。

さっき、大河内からそのふたつの名前を聞かされたとき、ピンと来たのだが、やはり間違いなかった。

沢野謙一は、六月十二日、すなわち平泉茂久と真理子のふたりが亡くなった日の夕方五時頃に、「平泉彰久」という男に電話をしていた。

「ありがとう。上司の須山さんにも、よろしく伝えてくれ」

小林は、礼を言って発着信リストを四つ折りに戻し、ポケットに入れた。

「待ってください。私、車で来てるんです。お送りできますが」

「そんな必要はないさ」

「いったい、何をお調べになるんですか？　お願いします。私も、連れて行ってください」

小林は、黙って和美の顔に眼をすえた。感情を表に出さないように努めてはいるつもりだが、たぶん、億劫《おっくう》がっているのは伝わっている。

「上司から、そうするようにと言われたのか？」

「いえ、私の判断です」

「おいおい、現場の部下に、勝手な判断で動かれちゃ、上司はたまらないよ。俺のところにも、そうしたがるのが若干いるがな。だが、少なくともそいつらは、駆け出しじゃあない」

「足手まといにはなりませんので、お願いします」

「――――」

「それに、デスクに坐っていても、上司からは煙たがられてるだけなんです」

和美は懸命に笑いかけてきて、軽口であることを強調した。小林は、笑わなかった。取り入ろうとされても、困るのだ。

「沢野さんの自宅があるマンションで目撃された男たちは誰だったのか、調べる必要などないと言われました。相良直子さんは最初、男たちが沢野さんの部屋から出てきたと証言しましたが、何度か確認するうちに、部屋から出てくるところを直接見たわけではないとわかり、『部屋のドア付近にいた男たちを目撃した』と証言が訂正されました。そして、形ばかりの聞き込みが行われるうちに、沢野さんは自殺だったとの判断が下されました」

小林は、隅田川へと視線を逃がした。川面を下っていく遊覧船や、それよりもずっと速い速度で逆に上流へと上っていく小型ボートなどが見えた。生真面目にまくし立てられるのだって、困る。

だが、和美はやめなかった。「驚いたことに、いったん自殺と判断されると、この男たちのことは忘れられていきました。自殺なのだから、沢野さん宅付近にいた男たちの件は、もういい。そういう理屈なのでしょうが、それが表立ってきちんと議論されることもありませんでした。いつの間にやら、自殺ということで落ち着いたんです。小林さんが御指摘された通り、沢野さんが勤めていた興信所にうかがったひとりは、私です。一緒に行った先輩の刑事は、相手の意見を聞く前に、自殺だという憶測を述べてしまいました。こんな事なかれ主義が、警察なんでしょうか……」

ちらりと見た生真面目な顔には、どこか幼さが残っていた。だが、やがて二年が経ち、三年が経つうちに、そんな表情は様々なものの中へと埋没していくのだろう。組織で過ごすとは、そういうことだ。

「きみらが偉くなって、体質を変えていくしかないさ」

小林の軽口に、和美は引き攣《つ》った笑みを浮かべた。

これで終わりだ。小林は片手を上げて別れを告げ、歩き出しかけた。

「沢野謙一がらみで、《ギャラクシー》という店を調べたことは？」

だが、つい話しかけてしまった。

「いえ、ありません。――それって、沢野さんの札入れに、ネームカードが入っていたスナックですね」

「いや、スナックじゃなく、ぼったくりバーだ。そこの店の従業員とホステスが、三カ月前、薬物の過剰摂取によって亡くなった。沢野謙一が亡くなる五日前のことだ。そして、従業員だった男の名は、平泉茂久だ」

7

新橋と銀座は、首都高によって区切られている。高速より北側は、銀座七丁目や八丁目だ。しかし、この界隈には、どこか新橋に近い庶民的で雑駁《ざっぱく》な雰囲気がある。《平泉質店》は、銀座八丁目の中央通り寄りに、七、八階建てのビルに周囲を取り囲まれて建っていた。コインパーキングに車を入れて、近づいた。

路地から少し引っ込んだところに設置された幅半間の自動ドアを入ると、狭い店内に、四角い顔をした初老の男が坐っていた。左右の壁を埋めてショーケースが並ぶほか、真ん中にも背の低いショーケースが二列にわたって設置され、店を縦に区切っていた。男は自動ドアの電子音に反応して顔を上げ、顧客を相手にするために身につけたものと思われる、ぼんやりとした視線を送ってきた。ここに来るのは、店主から無遠慮に見つめられるのを嫌う客たちだ。

「平泉さんですか？　警視庁の小林と申します」

「向島中央署の正木です」

小林たちが次々に名乗ると、その視線がわずかに揺れたように見えた。

「私が平泉ですが、どういった御用件でしょう？」

「三カ月前に亡くなられた息子さんのことで、ちょっと」

平泉彰久と茂久が親子であることは、すでに調べがついていた。

「あいつのことは、もう忘れましたよ」

平泉は、いくらか小林の言葉をさえぎるように言った。重たい疲労が、にじみ出てきたような力ない声だった。

「それとも、生前に、あのバカが何か警察に御迷惑でも――？」

「いえ、決してそういうわけでは」

小林は、沢野謙一の顔写真をポケットから抜き出し、平泉が坐るカウンターに置いた。

「この男性を御存じですか？」

平泉は写真に視線を落とし、あわててそらした。

「いえ、知りませんが……」

嘘をつくのに不慣れだった。

「沢野謙一という、興信所で働いていた調査員です。彼の携帯の発信履歴に、ここの番号がありました」

小林は淡々と、やや冷淡に告げてから、間を置き、もう一度訊いた。

「沢野さんを、御存じですね？」

平泉は、激しくまばたきした。

「沢野さんが、どうかされたんですか？　三カ月前の出来事は、もう思い出したくないんです。できれば、そっとしておいていただきたいんですが……」

「何も御存じないですか？　沢野さんは、亡くなりました」

平泉は、ぎょっとした。「なぜです？　いったい、いつです――？」

「茂久さんが薬物の過剰摂取で亡くなった、五日後のことです」

「ほんとですか……。そんな……、まったく知りませんでした……。いったい、どういう……」

言葉につまり、言問《こと と》いたげな視線を、小林と和美の双方にせわしなく飛ばした。本当に驚き、戸惑っている人間の反応ではあったが、疑ってかかるべきシチュエーションだった。

「本当に何も御存じなかったんですか？　茂久さんたちが亡くなった五日後ですよ。ニュースにもなりましたし、俄《にわ》かには信じられないのですが」

「嘘じゃありません。ちょうど娘の結婚式で、夫婦そろってハワイに行っていたんです」

「息子さんが亡くなったのに？」

「もう、式場もホテルも予約してあって、どうにもなりませんでしたから……。両家の親戚の手前もありますし……。相手の御家族に、御迷惑をかけるわけにもいきませんし……」

小林が黙って見つめていると、平泉はきまり悪そうに目をそらした。

「どうもわかりませんね。そんな説明は、不自然極まりなく聞こえますが」

「仰る通りです……。しかし、事情があったんです……」

「それでしたら、その事情を教えてください」

平泉は、唇を引き結んだ。落ち着きのない視線を、店の入口にちらちらと投げたあと、次には背後も気にした。平泉の背後は、四畳半の和室に質草が保管してあり、その奥の壁に障子がある。家人の耳を気にしているのか。

もう一歩、背中を押そうとしかけたとき、平泉はみずから口を開いた。

「――息子の行方を探して貰ったんです」

「茂久さんのことを？　それは、沢野さんが勤める興信所に依頼して？」

「そうです――。息子とは、ずっと不仲でした。妹の結婚式が近づいているというのに、家に寄りつこうともせず、おかしな女と遊び歩いてばかりいて……。式に出るつもりはないと、そう言い放っていました――。でも、たったふたりの兄妹です。なんとか出させたいと思ったのですが、なにしろ行方がわかりません。いくら電話をしても出ないし……。それで、沢野さんのところにお願いして、行方を――」

「しかし、残念ながら、息子さんは、あんたことになってしまった、と」

「そうです……」

カウンターの前には、質草を持って来た客のために、背もたれのない丸椅子が置いてある。

小林は、失礼しますよと断って、その丸椅子に腰を下ろした。平泉は、小林の視線の位置が低くなった分だけ顔を下げた。嘘をつくのに不慣れな男が、必死でまだ何かを隠そうとしている。

「ほんとにそれだけですか？」

カウンターに上半身を乗り出し、小林は平泉に顔を寄せた。

「それだけならば、最初からそう話していたんじゃないですか？」

「――――」

「ここは銀座で、沢野さんが勤めていた興信所は内神田です。この界隈にも興信所はあるし、その中のいくつかは大手です。なぜ、そういったところを避け、内神田の、それも大して規模の大きくない興信所に依頼をしたんです？」

「それは、勧めてくれる友人がいたので……」

「どんなふうに勧めてくれたんです？　大手では引き受けないような依頼をしても大丈夫だと、ですか？　あなたは、その友人に、そういった依頼をするのに、どこか信頼が置けて、融通の利く興信所はないかと訊いたのではありませんか？」

「――――」

奥の障子が開き、奥方らしい女が顔を覗かせ、平泉に「あなた……」と呼びかけた。かすれ声が、しかも小さく震えてもいた。

「大丈夫だ。おまえは、奥に行ってなさい」

平泉は上半身を少しだけひねり、静かに命じ、小林たちに向き直った。

「息子は、ここにあった貴金属類等、高価なものを盗んで逃げたんです。私は寄合で留守でしたが、やはり家を空《あ》けていた家内が帰宅したところで、裏の保管庫から出てくる息子たちと出くわしました。なんであんな子になってしまったのか……。だけど、親バカと笑ってください。妹の式が間近だったし、息子を盗みで警察に訴え出るなんて、そんな情けない真似はできませんでした。できれば、穏便に済ませたかった。それで、仲間内で事情通の友人に相談したところ、沢野さんのところを紹介してくれたんです」

「事を荒立てず、内々に息子さんたちを探して欲しいと頼んだんですね？」

「そうです」

「それで、どうなったんです？　息子さんたちふたりの変死体を見つけて届けたのは、茂久さんの家族だと記録に残ってます。しかし、実際には、ふたりの居所を見つけたのは沢野さんだった。そうですね？」

「そうです……。沢野さんが連絡をくださり、私があわてて飛んでいきました」

「その時、沢野さんはひとりでしたか？」

「――いえ、所長の深見さんが一緒でした」

「その時の模様を、できるだけ詳しく話してください」

「私が息子たちが亡くなっている外房の貸家に着いたのは、夜の七時ぐらいでした。連絡を貰い、すぐ飛んできてくれと言われたので、取るものも取りあえずに駆けつけたんです。そしたら、明かりの消えた貸家の玄関口で、沢野さんと深見さんが待っていました。ふたりは、私が平静を保っていられるかを何度か確認した上で、中の遺体を見せました。息子たちは、あられもない姿で亡くなっていた……」

　平泉は、こみ上げるものを抑え切れずに、言葉を途切れさせた。

「失礼しました……。そのあと、沢野さんたちは私が落ち着くのを待って、店から盗まれた貴金属類を渡してくれました。部屋のテーブルに、アルコールやスナック菓子、コンビニの弁当などが散らかっていたのですが、息子たちが店から盗んだ品も、そういったものに混じり、無造作にテーブルに投げ出してあったそうです。私はそれらの品を確認したあと、地元の警察に連絡をしました。沢野さんたちに依頼をしたことは、いっさい警察には話さないと約束をして、沢野さんたちには帰って貰いました」

「盗まれた品は、ひとつ残らず全部、戻ったんですか？」

「いえ、二点ほど、なくなっていました。売り払い、現金を得たんだと思います。沢野さんから、それらの品の行方を追いますかと訊かれましたが、しかし、ともに質流れで所有権がうちにある品でした。ですから、それについてはもう、忘れることにしました」

　小林がうなずき間を取ると、平泉のほうから訊いてきた。

「刑事さん、私どものやったことは、何か罪になるのでしょうか？」

「今回は大目に見ますよ。沢野さんのことで、何か気になったことはありませんか？　どんな些細《ささい》なことでもけっこうですので、思い出していただきたいのですが」

「沢野さんのことで、ですか……。いやあ……、今、お話ししたのが、すべてですが」

平泉はそう答えつつも、律儀に記憶をたどる顔をした。

「そう言えば、なぜ右に逃げたのかと……」

「何です？　どういうことです？」

「いえ、こんなことは何も関係ないんでしょうけれど、沢野さんは、息子の逃げた方角を気にしていました」

「もう少し詳しく」

「店舗には防犯カメラが取りつけられているものですから、それを知っている息子は裏口から侵入しました。逃げたのも、そこからです。店の裏手には細い路地がありまして、その路地を左に走るとすぐに中央通りなんですけれど、息子は反対に逃げたんです。沢野さんは、それを気にしてました」

裏口を見せて欲しいと頼む小林たちを、平泉は店の奥へと案内した。裏の路地は、人がすれ違うのがやっとぐらいの幅で、薄暗かった。路地というより、ビル同士の隙間《すきま》と呼んだほうがむしろ、適当かもしれない。

左側は、ビルをひとつ隔てた向こうが大通りで、ここからでも視界がひらけているのが見えた。反対に右側は、薄暗い路地が、その何倍も先まで延びている。

小林は、念のために中央通りまで出て左右を見渡したあと、今度は反対側へも出て同じようにした。

確かに、なぜ平泉茂久は裏口から飛び出したあと、左の中央通りへではなく、右側へと逃げたのだろう。右側の路地の先は、銀座としては場末に近いが、クラブやスナックなどが並ぶ繁華街だ。繁華街へ逃げ込めば、すぐに人に紛れると判断したのだろうか。それとも、ただ咄嗟《とっさ》に体が動いてしまっただけなのか。

それよりも気になるのは、なぜ沢野謙一が、そんな細かい点に注意を払ったのかということだった。

8

一歩遅れれば、捕まえられなかったところだ。内神田の雑居ビルへと入りかけた小林は、夕暮れの雑踏のなか、駅の方角へと歩く後姿のひとつにはっと目をとめた。

確信は持てなかった。室内で一度会っただけの人間を、屋外の雑踏で、後姿からそれと見定めるのは難しい。しかし、上着やズボンの色に見覚えがあったし、身のこなしもそうだった。

「ちょっと、ここにいてくれ」

和美に言い置いて走り出したが、彼女もまたすぐ後ろについてきた。

歩行者の間を縫い、人にぶつからないように注意しつつ、

「深見さん。ちょっと待ってください、深見さん――」

声をかけると、前を行く人影が振り向いた。やはり、深見悦司だった。

「また、あんたですか。ええと、それに、今度は所轄の刑事さんも一緒に。いったい、何です？」

深見は、和美のほうにちらちらと視線をやりつつ言った。温《あたた》かみのある視線ではなかった。

「あなたの依頼人に会いましたよ。平泉彰久です。自身の息子と見沢真理子が亡くなっているのを見つけたのは、あなたたちだということもふくめて、事情はすべて話して貰いました」

「それなら、もう私に何か尋ねる必要はないでしょ。申し訳ないが、仕事で人と会う約束がありましてね」

「五分で結構です」

「ほんとに、何も話せるようなことはないんだ」

「あなたたちが、遺体の第一発見者だ。父親とは違うことを何か、知っているかもしれない。協力してください」

「参ったな。ほんとに五分ですよ。何を訊きたいんです？」

小林たちは、人の流れを避けて路地の端っこに寄った。深見には、相変わらず歓迎している

雰囲気はなかった。

「ふたりは、本当に薬物の過剰摂取による事故死だったのだろうか。殺人の可能性は？　あなたの見立てを聞かせて欲しい」

深見は、唇の片方だけをゆがめて薄笑いを浮かべた。そんな表情をすると、暗い印象の漂う男だった。

「それを、警察が興信所に訊くんですか？」

「遺体の第一発見者に尋ねている」

深見は、ちらっと腕時計に目をやった。

「あれは事故ですよ。薬物の過剰摂取による事故死とした、警察の見立て通りだと思いますよ」

「鍵は？」

「開いてましたよ。我々は違法なことをして、中に入ったわけじゃない」

「それならば――」

小林が言いかけるのを、深見は手でやんわりと制した。

「それならば、誰かがふたりを薬物の過剰摂取による事故死に見せかけて殺害した上で、逃走した可能性も考えられる、というわけですか。しかし、いったい、誰がです？　いや、仮に百歩譲って、誰かがそうしたのだとしても、それでその犯人が、次には沢野を殺害したというんですか？　あなたはそんなことを思ってるのかもしれないが、私には到底そうは思えない」

「先を急がず、ふたつに分けて考えませんか。まずは、沢野さんではなく、平泉茂久と見沢真理子の件です。あなたは、我々よりもずっと早くからこの件に関わっていた。何か考えがあるなら、ぜひ聞かせて欲しい。ふたりを邪魔に思う人間が誰かいませんでしたか？」

　下手に出て頼むと、深見はむしろ不快そうな顔をした。機嫌を取られるのが嫌いな男なのだ。だが、気持ちは通じたらしい。

「邪魔に思うとしたら、ぼったくりバーの経営者だった名越康平ですが、やつにはアリバイがありました」

「調べたんですか？」

　和美が、会話に割り込むようにして訊いた。どこか咎《とが》めだてするような口調だった。深見は、ひっそりと笑った。

「調べましたよ。仕事には手を抜かないタチなんでね。それに、沢野が死んだあと、一応は疑ってかかってもみました。身近な人間が亡くなって、自殺だと言われても、なかなかそれを素直には受け入れられないものだ。そうでしょ。私のところにも、年に何回か依頼があります。警察は自殺と断定したが、納得がいかないので、調べ直して欲しいとね。私自身だとて、例外じゃない」

「そうしたら、三カ月前に私たちが訪ねた時に話してくれていたら、もっと早くから違う

「──」

「違う捜査をしていたというのかね」

深見は、和美の言葉をさえぎった。

「あんたとあんたの相棒は、三カ月前、沢野は自殺をしたと告げにきただけだった。捜査をしていたわけじゃない」

「──」

「それに、俺は俺の職業倫理にしたがって、依頼人のために働いている。沢野だって、そうだった。喧嘩《けんか》を売るつもりなら、話はやめましょうや」

「人が亡くなっているのを見つけたのに通報しなかったのは、職業倫理に反しないんですか」

深見はにやにやとし、横を向いて鼻の頭を人差し指で掻《か》いた。ちらっと、しかし、あからさまな仕草でまた腕時計に目を落とす。

気の強い女なのだ。和美は、目を三角にした。

「その態度は、何なんです⁈ 令状を取って、家宅捜索をかけましょうか」

「何だと。もう一遍言ってみろ、この野郎！ 警察が脅せば、屈する人間ばかりだと思うなよ」

「…………」

「名越康平に、動機があるというのは？」

小林は深見の前に割って入り、自分に質問を引き戻して訊いた。深見は、あきれ顔をした。

といい。

誇張した態度であり、あからさまな侮蔑《ぶべつ》も含まれていたが、無視をして反応がないよりはずっ

「何も知らないんですか。見沢真理子は、名越康平とも肉体関係があったんだ。それに、聞き込んだところによると、真理子たちに薬物を売ってたグループは、名越の店にも薬を卸していた。名越たちは、酒に違法薬物を混ぜて客に呑《の》ませ、前後不覚に陥った客のカードを不正に使用していた。カード情報を抜き取り、裏ルートで売ってもいたようだ。名越からすれば、平泉茂久は自分の女と関係してた男であり、しかも、薬物に溺《おぼ》れるようになったふたりが逮捕されれば、店の違法な手口や薬物の闇ルートのことなどを、何もかもぺらぺらと警察に喋《しゃべ》ってしまう可能性もあった」

「それで、口を塞《ふさ》ぐ目的もあって、殺害したと？」

「可能性の話です」

「アリバイというのは？」

「平泉と真理子のふたりが死んだとされる時刻、名越は東京にいましたよ。それに、名越がふたりを殺したのだとすれば、もっと違った方法を取ったはずだ。薬物の過剰摂取では、警察は当然、その方面を調べる。それぐらいのことはわかったはずだし、実際、薬物の入手ルートが捜査された結果として、売人も、名越自身も逮捕された。そう考えると、動機はあったが、名越が殺したとは思えない。クスリに溺れた平泉たちふたりが、メタンフェタミンでやりまくっ

た挙句に、昇天しちまったんだ。——おっと、失礼。レディの前で、はしたないことを」

深見は、体の向きを変えた。

「さて、とっくに五分経っている。これでいいですね」

歩き出し、駅へと向かう人波へと溶け込みかけたが、思い直して戻ってきた。

「やつの遺体が見つかった時、俺だって、本当に自殺なのかと訝《いぶか》しんだ。特に、警察は自殺と決めつけていたのでね。俺のような仕事をしてる人間にとっちゃ、燃えるシチュエーションだ。もしも警察の判断が間違っているのならば、鼻を明かせる。一応、やつが調査員としてかかわった事件は、一通り資料を調べ直してみましたよ。それと同時に、誰がどんな理由で沢野を殺害するのかを考えてみた。しかし、沢野を殺したがっている人間は見当たらなかった。最も気になるのは、直近に受けた平泉彰久からの依頼だったが、あの事件がらみで、沢野が殺害される理由も見当たらない。そういうことです。もしも、まだ何か気にかかっているのならば、あとは頼みますよ」

斜に構えた男だったが、わざわざこうして戻って来てこんなことを告げる点に、この男なりのルールの中で失っていない誠実さを感じさせた。

「わかりました。時間を取って貰って、感謝します」

「そうだ。一点、訂正しておきますよ。第一発見者は、私と沢野のふたりじゃない。平泉茂久と見沢真理子が死んでいるのを見つけたのは、沢野です。我々ふたりは、平泉茂久の借りた家が外房にあることを見つけて車で向かったが、ナビの住所入力が上手くいかず、一、二本違った路地に連れてかれちまいましてね。二手に分かれて、探したんです。そして、やつから連絡を受けて、駆けつけた」

「沢野さんが別行動を取っていた時間は、どれぐらいですか?」

「せいぜい十分か、そこらですよ」

深見は、人波に紛《まぎ》れてすぐに見えなくなった。

小林は息を口からゆっくりと吐き、怒りをやり過ごそうとした。

「さっきのようなあんな脅し文句を、どこで覚えたんだ?」

「しかし、ああいう男には、警察の権威を示さないと……」

「権威だと――」

キャリアの女捜査官を睨《にら》みつけた。しかし、急に疲労感を覚えて目をそらした。これは、なじみの疲労だった。

「いや、いい……。何でもない」

9

警視庁捜査一課は、総勢およそ三百五十人の大所帯だ。その大半は、通称デカ部屋と呼ばれる大部屋にデスクがある。だが、このデカ部屋は、四六時中、捜査員でごった返しているわけではなかった。

　大掛かりな事件で捜査本部が立つ場合には、担当した班は所轄署に何日も詰めることになるし、そうでない場合も、それぞれが抱えたヤマで飛び回っていることが多い。デカ部屋に戻るのは、捜査報告書の作成といった事務仕事がメインだった。

　したがって、在室している捜査員の大半は、黙々とパソコンに向かって事務処理をしており、部屋の雰囲気はどこかの堅いお役所と変わらない。

　小林は顔なじみの同僚と目が合うと軽く会釈をしつつ、せかせかと自分の机に歩いた。もう夕食時だ。何人かは、店屋物を頼んで食べているところだった。肘《ひじ》かけがついた係長用の椅子を引いて坐り、パソコンを立ち上げた。

　小林班はオフなので、班の机には誰もいなかった。昼間、小林からの電話を受けた林田も大河内も、すでに引き揚げたようで姿がなかった。

　自分だって、こんなところでこんなことをしていないで、家族たちのもとへ戻るべきなのだ。結局、なじみの中華料理屋で夕食をとることに相談がまとまり、妻と娘はもう、地元の駅に戻っていた。部活を終えた息子も、すぐに合流してくるとのことだった。早く来てね、と、妻は言ったが、

「だけど、無理はしなくていいから」

そうつけたすことを忘れなかった。そもそも、地元で食べることにしたのは、父親に仕事が入ってもいいように、との気遣いからかもしれない。妻は、そういう女だった。

データに目を通しても、めぼしいものは見つからなかった。深見というのは、興信所の調査員として優秀に見えた。そうした男が結論を出したように、やはり平泉茂久と見沢真理子のふたりは、薬物の過剰摂取による事故死臭い。そして、ふたりが事故死だとすれば、沢野が何らかの事件やもめ事に巻き込まれ、その結果として自殺に見せかけて殺された可能性も低いのではないか。

小林班の人間たちを投入し、一からすべてを洗い直してみれば、何か違った事実が出てくるかもしれないが、そうするに足る根拠があるとは思えない。そもそも、「小林班」といったところで、小林が係長を務めているだけの話で、担当する事件を決める権限など係長にはないのだ。

休日の半日を使って明らかになったのは、自殺した沢野謙一は、亡くなる五日前、薬物の過剰摂取で事故死したふたりの男女の死体を見つけ、そして、依頼人に便宜《べんぎ》を図った。それだけの事実に過ぎない。

小林は時間を確認した。家族は、もう食べ始めているだろうか。この時間だと、ラッシュアワーに巻き込まれるので、最寄り駅まで立ちっぱなしで揉《も》まれながら帰らなければならない。

もう少しのつもりで捜査資料のつづきに戻った小林は、じきに眉間《みけん》にしわを寄せて手をとめた。

《帝都警備》は、都庁の周辺に連なる新宿の高層ビルに入っていた。受付はすでに閉まっていたが、ロビーとエレベーターホールを隔てる安全管理用のゲートバーの端に小さなカウンターがあり、そこにガードマンが立っていた。

近づき、身分を名乗り、木塚隆への取次ぎを頼むと、カウンターに載った電話機で連絡を取ってくれた。時間的に、もう退社している可能性も危惧《きぐ》された。もしもそうなら、自宅を訪ねなければならない。だが、幸いまだ在社中とのことで、すぐに降りてくるのであちらでお待ちくださいと、強化ガラスの壁に沿って置かれた応接テーブルを指し示した。

応接テーブルとはいっても、大きさや形は、ファストフード店のコーヒーテーブルと変わらなかった。ゲートバーを通過して中へ案内する客のためには、別にきちんとした応接室があるのだろう。坐って足を組み、外を眺めて待った。高層ビル群の間に、街灯に照らされた新宿中央公園の緑が見える。色つきガラス越しの景色は、現実よりも秋めいていた。

じきに、こちらに近づいてくる人影がガラスに映った。背広にネクタイ姿の男に少し遅れて、女の姿も見えた。

振り返り、小林は驚いた。四十過ぎの、よく日に焼けた男と一緒に近づいてきたのは、夕刻に別れた正木和美だった。男のほうは、木塚らしい。百八十センチ近い大男だ。

「どうしたんだ？」

「小林さんこそ、どうしたんですか？」

「なに、木塚隆さんに、ちょっと訊きたいことがあってね」

小林は、和美とそれだけのやりとりをしてから、男のほうへ正対した。

「警視庁の小林と申します。木塚さんですか？」

「はい、私が木塚です。そうしたら、沢野さんのことを改めて調べていらっしゃるというのは、あなたですね。今、こちらの正木さんから話を伺ったところです」

「まあ、調べるというほどでもないんですが。正木から、何を？」

「沢野さんは、自殺ではないのではないかと言われ、もう一度、あの日、電話でどんな話をしたのかと問われました」

「私……、このままにはしておけない気がしたものですから……」

小林は、きまり悪そうに言う和美を、視界の端で見ていた。

「ま、どうぞ、立ったままではなんですので、お坐りになってください」

木塚が椅子を勧めたのに対して、小林はまだ立ったままで、反応を少し遅らせた。和美が辞去する間を与えたつもりだが、そうする雰囲気はなく、ぴたりと傍を離れようとはしなかった。なかなかの根性だ。

小林と和美が並び、木塚がその向かいに坐った。改めて、時間を取って貰ったことに礼を言

うと、

「いえ、沢野さんとは、それなりに親しくしておりましたので、時間を取るのは少しも構わないんです。しかし、今、正木さんにも申し上げたのですが、三カ月前に警察にお話しした以上のことは、私にはわかりませんが」

木塚はそう言いながら、手慣れた仕草で名刺入れを扱い、軽く腰を浮かせるようにして名刺を差し出した。

警察時代のこの男の所属は、本庁を出る前にすでに調べてあった。通称「組対《そたい》」と呼ばれる組織犯罪対策部暴力団対策課。かつての四課であり、暴力団を相手にしていた強者《つわもの》だ。だが、現在の仕草は、折り目正しい営業マンといった感じだった。

退職理由の欄には、「一身上の都合」としか書かれてはいなかった。それが、組織というものだ。無論、もっと詳しい理由もデータとして残っているが、その閲覧が許されるのは、役職が上の人間たちだけだ。そう、それが、組織というものなのだ。

小林は、木塚の名刺の肩書を読んだ。総務部とあり、その下に課長代理、さらにはコンプライアンス担当と書かれていた。いかにも礼儀正しい仕草を要求されそうな部署だ。もしもだが、自分も警察を辞めたら、こういった仕事をすることになるだろうかと、頭のどこか片隅でちらっと思う。

「そうしたら、少し違う質問をしたいのですが」

小林はそう前置きをしつつ、名刺をポケットに納め、代わりにコピーを取り出した。だが、四つ折りにしたままで、まだ開こうとはしないまま、

「木塚さんと沢野さんとは、馴染《なじ》みの店で再会した。三カ月前に聴取を受けたとき、あなたは、所轄にそう説明されたそうですね」

「ええ、そうです」

「警察時代、彼とは、どこで?」

「いや、同じ署だったことはないんです。研修で一度、相部屋になったことがありましてね。だが、御存じのように、その後、私も彼も、警察を途中で辞めました。酒場で再会したとき、なんとなく相通じるものがあって、すぐに意気投合したんですよ。警察官だった人間にしかわからないことがあります。そう思われるでしょ。そんなことで、その後、何度か一緒に飲んだりもしました」

木塚は話しつつ、小林の手元に時折、目をやった。

「そうすると、沢野さんが《ギャラクシー》というぼったくりバーを調べていたことは、木塚さんとは無関係ですか?」

木塚は表情をほとんど変えなかった。しかし、警戒したのが、すぐにわかった。

「何をお訊きになりたいんでしょう?」

質問に、質問で返してきた。それは、隠しごとをしている人間が示す特徴のひとつだと、警

察にいるときに習ったはずだが。

「あなたは、《ギャラクシー》に引っかかり、カードで大金を支払ったことがある。今年の四月、つまり今から五カ月前のことです」

小林は四つ折りにしたコピーを開き、提示した。

それは《ギャラクシー》に入金されたカード請求の一覧だった。木塚隆の名前と支払った金額に青線で印をつけ、すぐに目につくようにしてあった。木塚はまた、ほとんど表情を変えなかった。つまり、この男は、表情を押し込めるのに長《た》けているということだ。しかし、目がわずかに泳いでいた。

「木塚さん、正直に話してくれないと困りますよ。本当は、《ギャラクシー》絡みで、沢野さんと再会したんじゃないですか？　そうすると、沢野さんが亡くなった日の電話も、本当は何か《ギャラクシー》に関することだったのでは？　もっと言えば、あなたは沢野さんからの電話で、彼が調査している事件の内容について何か聞いたのではないですか？」

「違う。それは、誤解です」

木塚は、あわてて否定した。

「あなたの仰るように、確かに沢野さんとは、《ギャラクシー》の絡みで再会しました。隠していて、申し訳ありませんでした」

小林に対してだけではなく、木塚は和美に向けても頭を下げた。さらには和美の視線に搦《から》めとられるようにして、彼女のほうに向き直った。

「申し訳ない。彼と、行きつけの飲み屋で再会したと言ったのは、嘘です」

「どうしてそんなつまらない嘘を……」

「みっともないと思ったんですよ。申し訳なかったです。許してください。だが、元警察官で、現在は警備会社の総務にいる人間が、うかうかとぼったくりバーなどに引っかかったとは言いにくかったんです」

「それにしたって……」

「新入社員の歓迎会が終わったあとでした。けっこう飲んでしまって、電車もなくなる時刻だったので、タクシーの列について待ってたんです。そしたら、客引きの女の子が来て、思わずついていってしまいました。お恥ずかしい。女の色気に、くらっと来たんです。店に入って、水割りを一、二杯飲んだことまでは覚えているのですが、それ以降は、まったく記憶がありません。気がついたら、自宅で寝ていました」

「タチの悪い薬をもられたんですね」と、小林は話を自分に引き戻した。「しかし、カードの請求が来たときに、なぜ支払いをとめなかったんです?」

「それも、お恥ずかしい話なんです。けっこう皆さんもそうだと思うのですが、カードを何枚も作っていて、一々すぐに支払いの明細をチェックする手間を怠っていました。いつも使うカードはチェックするのですが、そうでない分は、放っておいたんです。それでも、しばらくして、多額のおかしな請求に気づいて、びっくりし、すぐにカード会社に電話をしました。そしたら、まだ引き落としには間があったのですが、手続き上、一度引き落とす必要があるので、それからまた申し出てくれと言われました。それで、その通りにしてもう一度連絡したら、今度は掌《てのひら》を返したようにして、いったん引き落としたものは、どうにもならないと突っぱねられました。このカード会社は、そういったいい加減な対応をするので要注意だと、あとになって知りました。《ギャラクシー》のような手口の店では、そうした要注意のカード会社を知っていて、私の札入れからそこのカードを選んで使ったんです」

悔しさがぶり返したのだろう、木塚は熱弁をふるったが、

「――まあ、そんなことはいいですね。いずれにしろ、隠し事をしたのは申し訳なかったです」

「沢野さんとは、具体的にどのようにして再会したのですか？」

「ぼったくり被害に遭ったあと、あんまり癪《しゃく》に障るので、経営者のことを調べたり、店に張り込んだりしたんです。尻尾《しっぽ》をつかみ、通報するつもりでした。そうしたら、沢野さんが声をかけてきたんですよ。こんなところで何をしてるのかと訊かれたので、《ギャラクシー》というぼったくりバーを調べていることを話しました。そしたら、彼のほうではそこの従業員とホステスの行方を探してると言われました。その日はただ立ち話で情報交換をしただけで別れたのですが、気が合ったので、その後、二、三度一緒に飲んだんです」

和美が、小さなテーブルに上半身を乗り出した。

「木塚さん、そうしたら、三カ月前に私にした、レコードの話は嘘だったんですか？　沢野さんが最後の電話で、レコードは返さなくていいと言ったという話は？」

木塚は激しく首を振った。

「いや、あれは嘘じゃない。本当です。電話の内容については、あのとき話した通りで、何ひとつ嘘はありませんよ。何なら、調べてくれてもいい。あんなふうに亡くなった沢野さんのレコードを、このまま持っていていいのかと思っていたところですし」

「沢野さんが亡くなった日のことを、もう少し詳しく聞かせてください。あの日は、六時頃に沢野さんからあなたにかけてる。レコードの話は、その時にしたのですね」

小林は、話をまた自分に引き戻した。和美が話に割り込んで来るのが、うるさくなっていた。

「そうです。その時はそれだけで切ったんですが、なんだか気になったので、十時頃に、今度は私からかけたんです」

「そのときは、沢野さんはどんな様子だったのでしょう？　どんな話をしたのでしょうか？」

「いえ、どんな話もこんな話もなかったです。もう、そのときにはべろべろで、何を言ってるのかわかりませんでした。私のほうも、銀座で友人と飲んでるところだったものですから、それほど長話はせずに切ったのですが、やはり気になったので、〇時過ぎになってから、さらにもう一度かけました。しかし、今度は留守電になっていて出なかった。こういったことは、正木さんたちに一度話した通りです。そろそろ、これぐらいで宜《よろ》しいでしょうか？　会合で、じきに出なければならないんですよ」

「何のレコードだったんです、沢野さんから借りたのは？」

「ツェッペリンです。ハードロックの音は、ＣＤとレコードじゃ全然違うって話になりましてね」

木塚は遠い目をしたが、携帯が鳴り、あわててポケットから取り出した。ディスプレイを確認して、あっという間に仕事の顔つきに戻った。

通話ボタンを押して耳元へ運び、やりとりをしながら腰を上げると、小林たちに背中を向けててきぱきと応対した。

「はい、すぐに参ります。――すいません。お出になるのは、もう少し先だとうかがってたものですから……。はい、お車は前に……。はい、私はロビーです……。それではお待ちしております……」

目の前に本人がいるかのように頭を下げ、電話を切った。

「それでは、私は行かねばなりませんので」

「お時間を取っていただき、感謝します」

小林たちは礼儀正しく頭を下げ、足早に遠ざかる木塚を見送った。

木塚がロビーの向こう端に着いて間もなく、ゲートバーを抜けて老人が出てきた。大きな目をした小さな男だった。頭蓋骨《ずがいこつ》をおおう萎《しな》びた皮膚が、禿《は》げあがった頭部の凹《へこ》みや頬骨《ほおぼね》、そこから下顎《したあご》へとつづく筋も、下顎の形も、くっきりと浮かびあがらせていた。そうした中で、眼《がん》孔《こう》に居坐った両眼が、ひときわ存在感を放っていた。

ゲート前に控えた木塚が、直立不動の姿勢で老人を迎えた。ぎょろ目を微《かす》かに動かしたのが、この老人流の挨拶《あいさつ》なのだろう。木塚はその手から薄い鞄を受け取り、つき従って歩きだした。出口の自動ドアでは素早く一歩前に走りでて、ドアが老人の邪魔にならないように気を配り、ふたりして表の車寄せへと消えていった。

「小林さんはまだ、沢野さんは誰かに殺害されたとお考えなんですか?」

ひそめた声で、和美が訊いた。

「わからんよ。なんとなく引っ掛かる感じがするので、訊いて回ってみただけだ」

「休日なのに?」

「家族孝行ぐらいしか、やることがなかったんでな。それに、今日はまだ二連休の初日だ」

小林はいったん口を閉じたが、思い直して宣言した。

「捜査の真似事は、これで終わりさ。明日は、家でのんびりする」

10

頭の後ろで両手を組んで寝ころび、ぼんやりと天井の節目模様を眺めていた。家族の夕食にはまったく間に合わなかったが、妻が色々なものをパックに詰めて持ち帰ってくれたので、帰宅後、缶ビールを飲みながらちょぼちょぼと中華を味わうことができた。

風呂に浸《つ》かり、床に入り、貴重な休日の前半が終わってしまった。事件がない時には、昔とは違い、刑事課の捜査員はきちんと週休二日が取れる。明日は、妻とふたりでのんびりしよう。そういえば、先月の終わりに借りた図書館の本が、うっかり返却期限を過ぎてしまっていた。朝食が済んだら、まずは散歩がてら返しに行こう。

そんなふうに考えているにもかかわらず、頭の隅には、今日の出来事がこびりついていて離れなかった。結局、こういうことになってしまう。関わるべきじゃなかった。直子の話をただ聞き流し、水上バスに乗ってしまうべきだったし、《ギャラクシー》がぼったくりバーだとわかっても、それがどうした、と忘れてしまうべきだった……。

だが、どこかで立ちどまれただろうかと考えても、そうは思えなかった。そして、こうしてもやもやを抱えたままで布団に入り、明日はどうしようかと考えてしまっている。

どうしよう、だって……。小林は、馬鹿馬鹿しくて思わず舌打ちした。妻にそれが聞こえてしまったかと危ぶみ、あわてて様子を窺《うかが》ったが、妻は隣の布団ですやすやと寝息を立てていた。事務職とはいえ、かつて内側から警察を見ていたのだから、色々と興味をおぼえることもあるだろうに、結婚してからの彼女は、小林の仕事のことは何も訊かなくなった。その無関心ぶりは、子供が生まれてから、いっそう徹底された気がする。それを物足りなく思う時もあるが、たぶん、妻がそうしてくれたおかげで、平穏な生活がつづけてこられたのだ。

これで終わりだ。深見悦司からも、木塚隆からも、沢野謙一が自殺したことを疑うような証言は、結局、何も出なかった。半日を費やしてわかったのは、沢野謙一が興信所の調査員として、依頼をひとつこっそりと解決したということだけだ。ぼったくりバーのネームカードを沢野の札入れに発見して生じた気がかりも解消したのだし、明日こそは休日を丸々楽しめばいい。

小林はそう結論づけ、あとはもう何も考えないつもりで寝返りを打った。そうだ、眠ってしまえばいいのだ。

しかし、もうひとり、会う必要がある男が残っていた。居場所はすでにわかっているし、会うこともたやすい。相手には、それを拒むこともできない。

問題は、休日の二日目を使って、わざわざ府中くんだりまで会いにいくかどうかだった。

11

府中刑務所への道のりは、昨日と違ってどしゃ降りだった。ワイパーが規則的に払っていく雨滴の向こうから、濃紺色をした高速道路が、するするとフロントガラスへと滑り込んでくる。

ＩＤを提示して身分と姓名を名乗り、刑務所の門をくぐって中に入った。駐車場に移動したところで、小林は思わずあきれ、大きなためいきを吐き落とした。

車を停止してサイドウィンドウを開けた。

「こんなところで、何をしてる？」

赤い傘を差し、小走りで近づいて顔を寄せる正木和美に、しかめっ面で問いかけた。

「小林さんをお待ちしてました。名越康平への面会を申請しましたら、小林さんも申請されていることを知りましたので」

小林はサイドブレーキを引いた。

「名越に会って、どうするつもりだ？」

「小林さんと一緒です。何か不審な点がないかを、確かめます」

きみの行動を、上司は知ってるのか。――そう問おうとしかけて、やめた。自分の下に、キャリアのこういうタイプの新人が来たらどうするだろうと、ふとそんな想像をしたのだった。

実際に、キャリアの新人がいたことは、何度かあった。いつでもお客さま扱いで、仲間として扱ったことはおろか、関心を持ったことすらなかった。そして、その後、二度と会ったこともない。彼らはすべて、現在ではみな警察庁やどこかの県警の幹部か、所轄ならばすでに署長になっていることだろう。そして、今、再会しても、おたがいに何の感慨も持たないだろう。

この女は、先に管理棟に入って待つことだってできたのに、表で傘を差して待っていた。こうして雨の中を、必死の形相で走り寄ってきた。頼られているのだ……。

「濡れちまうぞ。管理棟の入口で待っててくれ。俺も、車を駐《と》めてすぐに行く」

小林はサイドブレーキを解き、徐行で駐車場に車を入れた。


名越康平は、がっしりとした大男だった。手と耳が人並み外れて大きく、唇が卑猥《ひわい》な感じに厚かった。

「まあ、坐れ」

小林が向かいの席を指して勧めるまで、坐らなかった。刑務所のやり方に、すでになじんでいる。命令を受けるまで、動いてはならないのだ。

「それで、何を訊きたいんですか？」

しかし、坐る姿勢にまでは、規律が行き届いていなかった。気だるげに片方の肩を落として、首をかしげ、斜めに小林を睨《ね》めつけるようにして訊いてきた。その隣にいる和美のことは無視している形だったが、小林はこの男が部屋に現れた瞬間に、彼女の体に舐《な》めるような視線を送ったことに気づいていた。

「無論、おまえが逮捕された時のことさ」

「それで――？」

「沢野謙一が、殺害された疑惑が持ち上がってる」

名越は口を開きかけて、閉じた。余計なことを言わないのは、保身術のひとつだ。

「沢野って、誰です？」

「おいおい、つまらないおとぼけは、時間の無駄だぞ。おまえさんが食らい込むことになった時、平泉茂久と見沢真理子のふたりを探していた調査員さ」

「ええと、そんなやつもいたな。だけど、その男と俺と、何の関係があるんですね」

「沢野謙一と会ったことは？」

「そういえば、一度だけ会いましたよ。店に訪ねてきて、真理子の居場所を訊いたんだ。俺は、知らないって突っぱねた。それだけです」

小林は、少し揺さぶってみることにした。

「真理子は、おまえの女だったらしいな。それが、従業員の平泉ともできちまってた。おまえとしちゃあ、面白くなかっただろ。それでふたりをバラした、と疑われたらしいじゃないか」

「やめてくれよ。そんな話を蒸し返すのは。俺には、アリバイがあるんですぜ」

名越は、うそぶいた。今や底の浅い、典型的な悪党のツラになっていた。この男のデータはすでに読んでいた。《ギャラクシー》を開く前にも、ほかで怪しい店を経営したことがあり、逮捕時も、ぼったくりバーのほかに、裏で賭博《とばく》をおこなう違法ゲーム場をいくつか持っていた。

この男なりに、少しずつ出世を果たしてきたのだ。逮捕歴は、今回もふくめてわずかに二回。こんなふうに生きてきた男としては、明らかに少ない。塀の外にいる間は、気を張り、ボロが出ないように注意しているということだ。だが、今は地が出やすくなってしまっている。刑務所とは、そんな場所でもある。

「それにな。俺が女を取られて怒ってたなんていうのは、警察がでっち上げただけのお話ですよ。真理子って女は、クスリから抜けられなくなってた。あんな女をそばに置いておいたんじゃ、こっちが命取りだ。だから、俺から捨てたんです。そしたら、あの売女《ばいた》め。平泉に乗り換えた挙句、あろうことかクスリをかすめ、やり過ぎで死んじまった。うちがつきあいのあった密売グループも、そのとばっちりで挙《あ》げられちまったし、店だって手入れを食って、この有様さ。まったく、ひどい目に遭《あ》ったぜ」

小林は、小馬鹿にしたような表情を保って、名越の顔を睨《ね》めつけていた。おまえのことなど、何もかもお見通しだ、という顔つきなわけだが、その実、次に何を訊くか迷っていた。

それに、心のどこかでは、ぼんやりとした疲労を感じてもいた。何を確かめる、といった明確な目的があって来たわけではないのだ。ただ、気持ちが落ち着かなかっただけだ。さてさて、どうして休日の二日目を使って、朝からこんなところへ来ちまったんだろう……。

「《帝都警備》のことを話せよ」

「何です？」

おや、と思った。名越が身構えたのを感じていた。初めての、手応《てごた》えらしい手応えだった。だが、なぜ身構えたのかが、わからない。

「《帝都警備》の木塚隆という男を知ってるな。彼をはめて、カードで大金をぼったくったろ」

名越の目を、嫌な光がよぎった。探るような目を向けてくる。

「忘れましたよ。それがどうしたと言うんです。俺は、こうして償《つぐな》いをしてる。次に娑婆《しゃば》に出たら、今度はまともに働くつもりだ。今さら、そんなことをうだうだとほじくり返さないで貰いたいですね」

だが、その口調には、なぜだか余裕が感じられた。この雰囲気は、何だろう。強い突風に襲われて身構えたが、それが吹き去り、ふっと息をついた。ほんの短い間に、名越康平のなかで何かが起こった。おそらく、そういうことだ。

小林には、しかし、その意味するところがわからなかった。くそ、やつは何かを警戒したのだ。顔色が変わった、と言ってもいい。なぜだ。やつは、《帝都警備》の名前を聞いたとたん、この数カ月の刑務所暮らしでは、思いもしなかった何かを恐れたにちがいない。

しかし、それは、ほんの一瞬のことだった。なぜなのか……。

いったい、この先、どう突っ込めば答えを見つけられるのかわからなかった。大河内ならば、どうするだろう。――そんなことをふと思い、胸のなかで舌打ちした。くそ、デカ長ならばどうする、などと考える上司がどこにいる……。

「ところで、こちらのお嬢さんは、どなたなんです？　紹介してくださいよ」

名越は、目を細めて和美を見つめた。舐めるような目つきは変わらない。

「向島中央署の正木です。沢野謙一さんが亡くなった件を、調べています」

名越は、へらへらした。

「こんな可愛《かわい》らしいお嬢さんが刑事とは、もったいないことだ」

和美は、不快そうに睨み返した。

「沢野謙一さんが亡くなった夜は、どこにいたんです？」

「おいおい、いきなりアリバイ確認か？　沢野って男は、自殺したんだろ」

「いいから、素直に答えなさい」

「いきなりそんなことを言われたって、答えられねえよ。いったい、いつ亡くなったんですね？」

名越はわざわざ小林に向けて訊いたが、小林は不機嫌そうに口をつぐんだままでいた。

「六月十七日。その日はまだ、あなたは逮捕されていなかったはずです」

和美が応える。

「それは、何曜日だい？」

「土曜よ」

「ああ、それなら覚えてるよ。同じ銀座で営業してるダチの店がオープン記念日で、パーティーがあったんだ。うちは休みだったので、ずっと居坐り、女をはべらせて飲んでた。店を出たのは、日付が替わり、二時か三時になってからだった。確認したければ、すりゃあいい。店の名前を教えようか」

名越はぺらぺらとアリバイを述べ立てた。

刑務官の後ろについて管理棟へと戻った。その間はもちろん、必要な手続きを済ませる間も、表に出て、傘を差し、駐車場に駐《と》めた車に戻る間も、同じ問いかけが小林の頭を離れなかった。

（俺は、何かを見落としてきたのだろうか……）

名越は、《帝都警備》の名前が出た瞬間に、確かに警戒して体を固くした。いや、思い返すといっそうはっきりしたが、あれは怯《おび》えてさえいた。刑務所にいる囚人が、あんなふうに緊張する理由は、たったひとつしか考えられない。警察には知られていない余罪が何かあり、その発覚を恐れたのだ。

しかし、それはほんの一瞬に過ぎなかった。それがなぜなのかが、わからない。小林は、あのあと、木塚隆の名前を出してぶつけた。やつをはめ、カードで大金をぼったくったことを問いつめた。だが、そうすると名越は、一転して余裕を感じたような表情になった。

——それがなぜかが、わからない。

《帝都警備》には、やつの命取りになりかねない何かがあるのだろうか。しかし、木塚の名前が出てほっとしたのは、なぜなのだろう。もしかしたら、その命取りになりかねない何かには、木塚ではない別の誰かが関係しているということだろうか。

「どうされたんですか？」

和美に訊かれ、小林は戸惑った。彼女は傘を傾け、小林のことを見上げていた。今までも何か話しかけられていたのだが、耳に入っていなかったらしい。

「すまんな、考え事をしていた。何と言ったんだ？」

「ですから、一応は、名越康平のアリバイを確かめてみようかと思うのですが、いかがでしょうか？」

「しかしな……。名越に沢野謙一を殺害する動機があるとは思えないし……」

小林は、歯切れの悪い応対しかできなかった。これが日和見係長と呼ばれる理由のひとつかもしれない。

「そうですが……。でも、あの男、何か隠してますよね」

和美は名越のいやらしい視線を思い出したのか、不快そうに顔をしかめた。

新人の捜査官の目にも、そう映ったのだ。大河内ならば、この先どうすべきか、きっと即座に答えを見つけることだろう……。そう思うと、苦い無力感が大きくなる。小林は、気だるい気分で右腕を持ち上げた。

「きみの車は、あっちだろ――」

だが、そう言いかける途中で言葉を途切れさせ、刑務所の表門を見つめた。それから次には駐車場の入口、さらには管理棟の玄関口へと、順番に視線を走らせた。

急に口をつぐんで辺りをきょろきょろし始めた小林を和美は不審げに見つめ、やがて、自分も同様にした。

「どうしたんです、小林さん――？」

「防犯カメラだ」

「――？」

それは、半ば無意識に、思わず口をついて出た言葉だった。刑務所という性格上、ここから見える範囲には、表門と、駐車場と、管理棟と、合計三台の防犯カメラが設置されている。自分は、昨日、これほどではないが、同じ光景を目にしている。最初は、沢野謙一が自殺をしたとされる現場付近で、正木和美の到着を待っていた時、高速6号のランプの入口に設置された防犯カメラを確認した。

そして、二度目は、平泉茂久の父親が経営する銀座の質屋に行った時だ。店の裏手の細い路地から中央通りへと抜けた先で、その路地の入口付近をも含む周囲の歩道をカバーした防犯カメラを、確かに見たのだ。

だが、問題は、そうして防犯カメラが据えつけられた場所じゃない。据えつけられていなかった場所だ。沢野謙一の靴が発見された遊歩道には、防犯カメラはなかった。それに、父親の質屋から貴金属を盗んで逃走した平泉茂久は、なぜだか防犯カメラがある中央通りをさけて、反対側の通りへと逃げた。

平泉茂久が逃げた方向には、一度も防犯カメラに捉えられずに逃げ切れるルートがあったかどうかを、至急、確認する必要がある。

いや、確認すべきことは、もっといくつもあるのだ。その中には、係長ふぜいには到底、手に負えない事柄も交じっていた……。

しかし、おぼろげながらも、事件の全貌《ぜんぼう》が見え出していた。

12

翌日、出勤の波が収まったところを狙い、警視庁捜査一課の小林豊と向島中央署の正木和美のふたりが、《帝都警備》の受付を訪ねた。木塚隆への面会を求めると、受付嬢は内線で本人に連絡を取ったのち、あちらでお待ちくださいと言って、ガラス壁のそばに置かれたあの応接テーブルを指し示した。今日もまた、ゲートの内側までは入れるつもりがないのだ。

木塚は、じきに降りてきた。申し訳ない、朝のミーティングの最中だったものですから、と、社交的な微笑《ほほえ》みを浮かべて言った。

予《あらかじ》め打ち合わせていた通り、そうやって木塚が小林たちの前に立つと、ロビーの右側からは警視庁の大河内茂雄が、左側からは向島中央署の須山功一が、それぞれ部下をひとり伴って姿を現した。しかし、一定の距離をおき、それ以上近づきはしなかった。

目つきの鋭い男たちが合計四人、特に身を隠そうとするわけでもなく現れたのだ。木塚は、ドキッとして周囲を見渡した。

元警察官だった人間だ。このシチュエーションが何を意味するのかは、すぐに察したにちがいない。小林のほうに戻してきた顔には、困惑が充《み》ちていた。だが、

「どうしたんです、いったい。朝っぱらから」

声は冷静で、そして、狼狽《ろうばい》など微塵《みじん》も感じさせないものだった。

その声を聞き、挑むように見つめてくる木塚の顔を見た瞬間、小林は確信した。この男が、ホシだ。それは元警察官の顔でも、善良なる市民の顔でもなかった。普通の市民ならば、こうしていきなり警察が受付を訪ね、しかも、周辺を物々しく捜査員が取り囲んでいることを知れば、もっと狼狽《うろた》えるものだ。

「まあ、坐ってください」

小林の声は、あくまでも静かだった。

「その前に、説明してください。これは、いったい何の真似なんだ？」

「木塚隆。あなたには、沢野謙一さんを殺害した容疑がかかっている。しかし、あなたは警察のOBです。いわば、仲間内だ。決して特別扱いをするわけではないが、まずは内輪で話したいと思ってやって来ました。ま、とにかく坐りましょうよ」

小林は、穏やかに応じた。こういう時、自分のサラリーマン然とした、どこか気弱げな容貌が役に立つことを知っていた。長年、この顔とつきあってきたのだ。相手になめられ損をすることも多い顔だが、それなりの利用価値だってある。

木塚は探るような視線を小林に、和美に、そして距離をおいて立つ四人の刑事たちにまで一通りめぐらせた。大人しく腰を下ろすことにしたのには、「仲間内」という言葉が、それなりの役目を果たしたのかもしれない。もしもそうだとしたら、警察官の同族意識というのは、哀れなものだ。

「それで、何なんです？　間違いだったでは、すみませんよ」

両膝に手をつき、大して幅のないテーブルに身を乗り出すようにして、木塚は訊いた。

「どうして私が、沢野さんを殺害する必要があるんです？　彼は、自殺なんでしょ。もう三カ月も前に、向島中央署が捜査を担当し、そして、結論を出している」

「ですが、残念ながら、その結論は間違っていました」

和美が言った。必要以上のことは言うなと、釘を刺してある。

「あなたまで、そんなことを」

木塚は、呆れたというように両腕を広げた。いくぶん芝居がかった仕草だった。

「わかりました。それなら、どうして私が沢野さんを殺害したのか、根拠をはっきりと言ってください。我々は、偶然、再会したにすぎないんですよ。ふたりとも、かつて警察で飯を食った仲だった。それで意気投合し、何度か飲んだ。そういったことは、すでにお話しした通りです」

「だが、話していないこともある」

「何です？　私が何を隠してると言うんだ？」

「防犯カメラの設置位置を記したデータのことは、どうです」

小林はそうぶっつけ、相手の顔を見つめた。木塚は、眉ひとつ動かさなかった。この件に触れる者が出た時にはどう応じるべきかを、何十回、何百回と思い描き、シミュレーションしてきた人間の顔だった。

「そのデータがどうしたというんです？」

「あなたが沢野謙一と再会したとき、あなたはこのデータを探し回っていたんだ。それで《ギャラクシー》の経営者である名越の周囲を洗っていた時に、偶然、沢野さんと再会した」

「何だというんです。なぜ名越康平が、そんなデータを」

「薬をもられ、カードを抜き取られた時、一緒にデータが入ったCDメモリも盗まれたからです」

「いい加減なことを。私は、そんなものを盗まれたりしませんよ。セキュリティ上、そんな大切なものを持ち歩くわけがない」

「ええ、持ち歩いたのは、あなたじゃない。理事の戸塚昌一郎氏です」

「――――」

「本人に、確認を取りましたよ」

小林が、一昨日ここで見かけた、ぎょろ目の小柄な老人の名前を出して指摘すると、木塚は心底驚いた様子で目を剝《む》いた。

「理事と、会ったのか……？」

「警察でも、大変な地位におられた方です。我々下っ端が会える相手じゃありません。上が、そのまた上に頼み込み、しかるべき人間がお会いしてきました」

「――――」

「もちろん、最初は言い淀《よど》んでおられたそうだが、捜査に協力して欲しいとお願いすると、事を決して大きくしないという約束で、何もかも正直に話してくれました。木塚さん、《ギャラクシー》で被害に遭ったのは、あなたひとりじゃなかったんですね。その夜は、戸塚理事も一緒だった。あなたが言ったのと、まったく同じ話をされてました。店に着いて、水割りを一、二杯飲んだところまでは覚えているが、その先は、まったく記憶がないと。だが、戸塚さんがこうむった被害は、あなたより遥《はる》かに大きなものだった。名越たちは、戸塚理事のカードにではなく、彼が持っていたデータに興味を示した。そこには、《帝都警備》がこれまでに警察庁から請け負って担当した、防犯カメラの設置位置が記録されていたからです」

「――――」

「名越はこれを奪い、そして、後日、戸塚理事に対し、買い戻すことを強要した。現在は警備会社の理事であり、元は警察組織でもしかるべき地位にあった人間が、まさかぼったくりバーに捕まってはめられ、持っていたデータを盗まれたなど、みっともなくて表沙汰《おもてざた》にできない。まして、あの時期は、防犯カメラの設置をめぐる警察庁と《帝都警備》の談合疑惑を、マスコミが騒いでいる時だった。この時期に、こんなポカが表に出れば、マスコミの餌食《えじき》になって終わりだ。戸塚理事はそう判断し、このもめ事を穏便に収めることを、いつも目をかけている部下であるあなたに命じたんですね」

木塚の目が、せわしなく動く。この話の先がどこへ転がっていくのか、行き先を必死で考えているのだ。

だが、体勢を立て直した。

「――本人が正直に話したのならば、私もそうしますよ。隠し立てをしていて、申し訳なかったです。確かに私は理事に命じられて、名越の周辺を調査し、そして、やっと取引しました。悪人と取引してしまったことになるが、そうすることが理事の意志であり、命令でしたのでね。宮仕えの辛さは、小林さん、あなたにもおわかりのはずだ」

「わかりますよ。宮仕えのむなしさは、いつでも感じている。時には、みずからが属する巨大な組織に盾突《たてつ》いて、牙を剝《む》きたいと思うこともあるが、結局は、従順に振る舞うしかない中間管理職です。しかし、あなたの戸塚さんに対する鬱屈《うっくつ》した感情は、すでにピークに達していた。それで、あなたは盾突くことにしたんだ。そうでしょ？」

「――――」

「あなたが警察を辞めた時の事情を、調べましたよ。我々には閲覧できないデータに、記録がありました。これも上の人間を口説いて、開示して貰いました。あなたは、詰め腹を切らされたんだ」

　木塚は何も答えず、薄ら笑いを浮かべた。小林は、つづけた。

「あなたはかつて、ある県警の組対四課にいた。私と同じ、係長だったんですね。あなたの班が担当した事件で、勾留中の暴力団員が死亡した。この男は体調が悪いと訴え、医者に行きたいと申し出ていたが、あなたたちは受けつけなかった。その男は、仮病を使ったり、取調官に殴られた、蹴《け》られたと騒ぎ立てては取調べを長引かせる常習犯だったからだ。だが、夜中に苦しみ出し、救急搬送した時には手遅れだった。当時の新聞報道も見ましたよ。そういえば、そんなことが報じられたのを、うっすらと記憶してもいました。結局、あなたを含めた三人が処分された。免職処分ではなかったが、そんなことは形だけだ。みずから身を引いて退職し、次の身の落ち着けどころを紹介して貰うか、警察に残り、このまま一生飼い殺しにされるか、選択肢はふたつのうちのひとつしかない」

「小林さんなら、どっちを選びますか？」

木塚は、小林の言葉を半ばさえぎるようにして訊いた。薄ら笑いがつづいていたが、目がひんやりと冷めているため、もはや笑いには見えなかった。

小林は、どう答えたほうが、目の前の男を落としやすいかと考えかけて、やめた。こんな問いかけは、無視してしまうのが一番だ。

「戸塚昌一郎とは、その時からのつきあいですね。戸塚は県警の幹部だった男であり、そのスジの中枢にいた。ＯＢも含めて連なっていく、キャリアの長いラインの中枢です。彼は詰め腹を切らされたあなたの身柄を引き取り、自分が理事を務める警備会社で、それなりの地位につけてくれた。その意味では、戸塚昌一郎は、あなたの恩人です。だが、あなたはこの警備会社でもまた、警察と同様の宮仕えを強いられた。そうですね。いや、おそらくは警察にいた時以上だ。一昨日、あの老人にへつらうあなたの姿を見ましたよ。私は、あそこまではしない」

薄ら笑いが消え、木塚の両眼に怒りの青い炎が燃えた。唇を固く引き結び、ややもすれば口から飛び出してしまいそうな憎悪の言葉を、懸命になって押しとどめている。憎悪が爆発し、自白した容疑者を、何人もその目にしてきたにちがいない。

「そして、三カ月前、あの老人に対するあなたの鬱屈《うっくつ》した感情は、ついにピークに達したんだ。違いますか？　もう、調べはついてるんですよ、木塚さん。胸のうちにあるものを、何もかも吐き出したらどうですか」

「何を言ってるんです……。吐き出すものなど、ありませんよ……」

「それなら、私が代わりに言いましょうか。実は、戸塚昌一郎の知らないことがひとつあった。いや、ふたつと言うべきか。防犯カメラの設置位置を記録したデータは、コピー・ガードがついたＣＤに焼きつけられていた。だから、戸塚理事は名越からＣＤの原版を買い戻したことで、それで完全に決着がついたと思ったが、実際には違った。それが、ひとつ目です。コピー・ガードをかいくぐり、データは別のＣＤにコピーされていたんだ。名越は、客を酔わせてクレジットカードを不正に使用するだけではなく、カード情報を裏組織に売ってもいた。そのツテで、そうしたことができる人間を見つけたのかもしれない。詳しいことは、名越をじっくりと攻めて訊き出しますよ。それから、ふたつ目、戸塚昌一郎は、たまたま名越のぼったくりバーに引っかかったわけじゃない。それは、あなたと名越で仕組んだことだった。名越があなたのカードから金を不正に引き落としたのは、疑いがあなたに向くのを避けるためです」

「何を言ってるんだ……」

小林の目配せを受け、和美がポケットからコピーを取り出した。広げ、木塚に突きつける。

「あなたの携帯の通話記録です。あなたと戸塚昌一郎が《ギャラクシー》に行く数日前から、あなたは名越康平と電話で合計三回やりとりをしてました。それから、こっちは名越の前科記録です。あの男は、十二年前に一度、詐欺と脅迫で逮捕されてます。そのとき、取調べを行なったのが、あなたでした」

木塚は、活き活きと説明する若い女性キャリアを冷ややかに見つめた挙句、芝居がかった仕草で拍手した。

「御立派ですよ。キャリアで腰かけのお客さんだと思ったら、捜査もするんですね。だが、ただの状況証拠にすぎない。お嬢さん、教えておくがな。そんなものでは、立件はできないんだ」

唇をゆがめて言う様を見て、小林は胸の中でにんまりした。思った通り、小林に指摘されるよりも身に応《こた》えたのだ。そして、感情を荒立てはじめている。

「確かに、これだけではまだ不十分です」

小林が言った。「だが、話はまだ途中でね。最後まで聞いて貰えませんか。最初に言った通り、あなたには、沢野謙一さんを殺害した容疑がかかっている。彼の遺体が隅田川で発見される前日の夕方に、ふたりの男が彼の部屋から出てくるのが目撃されてる。それは、部屋を家探ししたあなたと名越康平です。所轄は、彼の部屋におかしな様子はなかったと判断したが、元警察官だったあなたなら、家探しの痕跡《こんせき》を残さずにものを探すことができる。あなたたちは、沢野謙一さんが持つコピーされたCDデータを探していたんだ。平泉茂久と見沢真理子のふたりは、それを名越のところから奪って逃げた。あとで、それ相応の値段で、あなたたちに買い戻させるつもりだったんでしょう。あるいは、どこか裏組織に売りつけるつもりだったのかもしれない。だが、そうする前に、ふたりとも薬物の過剰摂取で死んでしまった。そして、沢野さんは、ふたりの死体を見つけたときに、CDも一緒に見つけたんです。彼が勤めていた興信所の所長が、沢野さんと一足違いで現場に入ったが、それまでには何分かの間があった。その間のことだったのでしょう。沢野さんが、あなたからデータの話を聞いていたのかどうかはわからない。しかし、CDのインデックスを見て、彼はそれが表に出てはならないものだと理解した。あるいは、所長が来るまでの間に、中を少し確認したのかもしれない。いずれにしろ、それでCDをこっそりと持ち去り、あなたに接触をして来た。彼にすれば、事を穏便に済ませようという親切心だったのかもしれないが、それが裏目に出た。あなたと名越のふたりは、CDのコピーを取り戻して金に換えるために、沢野さんを自殺に見せかけて殺害したんだ」

「馬鹿な。想像にすぎない。証拠がないでしょ。それに、沢野謙一が隅田川に飛び込んだとされる時刻には、俺は銀座にいた。アリバイがある」

「アリバイの件は、簡単です。逆に、あなたにも名越にもアリバイがあったので、ピンと来ました。沢野謙一は、靴があった場所で隅田川に飛び込んだのではなく、もっとずっと下流、あなたたちふたりがいた銀座からすぐの箱崎とか新川の辺りから川に落とされたんだ。箱崎の近辺ならば、銀座から車でほんのひとっ走りだ。沢野さんに大量に酒を飲ませた上で、車のトランクに閉じ込めて運んだにちがいない。私は以前に、隅田川の水死体を扱ったことがありましてね。東京湾の潮の満ち引きの影響で、土左衛門はたびたび川へと押し戻される。越中島付近の水門で見つかったのは、そのためです」

「すべて、想像にすぎない……」

「いいや、殺人の証拠は出ますよ。あなた自身が、保管してる」

言葉に詰まった木塚の鼻先に、小林は家宅捜索令状を提示した。

「名越は事件後、別件ですぐに逮捕されてしまった。CDを持ってるのは、あなたです。何よりあなたにとって、CDのコピーは、理事の戸塚昌一郎の汚点を白日のもとにさらす貴重な証拠となる。そして、あなたは理事の戸塚を嫌悪し、憎んでいる。その男の汚点を、手放すはずがない」

沈黙が答えだった。

木塚は唇の隙間《すきま》から息を吐き、それとともに少し小さくなった。体の力が抜けて肩が落ちると、そんなふうに見えるのだ。容疑者が、鉢を割る時の特徴だった。

「沢野が善意で接近してきただって……。冗談じゃない。そんな綺麗ごとじゃない……」

声がかすれていたために、よく聞き取れず、「何です？」と小林は問い返した。木塚は、唾《つば》で舌を湿らせ、繰り返した。

「そんな綺麗ごとじゃないと言ったんだ。善意で事を穏便に済ませようとした人間を、殺すと思いますか。沢野は、ＣＤデータのコピーを俺たちに売りつけようとした。それだけじゃない。やつは抜け目のない男で、いつの間にか俺と名越の動きを探り、俺たちが戸塚をはめたことを察してしまっていたんだ。だが、それでも俺は金で片をつけるつもりだった。あいつが癌で長くない話は聞いて知っていたし、別居中のかみさんと娘に金を残したいと言っていたんでな。しかし、名越が強硬だった。名越は防犯カメラのデータをある組織に売る約束をし、もう手付まで貰ってしまっていた。沢野がデータのことを誰かに喋り、もしもそれで警察が動いたりしたら、もうコピーの価値がなくなってしまう。裏社会からの追及を考えると、口を塞《ふさ》ぐしかないと主張したんだ」

小林は、木塚の言葉を聞き流した。

そんなことは百も承知だった。ただ、沢野という男の行動を善意故《ゆえ》のものだったと解釈してみせれば、この男が激高して本音をさらけ出すと思ったのだ。

図に当たったわけだが、誇らしい達成感は、何もなかった。この気だるい疲労は、何だ……。

名越を問いただせば、沢野謙一を殺害するのに強硬だったのは、木塚のほうだと言うことも想像がついた。沢野が、木塚と名越が戸塚昌一郎をはめたことを察していたのならば、木塚にとっては一生、目の上のコブになる。

いずれにしろ、この先は、取調室で聞けばいい話だ。小林は、大河内に目で合図を送った。

大河内たちが近づいてくるのに呼応して、所轄の須山たちも寄ってくる。本庁のデカ長である大河内が、木塚を立たせて手錠をはめた。

「本当は、警察官でいたかった……」

手首に食い込んだ手錠を見つめ、木塚がぼそっと吐き落とした。ため息混じりの声であり、それが口から漏れたことに、本人が驚いたらしかった。

背筋をすっくと伸ばしたのは、毅然《きぜん》とするつもりだったのかもしれない。だが、それで怒りのスイッチが入った。

「防犯カメラのデータを、簡単に鞄に入れて持ち帰るなど、信じられるか……。どうです、小林さん。どう思いますね、キャリアの若いお嬢さん……。あの老人は、それを何の考えもなく頻繁にやっていた。前に一度、酔って鞄をタクシーに置き忘れたことがある。やはり中には、会社の大事な書類が入っていた。降りる時に領収書を貰ったくせに、酔いのためにそれすらどこにやったかわからなくて、大騒ぎをした。俺がこっそり呼び出され、タクシー会社に電話しまくり、駆けずりまわった。夕方になって、タクシー会社のほうから忘れ物を預かっていると連絡が来るまで、あの老人は自分の失敗を棚に上げて、なぜ早く見つけられないのだと俺をどやしつづけていたんだ。無論、命令されて、俺が受け取りに行った。これが、警察の幹部にまでなった男の危機管理能力ですよ。このままだと、あの男は必ずまた大事な機密を考えもなく持ち帰るにちがいない。だから、痛い目に遭わせてやると、俺はそう決意したんだ」

話すうちに、益々《ますます》興奮が増した。今やその声はロビー中に響き渡り、たまたま受付を訪ねていた人や、ロビーを歩く社員らしき人たち、それにふたり並んで坐る受付嬢など、多くの目がこっちを見ていた。

「聞いてるのか、戸塚！　おまえは、腐ってるんだ！　おまえのような人間が、しゃあしゃあとして警察をだめにしてきたんだ！」

「木塚、みっともないぞ。やめろ！」

須山が肩を揺すってたしなめると、木塚の体の力が抜けてぐったりとしゃがみ込んだ。だが、喚《わめ》くのをやめようとはしなかった。

「しっかりしろ。立てるか」

大河内が、木塚を引きずり起こす。

「連行します」

小林に向けて静かに言い、木塚の肩を押した。

小林も、少し遅れて歩き出した。ひとりで歩きたかったが、正木和美がすぐ横を離れなかった。和美は、何か言いたそうな顔をしていた。

出口の自動ドアを出かかった時、ふっと視線を感じて立ちどまった。いや、それは、言うに言われぬ気配と呼ぶべきものだろう。振り向くと、ロビーの奥、ゲートバーの向こう側に、痩身の小さな人影があった。老人の表情はぼんやりとしていて、その奥に隠された感情は読み取れない。ただ、特徴的な目だけが鈍く光っていた。

小林は、自分と同様に老人に視線を奪われている和美をうながした。

「行くぞ」

ふたりして自動ドアを抜け、表通りに駐車した警察車両を目指して歩いた。

「今回は、色々とありがとうございました。勉強になりました……」

そんなことを言われるのに、適当に応じた。今は、何も話したくなかった。

「警察が嫌いになったか……？」

だが、ふと、そう尋ねるのをとめられなかった。

正木和美は二、三歩進んでから、歩みをとめ、小林のほうを振り返った。ちょっと驚いたような顔をしていたが、口元はわずかに微笑んでいた。

何か答えようとして、いったんそれを思いとどまり、呑み込んだ。たぶん、もう少し考えてみることにしたのだろう。

第三話　夢去りし街角

1

桜が散り、街路樹の新緑が際立ち始める頃、東急東横線中目黒駅からほど近いところにある建て替え間際の廃ビルで、若い女の死体が見つかった。

外壁のコンクリートが苔《こけ》むした年代もののビルは、周囲をやはりコンクリートの塀で囲まれており、遺体は、その塀と建物の間の半間ほどの隙間《すきま》に横たわっていた。発見者は、管理会社の人間だった。解体業者の責任者とともに下見に入ったところ、異臭がしたのだ。

「じゃ、身元がわかるようなものは、何も身に着けてないのか？」

屈みこんでいた腰をやや伸ばし、大河内茂雄部長刑事が訊《き》く。風下に立たないようにはしていたが、不快な腐臭《ふしゅう》がさすがにきつい。

「ええ、バッグも財布も、ありませんでしたね」

石嶺が応《こた》えて言った。フルネームは石嶺辰紀。父親が原辰徳世代で、名前が決まってしまった男だった。しかも中途半端なことに、字画の関係で「徳」が「紀」になった。

大河内はハンカチで口元をおおいつつ、再び遺体に顔を寄せた。年齢はおそらく二十代の前半。痩《や》せ形、ショートヘアー。紺のブレザーにスカート、襟《えり》付きシャツといった服装は、就職して間もないか、せいぜい二、三年の新入社員という感じだ。まだ在学生だった可能性もあるだろう。

頭部に打撲痕《だぼくこん》があり、毛髪が血で固まっていた。

発見時、遺体には青いビニールシートがかけてあったとのことだった。

「解体業者に確認を取りましたが、このシートは、元々ここにあったものだそうです」

現在は脇によけられているビニールシートを指して、石嶺が言う。

「死後経過、どれぐらいですか？」

大河内が訊く。これは、臨場している監察医に向けたものだった。

「遺体の腐敗状況からして、二週間から二十日といった程度でしょうね」

「ちょうど、桜が満開の時期か……」

カレンダーを思い浮かべ、つぶやいた。

「なるほど、付近は花見客でごった返してたでしょうね」

渡辺一男刑事が、その意味を察してうなずいた。大河内がデカ長を務める警視庁捜査一課小林班の最古参で、初動捜査時には、こうしてデカ長のすぐ隣に控えていることが多い。

この廃ビルが建つ路地を二十メートルも歩けば、目黒川に行き当たる。隣接するビルは、表を目黒川に面している。桜の季節、目黒川の側道は、ものすごい数の花見客でごった返す。デカ長は、そのことを言ったのだ。

「チョウさん、ちょっとこっちに来てください。こんなものが落ちてました」

ビル正面の方向から顔を出した林田雅之が走って近づいて来ると、現場保存用の手袋をはめた右手を差し出した。そこに、直径一センチほどの黒いリングが載っていた。

「ええと、指輪じゃないな。イヤリングか――」

「そう言ってもいいかもしれませんが、むしろイヤーカフとか、フェイクピアスと呼ばれるものだと思います。耳に挟むだけで、穴をあけなくてもつけられるんです」

林田が、控えめに訂正する。

大河内は、遺体の頭部に手を伸ばした。耳にかかったショートヘアーを分けると、林田が見つけたのと同じフェイクピアスが左耳にだけあった。これは、被害者の耳から落ちたものなのだ。

「どこに落ちてたんだ？」

「入口を入ったすぐの辺りです」

大河内は林田をうながし、塀との隙間を歩いた。ビルに沿って曲がった先が、ビルの玄関口だ。幅一間ほどの玄関に、磨《す》りガラスのはまった木製の玄関扉。張り出し屋根の付け根付近には、かつてはビル名か会社名があったようだが、今はかすれてほとんど読めない。

林田は、その玄関口のやや手前で立ち止まり、路地との間をへだてるコンクリート塀へと寄った。

「ここです。この排水溝にありました」

中腰になった大河内は、林田が指差す先を見た。塀の足元に、幅十センチほどの浅い溝が延びていた。

その排水溝に沿って左右を眺め回したあと、やや腰を伸ばして今度は塀を見つめた。

「この周辺のルミノール反応を取ってくれ」

鑑識係のひとりに声をかけて頼み、場所を譲る。ここで殺され、死後、ビルの奥へと運んで隠された可能性を疑ったのだ。

だが、制服姿の鑑識課員がルミノール液を噴霧するが、どこもなかなか反応しない。

大河内は作業を続けてくれるように声をかけ、ビルの正面へと歩いた。路地との間は、車が二台ぐらいは入りそうな広さの車寄せになっている。車寄せと玄関口とを蛇腹《じゃばら》の柵《さく》が隔て、「立ち入り禁止」の札が貼ってある。

今は開いていた蛇腹をいったん閉めて、その前に立った。蛇腹は大河内のちょうど胸ぐらいの高さで、飛び越そうと思えば飛び越せるが、死体を運び入れるとなると困難だろう。少なくとも、ひとりでは難しいはずだ。

蛇腹をとめるチェーンが比較的新しいことに気づいた大河内は、腰を伸ばして左右を見渡した。

「遺体を見つけた管理会社の人間には、まだ残って貰《もら》ってるだろうか？」

「それでしたら、あそこに」

傍《そば》に控えた林田が、すぐに応じて手で示した。

表の路地の左右には黄色いテープで規制線が設けられ、通行止めになっている。その内側に、制服警官につき添われ、作業着姿の男がふたり、いくらか手持無沙汰《てもちぶさた》な様子で立っていた。

大河内は彼らに近づこうとして、鑑識課員を振り返った。

「そこが済んだら、この車寄せのほうもお願いします」

林田を連れ、管理業者に近づいた。

「警視庁捜査一課の大河内と申します。御協力、感謝いたします」

礼儀正しく述べた上で、気になっていた点を確かめることにした。

「少々質問をさせていただきたいのですが、ビルの出入り口の蛇腹をとめるチェーンが、比較的新しいですね。最近、付け替えたんですか？」

歳《とし》が行ったほうの、五十男がすぐに口を開いて応じた。

「そうです。つい先週、チェーンが壊されてるのを見つけて、替えました。おそらくホームレスの仕業だと思ってたんですが、まさか、死体を捨てた犯人が——？」

「いえ、それはまだわかりません。ホームレスが入り込んでたんですか？」

「建物内部には入ってなかったようですがね。ビルの周辺では、寝泊まりしてるやつがいたみたいです。塀の陰で路地から見えないので、寝るのにちょうどよかったんでしょう。深夜に人がいる気配がすると、周囲の住人から苦情が来たんで、時々見回るようにしてたんです」

「苦情があったのは、いつのことです」

「ええと、それはもう半年ほど前になります」

「見回りは、どれぐらいの割で？」

「最初のうちは毎週来てたのですが、最近は、二、三週間に一度」

「先週、チェーンをつけ替えた時には、敷地内の確認は？」

「いや、その時は特にはしませんでした。——だけど、建物内部には入れないように、ほら、玄関口も窓も、頑丈に塞《ふさ》いでありますし」

責任を問われるとでも思ったのか、男はそうつけたした。

「チョウさん、出ました。血痕があります！」

車寄せのルミノール反応を調べていた鑑識課員が、大河内に声をかけた。

「ちょっと失礼」

大河内は言い置き、飛んで戻った。

車寄せの側面、コンクリート塀の一部が青く発色していた。大人の腰ぐらいの高さだった。ここで被害者は誰かと争い、強く押されるか何かされて背後に倒れ、後頭部をコンクリート塀にぶつけた。どうやら、そういうことらしい。

それは、犯人にとっても突発的な出来事だったにちがいない。だが、人通りの多い時間だった故、死体をどうすることもできず、敷地の奥に運んで隠したのだ。

大河内は、管理業者のもとに戻って質問を再開した。

「二週間から二十日ぐらい前にかけて、ここを点検しましたか？」

「いえ、してません。その前に点検したのは、三週間ほど前でした」

「壊されてたチェーンは、どういう状態だったんでしょう？」

「ちょっと見にはわからないように、きちんとかけてありましたよ」

「だが、蛇腹を引けば、簡単に開いた？」

「チェーンをちょっとずらせば、簡単に開いたでしょう。力任せに引きずっても開いたかもしれませんが……。それが、何か……？」

「いえ、まあ。ありがとうございます。大変、参考になりました」

礼を言い、車寄せへと戻りつつ、大河内は頭を整理した。

事件が起こった時、蛇腹をとめるチェーンは壊されていたのだ。ホシは被害者が死んでしまったことに驚き、半ばパニックに陥ったまま、廃ビルの入口をふさぐ蛇腹に手をかけてみたところ、開いた。人目を恐れ、死体をとにかくこのままにしてはおけないと思い、車寄せから敷地内へと運んだ。ビルと塀の隙間に沿って奥へと運ぶ途中で、片側のイヤーカフがはずれて落ちた。ビルの角を曲がって側面まで行き、そこに見つけたブルーシートをかけて隠した。――

たぶん、そういうことだろう。

菊池和巳刑事が飛んで来た。

「チョウさん、遺体の身元がわかりましたよ。十日ほど前に、職場の上司が不明者届を出してました」

正確な名称は、行方不明者届。かつては捜索願と呼ばれていたものだ。菊池はデカ長に言われ、路地に停《と》めた警察車両で、行方不明者届のデータ・リストを照合していたのだ。

プリンアウトした顔写真を、大河内に提出した。

「どうです？　この女性ではないかと思うんですが」

死体は腐敗し、顔つきが大分変わってしまってはいたが、髪形や顔の特徴はまだ残っていた。経験豊かなデカ長が見分けるには、充分だった。残念なことに、不幸な目に遭った被害者は、彼女だ。

被害者の名前は、菅野容子。年齢、二十四。勤め先は《昌和開発》という中堅の不動産会社で、彼女が働く五反田支店の藤岡葉治という支店長が、不明者届の提出者だった。

2

藤岡葉治は、髪の薄い五十男だった。大河内の報告を聞いて絶句し、鼻孔《びこう》を何度かひくつかせた。

「そんな……、菅野さんがそんなことに……。だけど、そうしたらやはり、あの晩に……」

「あの晩とは？」

大河内は、一緒に来た石嶺とちらっと顔を見合わせたのち、応接テーブルにいくらか上半身を乗り出した。

「目黒川で、支店の花見を行なったんですよ。中目黒支店の人間が場所取りをしてくれましてね。菅野さんも、その花見に参加したんですが、翌日、出社しなかったんです」

「それは、いつのことですか？」

藤岡は、応接室の壁に貼られたカレンダーに目を走らせ、

「二週間ほど前です。四月二日の土曜日でした」

大河内は手帳を見た。この男が行方不明者届を所轄に提出したのは、その四日後、翌週六日の水曜日のことだった。

「無断欠勤をするような子ではありませんでしたし、彼女と親しかった社員に話を聞いても、何も思い当たることがないとのことでした。それで週明けの月曜日に、島根の実家に連絡を入れて御両親にも確かめたんですが、もちろん帰郷していないし、娘さんが急に姿を消すような理由は何も思い当たらないとのことでした。それで、いよいよ心配になりまして、もう一日だけ待ってみたあと、改めて御両親にも相談し、私がこの近くの所轄に捜索願を出したんです」

「なるほど、そうでしたか。そうしたら、花見の日のことを、もっと詳しくお聞かせいただきたいんですが、彼女は、皆さんと一緒に引き揚げなかったんですか？」

「はい」

「それを奇妙には思わなかった？」

「いえ、それは違うんです。菅野さんは、その夜、もうひとつ花見を掛け持ちしてましてね。我々と飲んでたのは、一時間ちょっとぐらいで、中座してそっちに行ってしまったんですよ。学生時代の仲間が近くで飲んでるので、ちょっと行ってもいいですか、と、訊かれましたね。そのまま最後まで帰ってこなかったのですが、まあ、職場の人間と飲むよりも、同窓生と飲むほうが楽しいのだろうと思って、その日はそれほど気にしなかったんです」

「なるほど、そういうことですか。学生時代の、どういった仲間だと言ってましたか？　誰か具体的な名前とかは？」

「いえ、それは私には……。だけど、親しかった同期の子に訊けば、何か知ってるかもしれません。呼びましょうか？」

「はい、ぜひ。しかし、その前に、もう少し質問させていただきたいんですが、菅野さんは、藤岡さんから御覧になってどんな社員でしたか？」

「真面目《まじめ》でしたよ。それは間違いありません。それに、明るい、いい子でした」

「職種は？」

「営業です。人と会うのが好きだと言ってました。自分が仲介した住宅で、お客様が幸せに暮らすのを見たいと。まだ入社二年ですが、そろそろ先輩の補佐から独り立ちさせて、お客様を直接担当させようと思ってたところだったんです」

「男性関係は、どうでしょうか？　誰かつきあっていた相手とかは？」

「さあ……、社内でそういう関係の相手はいなかったと思いますけれど――。プライベートなことまでは、ちょっと……」

「念のためお訊きしますが、どなたかお客さんとの間でトラブルは？」

「いえ、そういうことはなかったと思います。そもそも、今、申し上げたように、まだ補佐的な仕事ばかりでしたし」

大河内は、菅野容子と親しかった同期の社員を呼んで貰うことにした。

応接室に現れた飯島君子は、顔色がいくぶん青ざめていた。大河内が椅子を勧めると、ぎごちない動きで腰を下ろした。丸顔の、小柄な娘だった。

「信じられません……。菅野さんがそんなことになるなんて……」

膝に置いた両手を固く握りしめ、うつむきがちに顎《あご》を引き、かさかさの声でつぶやくように言った。

大河内は、しばらく間を置いてから切り出した。

「お花見の日のことをうかがいたいんです。菅野さんは途中で抜けて、別のグループのお花見に行ったそうですね。なんでも学生時代の仲間らしいと聞いたんですが、飯島さんは、何かもう少し詳しく御存じではありませんか?」

「はい、知ってます。彼女、大学の時、軽音のサークルにいたんです。あの夜は偶然、そのサークルの人たちが、やっぱり目黒川でお花見をしてて。彼女、そこに行ったんです」

「その同好会のメンバーを、誰か御存じないですか?」

「知ってますよ。メンバーの中でまだバンドを続けてる人がいて、私も菅野さんから誘われて、その人のライブに行ったことがあるんです。ライブのあと、一緒にお酒を飲んだりもして、写真も撮ったし、何人かのメンバーとSNSでつながりました。ちょっと待ってください」

君子は制服のポケットからスマホを出して操作し、モニター画面を大河内たちのほうに向けた。

「これがその夜、容子さんの仲が良かったメンバーたちと写した写真です」

それはどこかの小さなライブハウスで撮影されたもので、菅野容子と飯島君子のほかに、四人の男が写っていた。

「ひとり年上で、容子の隣にいるのが、マスターの田部さん。あとはみんな軽音のメンバーで、左から順番に平田明、岡村嗣人《つぐと》、藤木太郎。この三人はみんな、サークル時代、菅野さんと一緒にバンドを組んでたそうです」

写真を見ながらすらすらと紹介したのは、君子の記憶力がいいためではなく、写真の顔にタグがつけられていたためだった。

大河内と石嶺のふたりは、名前をすべて控えた上で、石嶺が携帯している捜査用のタブレットに写真や彼らのＳＮＳのアドレスをコピーした。

「バンドにはほかに、ヴォーカルをしてた女性がいたらしいんだけれど、確か一昨年だったかに亡くなったと言ってました」

「この中で、電話やメールアドレスがわかる人はすべて、教えて貰えますか。あなたに御迷惑はかけませんので」

ＳＮＳ上では、本人に関する情報は手軽に飛び交うが、いざ本人の居場所をたどろうとすると、「プライバシーの保護」が壁となって時間がかかる。

「大丈夫です。みんな、仲間だったんだもの。協力したいに決まってます。ちょっと待ってください」

今度はスマホのアドレス帳を呼び出した。君子は、全員の連絡先を知っていた。

「ところで、飯島さんは、亡くなった菅野さんの男性関係については、何か御存じではありませんか？」

「彼氏ですか――？　今は、いなかったと思いますよ。金曜の夜とか、仕事のあと、女同士で一緒に食事に行くのが普通だったし。話にそういう人が出て来ることもなかったし」

だが、そう話しながら、君子は何か思いついたのか、思考が言葉とは別の流れをたどり始めたように感じられた。

「何です？　何かあるならば、仰《おっしゃ》っていただきたいんですが」

「はっきりした話じゃあないんです。でも、彼女、今言ったバンドのメンバーの平田君と、昔、つきあってたんじゃないかしら」

「なぜ、そんなふうに？」

「はっきり聞いたわけじゃないんですけれど、恋愛感情が起こることで、結局、バンドの活動を台無しにしてしまうことがあるって言ってたことがあるんです。一般的な話みたいにしてたけれど、あれって、自分たちのバンドのことだったんじゃないかなって」

「相手が平田という男性だというのは？」

「それは、勘ですよ。一緒に飲んだ時に、彼女を見る平田君の目でピンと来ました」

「平田さんの勤め先はわかりますか？」

平日の昼間だ。勤め先を当たるのが、一番早い。

「友成《ともなり》商事です」

有名商社だ。

大河内は礼を言ってメモ帳を仕舞おうとして、思い直し、腰を上げかけていた君子をとめた。

「そうだ。支店のお花見は、目黒川のどの辺りでやっていたのか、教えて貰えますか」

「中目の駅から、下流に向かって結構歩きました。十五分ぐらいは歩いたと思います」

「地図で、どの辺りか教えられますか」

大河内は自分のスマホを出した。数年前までは、ポケット地図を常に持ち歩いていたものだが、今は隔世《かくせい》の感がある。

「ええと、山手通りを行って、たぶんこの辺りで川のほうに折れたと思いますけれど……」

君子は大河内のスマホに顔を寄せ、記憶をたどり始めた。

平田明は、丸の内の本社勤務だった。受付を訪ね、広いロビーの端っこに設けられた、坐り心地よりもデザインを優先させたと感じられる椅子に坐って待ったところ、じきに本人が現れた。

仕立てのいいスーツを着て近づいて来る姿は、ライブハウスで写した私服姿の写真で見るよりもずっと凜々《りり》しく、それに、いくらか冷たげに見えた。

挨拶《あいさつ》を済ませ、ここを訪ねた用件を告げると、

「菅野さんが……」

平田は絶句し、刑事たちふたりの顔を交互に見たあと、ロビーの外に並ぶ街路樹に目をやった。

彼の動揺が収まるのを待って質問を始めたところ、

「だけど、その日のお花見の時には、僕は容子とは会ってないんですよ……。仕事が終わらなくて、遅れて行ったら、彼女はもう帰ったあとだったんです」

平田は答えて、そう言った。

「平田さんは、何時ぐらいに着いたんです？」

「ちょうど仕事が立て込んでたものですから、行けたら行くと返事していたのですが、結局、八時過ぎまで会社を出られなかったんです。みんなに合流できたのは、九時頃でした」

「だが、その時にはもう、菅野さんは帰ってしまってたわけですね」

「はい、そうです」

「九時前に帰ったというのは、少し早いですね。何か理由があったのでしょうか？」

「さあ、それはわかりません。あ、でも、電話がありましたよ。九時過ぎだったかな。用ができたから、もう帰るけれど、そっちはどうしてるって」

「用ができたと言っただけですか？　もっと具体的には何か？」

「いいえ、それだけです」

「そうすると、菅野さんと最後にお会いになったのは？」

「ええと、そうですね。恵比寿《えびす》に《ハーツ》っていうライブハウスがあるんですが、二月の中頃だったかな、そこで一緒に飲んだのが、最後でした。仲間のライブがあったんです」

「その店というのは、田部さんというマスターがやってるところですか？」

「ああ、そうです。田部久志って名前です」

「ところで、あなたと菅野さんがつきあっていたらしいと聞いたのですが」

そう振ってみると、平田は照れ臭そうに微笑《ほほえ》んだ。

「それはもう、昔のことですよ。学生時代です」

「そうすると、二年前」

「そうです。二年ちょっと前かな」

「なぜ別れたのでしょうか？」

「警察は、そんなことまで調べるんですか？」

「もちろん、プライバシーに関することは決して他言《たごん》いたしませんので、教えていただけますか」

大河内は、相手の視線を捉え、逆にこちらから見つめ返した。こうしたやりとりは、堂々とするのがコツだった。それに、ちょっと前にこの男が見せた照れ臭げな笑いが、心に引っ掛かっていた。人は何か隠しごとをする時、こういった笑顔を見せる。

「生活のペースが変わってしまった。それだけのことです。僕のほうがひとつ学年が上で、一年先に社会人になりました。こうして働き出してみると、学生時代に考えてたことや感じてたことが、すべてとまでは言いませんが、ほとんど社会では通用しないと気づかされたんです。でも、彼女のほうはその時まだ学生で、僕の言うことがピンと来なかったんだと思います。働き出したら急にオジサン臭い意見を言うようになったとか、お酒の飲み方が変わってしまったとか、そんなふうになじられました」

「その後、菅野さんに未練は？」

「それは、ありませんよ。彼女とは、その後、いい友達でしたから。それに、今の僕は、仕事に夢中なんです。秋ごろから、アメリカで研修が始まるんです。一、二年の間には、海外勤務になる予定です。そうだ、花見の夜のことを知りたいならば、藤木に聞けばいいですよ。やはり同じバンドのメンバーだったんですが、やつが幹事でしたので、色々知ってるはずです」


イグサの匂《にお》いがした。路地に面したガラス戸の奥で、筋肉質の五十男が台に屈んで畳表を張り替えていた。墨田区。清澄通《きよすみどお》りと三ツ目通りに挟まれた亀沢二丁目、両国駅から徒歩で十分ぐらいの住宅地の中だった。

男は、店を覗《のぞ》き込む刑事たちに気づいて顔を上げた。細かいしわの多い顔に、黒目がちな小さな目がふたつ、うがたれていた。

「何か御用ですか？」

大河内と石嶺のふたりは、それぞれきちんとＩＤを提示しつつ身分を名乗った。

「太郎さんは御在宅ですか？」

その上で大河内が尋ねると、男は小さな目をしばたたいた。

「あいつが何か、しでかしましたか？」

「いえ、太郎君のお友達のことで、ちょっと」

大河内はそう言ったあと、「ほんとに、それだけです」とつけたした。

まばたく男の目が、不安そうで悲し気だった。

「野郎は今、医者に行ってるところです。微熱があるとか言って、仕事を休みやがって。それなら、ちゃんと医者に行って薬を貰い、早くよくなるようにしろとどやしつけたんです」

「どちらの医者に？」

「なあに、すぐそこですよ。清澄通りにあります。行きますか？　行くなら、地図を書きますけれど」

「いえ、名前を教えていただくだけで、結構です。そうしたら、場所を検索できますので」

「なるほど。刑事さんも、そういったものを使う時代なんですな」

男は医者の名前を告げると、再び黙々と畳針を動かし始めた。

検索し、それほど遠くない場所に該当する医院があることを確かめた上で、大河内たちは礼を述べて歩き出した。

二階か三階建ての古い民家や雑居ビルと、比較的新しい五、六階建てのマンションとが混在する路地を少し行くと、見覚えのある若者が歩いて来るのが見えた。

「失礼ですが、藤木太郎さんですか？」

適度な距離に近づいたところで、大河内が声をかけた。

「ええ、藤木ですけれど……」

いぶかし気に応じる若者に、刑事たちはＩＤを提示して名乗った。

「お父さんから、お医者さんにいるとうかがったものですから、向かってみるところだったんです。実は、菅野容子さんのことで、少しお話を聞かせていただきたいのですが？」

「容子のことで、ですか――？　構いませんけれど、容子がどうかしましたか？」

「実は、驚かずに聞いていただきたいのですが、お亡くなりになりまして」

大河内はそう告げてから、一拍置き、殺害されたのだと言い直した。藤木は驚愕《きょうがく》に言葉をなくし、しばらく口で息をしていた。

若い女性や老齢の相手の場合、ショックで貧血を起こす場合があるが、この若者にも一瞬、そんな症状が出かかったように見えた。

「遺体は、目黒川の近くにある廃ビルから見つかりました。四月二日にあなた方は、サークルのメンバーで集まり、目黒川で花見をされてますね」

ショックの波がいくらか収まるのを待って、質問を始めた。

「そんな……。じゃ、あの花見の夜に、彼女は……」

「そう思われます。それで、あの夜のことを、できるだけ詳しく聞かせて欲しいんです。菅野容子さんは、花見に来ましたね」

「ええ。職場のお花見を、やはり目黒川でやっていて、そこと掛け持ちで八時ぐらいに来ましたよ」

「しかし、彼女は、途中で帰ってしまったと聞いたのですが」

「ええ、そうでした。来て、ほんの三、四十分ぐらいでいなくなっちゃったんです」

大河内と石嶺は、ちらっと顔を見合わせた。

「いなくなったとは、つまり、何も言わずに帰ったと？」

「はい、そうです」

「しかし、容子さんは、太郎君とは学生時代、一緒にバンドを組んだりして、親しい間柄だったんですよね。それなのに、何の挨拶もなく帰って、それで不審に思わなかったんですか？」

「いえ。だって、なにしろ全部で五十人近く来たんですよ。僕は幹事だったので、だから、あっちに行ったり、こっちに行ったり、途中で買い出しとかにも行ったりして……。で、気がついたら、容子は帰ったあとだったんです――。でも帰った理由には、なんとなく察しがつきました」

「ほお、というのは？」

「それはたぶん、佳奈の裁判の件だったんだろうと思ったんです」

「裁判――？」

「ええ。堀内佳奈というバンドのメンバーが、一昨年、自殺したんです」

「それは、バンドのヴォーカルだった女性ですか？」

大河内は、飯島君子から聞いた話を思い出して確かめた。

「そうです。彼女が亡くなったのは、職場の労働環境やパワハラが原因だとして、今、裁判で争ってるんですよ。そして、花見の時、容子の携帯に電話が来て、話しているうちに顔色が変わったんです。その時は隣に坐っていたんで、電話が終わったあとすぐに、どうしたんだって訊いたんです。そしたら、佳奈の裁判のことでちょっとって」

「ちょっと、何です?」

「いえ、詳しい話までは聞けませんでした。そのあと何本か、自分のほうから誰かに電話してたみたいです。そして、気づいたら、いなくなっちゃってたんです。だから、彼女の近くにいた子に訊いたら、用を思いついたんで帰る、と言って抜け出たそうです」

「用を思いついた?」

「ええ」

「帰る、と、容子さんは、はっきりその友人に言ったんですね」

「そう聞きました」

ウラを取る必要がある。大河内は、菅野容子からそう聞いたとするメンバーの名前を確かめて控え、質問を続けた。

「裁判の件で電話をして来たのは、誰だったかわかりますか?」

「さあ、はっきりとは……。でも、弁護士さんかもしれないです。佳奈の裁判を担当してくれてる片桐さんという弁護士で、僕も会ったことがあります。証人として呼ばれたこともある

「証人として、ですか？」

「はい」

「それは、どうしてまた？」

「ああ、それは、僕も佳奈と同じところで働いてたからですよ。同じ就職セミナーに通い、同じところに就職したんです。もっとも、僕のほうは半年もしないで辞めちゃったんですけどね。毎日、残業残業で、もう馬鹿馬鹿しいと思って。でも、佳奈は真面目な性格だったから、無理して続けて……、結局、あんなことになってしまった」

「何という会社なんです？」

「《コスビュー》っていうアパレルメーカーですよ。刑事さんが知ってるかどうかわからないけれど、《アース・ガールズ》っていうブランドを立ち上げて、今、若い女の子たちにすごい人気なんです。海外進出もさかんだし、洋服だけじゃなく、衣食住を総合的に考えるビジネス展開をしてて、アートと食を融合したカフェ事業や、有機野菜にこだわったサラダショップ、さらにはホテル経営などにも乗り出してるんです。こういうところなら、俺もきっとあれこれ活躍できると思って働き出したんですけれど、実際に入ってみたらとにかく労働環境が最低で、やってられないなって思って辞めたんです」

藤木は音を立てて溜息《ためいき》をつくと、自嘲《じちょう》的な笑みをよぎらせた。おそらくは、勤めていた頃の名残《なごり》なのだろう、会社の説明をする条《くだ》りはやけに流暢《りゅうちょう》だった。

「だけど、今はこのザマですよ。じっくりと次の仕事を探したいって言ってるのに、親父が聞かなくて……。一度簡単に仕事を辞めたやつは、次も必ず辞めるとか言って、知り合いがやってる出張張替えの畳会社に頼んで、俺をそこに突っ込んだんです。五千円とかで、ちゃちゃっと畳を張り替えちゃう、やっつけ仕事の会社ですよ。今はネットでいくらでも転職先が見つかるっていうのに、そういうことは理解しようともしないし、まったく頭が古いんです。今日だって、こっちは風邪で微熱があるって言っても聞かないんだもの。職人は、微熱ぐらい、一汗かけばすぐ下がるとか言って。第一、自分の仕事がどんどん減ってるってのに、息子を畳屋にしてどうするっていうんだ……」

途中からは、おのれの境遇に対する愚痴になるのを、刑事たちはしばらく黙って聞いた。

「片桐さんという弁護士さんのフルネームは、おわかりですか？」

「片桐亮介、だったと思います」

「電話番号か、事務所の場所はわかりますか？」

そう尋ねると、藤木はスマホを出し、登録してある片桐の番号を教えてくれた。

「ところで、容子さんは学生時代、やはり同じサークルだった平田さんとつきあってたそうですね。平田さんが先に社会に出たため、段々感覚が合わなくなって別れた、みたいに聞きましたが」

そう話を振ってみると、藤木は表情を硬くした。

「それは、平田本人が言ってたんですか？　そんなのは、体《てい》のいい言い訳ですよ」

「と言うと？」

「やつが容子と別れたのは、二股《ふたまた》をかけてたのがバレたからです。バンドのファンだった短大生とうまくやってるのが容子にバレて、大変でしたよ。容子ははっきりしたやつでしたから、バンドの練習中も、平田とは口をきこうともしなくて。結局、やつが就職してバンドを抜けるまでの数カ月、全員がずっとぎくしゃくしたままでした」

どうやら、菅野容子が会社の同期の君子に語っていたのは、この辺りの話らしい。

「――そうそう、今年の二月に、岡村ってサークル仲間のライブがあったんです。平田はその時も、なんだかんだと容子の気を引こうとして話しかけるのだけれど、容子は全然、相手にしなくて、目も当てられない感じでしたね。身から出た錆《さび》とはいえ、ちょっと気の毒なぐらいだった」

「それは、田部さんという人がやってる《ハーツ》という店でのことですか？」

「ああ、そうですよ。よく知ってますね」

「ええ、まあ。花見の時は、平田君は遅れて来たそうですね。容子さんとは、会ったんでしょうか？」

「いや、あの夜は会ってないと思いますよ。容子が消えて、二、三十分してから、あいつが現れたんです。仕事が終わらず、会社にずっと居残ってたって言ってたな。エリート社員も、大変ですよ」

藤木は体重を左足から右足に移し、大河内のほうに少し顔を寄せてきた。

「刑事さんは、花見に来ていた中の誰かが容子を殺したと疑ってるんですか？」

「いえ、決してそういうわけじゃありません。今は、事件が起こった時の状況を、できるだけ詳しく調べているところです」

大河内は、相手がまた興味本位の質問を差し挟まないよう、話しながらスマホを出し、地図アプリを立ち上げてすぐに言葉を継いだ。

「ところで、当日は目黒川のどの辺りで花見をしてたのか、教えていただけますか？」

3

小一時間後、大河内と石嶺のふたりは、眼下を流れる目黒川を見下ろしていた。

「電話を終えてから三、四十分で、菅野容子はサークルの花見から中座した」と、大河内が話の口火を切った。

「『用を思い出したから帰る』というのは、微妙な言い方ですね。本当にそうかもしれないが、誰かと会う約束があったのかもしれない。最初の電話のあと、彼女は今度は自分から何本か誰かに電話してます。その中の誰かと会う約束をした。その時間調整のため、しばらく花見を続けてから抜け出した。そうとも考えられます」

「そうだな」

「ただし、その場合、気になるのは、殺人現場ですね」

石嶺は、藤木太郎から聞いた花見の場所を指差した。刑事たちが立つ日の出橋よりもいくらか下流、中目黒駅から見ると、目黒川をはさんだ対岸の方角だった。藤木にはくどく念を押したので、思い違いはないはずだ。

「あそこから駅に向かったのだとしたら、この日の出橋を渡ろうとするはずです」

「山手通りでタクシーを拾うつもりだったとしても、そうだな」

大河内が補足した。山手通りは、中目黒駅の改札前を左右に横切っている。一本下流の宝来橋は、花見の場所からでは遠すぎるし、駅へのルートとしては遠回りになる。

「だが、被害者はそうはしなかった。駅があるのとは反対側の川べりをさらに真っ直ぐに歩き、そして、人けのない路地へと折れた。人目につきにくい廃ビルの車寄せで誰かと立ち話をしたが、何かがきっかけで争いになって押され、背後の壁に後頭部を強打した」

石嶺は略図を人差し指の先で追いつつ指摘した上で、廃ビルがある路地の入口を指差した。

同じ方向の上空に、東横線の架橋が見える。該当する路地の入口は、その架橋のやや上流に当たる。そのもう少し先に、もう一本、別所橋がある。

中目黒駅の改札から山手通りを横断して真っ直ぐに進むと、日の出橋に行きつく。別所橋はそこから七、八十メートル上流にあり、駅から近いのはこの二本だ。花見の時期には、ともに付近にたくさんの露店も出ただろうし、人で大変な混雑だったはずだ。

大河内は、川の周辺の景色に視線を走らせた。今は人通りもまばらで、しかも視界に入る人間の何人かは、付近の聞き込みに精を出す刑事たちだ。

石嶺とは、いわゆる同じ釜の飯を食うようになってもう長い。こうしてやりとりをしながら、お互いの頭を整理していくのが習慣だった。

「日の出橋か別所橋のどちらかで、誰かと待ち合わせた。あるいは、ばったり出くわした。そんな可能性はないでしょうか？」

石嶺が、そう意見を述べた。大河内がうなずく。

「同感だな。どこかの店を待ち合わせに使おうにも、花見の時期はものすごい人出だった。入れない可能性が高い。それで、目印としてわかりやすい橋のたもとを待ち合わせ場所にした可能性は充分にある」

「たとえそうでないとしても、犯人が中目黒駅や山手通り側から、事件現場であるあの廃ビルに向かった場合には、この二本の橋のどちらかを渡った可能性が高いですよ」

携帯を出し、所轄の捜査本部に陣取った班長の小林豊にかける。小林は、すぐに電話を取った。大河内は、今、石嶺とふたりでした推測を告げた。

「なるほど、その二本の橋の近辺に設置された防犯カメラを、重点的に当たるんだな」

「はい、彼女の動きを知る上で、何か手がかりが出るはずです。それと、その付近の店に訊いてみてはどうでしょう。何か見ているかもしれない」

「わかった。その件は、現場付近の聞き込みをしている連中全員に、俺から連絡しよう。それとな、菅野容子の携帯の発着信履歴を確認したぞ。チョウさんが言ってた時間には、弁護士の片桐という男からの電話は入っていなかった。だが、塚原綾乃という女性の携帯から電話が入ってる。前後にほかの着信はないので、該当する通話は、この女性からのものと見て間違いないだろう。彼女の旧姓は堀内で、堀内佳奈の姉だ。姉から、裁判のことで何か報せがあったんじゃなかろうか」

「なるほど、そうですね。その後、菅野容子が電話をした先は？」

「この着信のあと、三本かけてる。岡村嗣人と平田明、それに有賀倶久《ともひさ》だ」

大河内は、携帯に耳を寄せていた石嶺と、ちらっと目を見交わした。

「岡村嗣人と平田明は、菅野容子や堀内佳奈たちと同じサークルのメンバーだった男ですよ」

「うむ、そうか。岡村嗣人のほうは、住民票が実家のままだが、確認を取ったところ、そこで暮らしてはいない。今、居所を探してるところだ。有賀倶久の身元については、こっちで調べがついたぞ。堀内佳奈が就職前に通っていた『就職セミナー』の経営者だ」

4

練馬区桜台にある賃貸マンションだった。道を隔てた向かいには畑が広がり、時折舞い上がる土煙の向こう側に、幹線道路を走る車や、沿道に点々と並ぶビルが見渡せる。

一階の一番奥の部屋。塚原の表札を確認してインタフォンを押すと、女の声が応対した。

「警視庁の大河内と申します。菅野容子さんのことで、少しお話をうかがいたいのですが、今、よろしいでしょうか?」

大河内が丁寧に告げると、彼女はすぐに玄関ドアを開けてくれた。すらっとした体形で、目鼻立ちのはっきりとした美しい女だった。

「容子さんが、どうかしたんですか?」

戸惑いが漂う表情で訊いてくるのに、

「実は、残念ですが、亡くなりました」

大河内が答えると、戸惑いが驚愕《きょうがく》へと変わった。一呼吸待った上で、

「殺害されたんです」

とさらに告げつつ、大河内は相手の表情をうかがい続けた。

「そんな……、いったい、容子ちゃんがなぜ……?」

「それを捜査しています」大河内は、あくまでも静かな喋《しゃべ》り方を保った。「四月二日の夜、二十時過ぎに、菅野容子さんの携帯に電話をされていますね。彼女は、その夜、亡くなったんです。差し支えなければ、電話で彼女とどういった話をされたのかを教えていただきたいのですが」

「つまり……、私がした電話が原因で、彼女が何か犯罪に巻き込まれたと……？」

「まだ、はっきりしたことは何もわかりませんが、その可能性も考えられます。御協力をお願いできますか？」

控えめに頼むだけで、充分だった。

「わかりました。散らかってますが、どうぞ、お上がりになってください」

大河内たちは礼を言い、靴を脱いだ。

2DKタイプの部屋のリビングには、夫婦で仲良く寄り添う写真が飾られ、おそろいのカップが並んでいた。まだ結婚してそれほど時間が経《た》っていない雰囲気の部屋だった。

お茶の準備を始めようとする綾乃を、刑事たちはとめた。そうしてとめてもなお、きちんとお茶を出す世代もあるが、綾乃はキッチンに向かうのをやめて、座卓の向こう側に腰を下ろした。

こちらから水を向ける必要はなかった。

「刑事さんたちは、妹の裁判のことは御存じですか？」

「はい、概要はうかがっています」

「それならば、話は早いです。私、あの裁判のことで、容子さんに電話をしたんです。あの日の夕刻に、二度目の証人喚問があったものですから。そして、向こうの弁護士が、新たな証拠として、妹が別れた彼氏に宛てて書いた手紙を提出したんです」

「手紙を……？」

「はい」

「別れた彼氏というのは？」

「岡村嗣人《つぐと》という人です。大学時代、同じ軽音サークルにいて、その後、しばらく妹と同棲《どうせい》もしてたようです」

「手紙の内容は、どのようなものだったのでしょう？」

綾乃は口を開きかけて閉じ、言い直した。

「お話しするより、見ていただいたほうがいいと思います。私どもがお願いしている弁護士さんがコピーをくださいましたので、ちょっと待ってください」

腰を上げ、隣室へと消え、じきに事務封筒を持って戻って来た。中から、A４判のコピーを抜き出す。

大河内が受け取り、刑事ふたりは顔を寄せ、そこに書かれた文面を読んだ。コピーは全部で六枚あった。便箋《びんせん》六枚にわたって、丁寧《ていねい》で几帳面《きちょうめん》な女文字で書かれた手紙には、堀内佳奈が岡村嗣人に寄せる思いが切々とつづられていた。

大学のサークルで出会ってすぐに、岡村嗣人の音楽に魅了されたこと、この人は自分たちとは違い、必ず音楽で羽ばたけると確信したこと、そして、恋に落ちてからのいくつもの幸せな思い出。サークルの合宿、初めての本番やコンテストへの出場、初めてのデート、初めての旅行……。そうした条《くだ》りには、青春期を過ぎた刑事たちからすると、人生の一時期にしか訪れることがないと感じられる輝きが満ちていた。

やがて就職時期を迎え、どう生きていくかに迷って右往左往する佳奈やほかの仲間たちを尻目に、ひとり岡村嗣人だけは、何の迷いもなく音楽の道を選んだ。そんな嗣人を敬《うやま》い、いよいよ深く愛し、一緒に暮らし始めたことが、文面からうかがえる。

だが、ささいな意見の食い違いで別れることになってしまったが、自分はそれを心から悔やんでいる。――そうつづったあたりから、手紙の文字が少しずつ乱れ始めていた。

刑事たちは、きちんと時間をかけて手紙を読んだ。堀内佳奈が、再び岡村嗣人とやり直したいと願う気持ちが迫ってくる。あなたの傍《そば》で、あなたの夢を応援したい。もう一度、ふたりでやり直したいといった言葉を、いったいどれほどの思いを込めてしたためたのか。

裁判の証拠として提出されたにもかかわらず、争点となっているはずの職場の労働環境や上司のパワハラといったことについては、一言も触れられてはいなかった。

ただし、ただ一カ所だけ、こうつづられた箇所があった。

――このままでは、死んでしまいたい。

大河内は石嶺と目配せしたあと、礼を述べた。

「できれば、スマホで撮影させていただきたいのですが」

「それでしたら、うちのファックスでコピーしてお渡ししましょうか」

「ありがとうございます。相手方の弁護士が、この手紙を証拠品として提出した理由は？」

大河内は礼を述べ、訊いた。答えには、およその察しがついていた。

「妹が命を絶ったのは、会社のせいではないと主張するためです」

「岡村嗣人と別れたことが辛くて、自殺をした。そう主張しているのですね？」

「そうですけれど、めちゃくちゃです。ひどい残業の連続で、妹は毎日二、三時間しか眠っていなかったんです。しかも、残業代はほとんど支払われていませんでした。その上に、上司からのパワーハラスメントがあって、精神的にも肉体的にもぼろぼろになった挙句に、命を絶ちました。ちょっとこれも御覧になってください。私どもの弁護士さんがまとめてくださった調査結果です」

綾乃が次に差し出したのは、『堀内佳奈の《コスビュー》に於ける労働環境についての報告』と題されたものだった。

堀内佳奈は《コスビュー》の都内店舗の責任者（店長）に任命され、日々の販売管理のほかに、パートをふくむ従業員のシフト管理と、売上日報・報告書の作成に追われる日々だった。

仕事を家に持ち帰らなければならないことが多い一方、パートスタッフの欠勤連絡が早朝や深夜にメールで入ることも多く、それらにも自宅で対応しなければならなかった。勤務シフトは通常四、五人で組まれていたが、相次いで同店舗勤務の正社員が退社したあと、会社は人員を補充しなかったため、店長である彼女が店舗に立つ回数は平均社員の二倍近かった。時間外労働は、平均して月に百二十時間以上。しかも、売上目標に対する上司からの追及は厳しく、目標を達成しない月は、地域担当のマネージャーから口頭やメールでひどい罵声《ばせい》を浴びせられていた。――等々、弁護士は堀内佳奈の勤務実態を詳しく調べた上で、彼女は無理な労働環境と上司からのパワーハラスメントが原因で自殺をしたと結論づけていた。

「これも、必要ならば、あとでコピーします」

「ありがとうございます」

大河内が礼を述べて返した報告書を、綾乃は一旦《いったん》丁寧に事務封筒へと戻した。静かに念を込めるような動きだった。

「――私がもっと気にかけてやっていればよかったんです。だけど、あの子、何も言ってくれなくて……。今は私、夫が転勤したのでこうして東京なんですけれど、妹が亡くなった時には、大阪にいたんです。亡くなる一カ月ぐらい前に、用事で東京に来た時、一緒に夕御飯を食べました。それが、妹と会った最後でした。すごく疲れて見えました。だけど、その時もあの子、自宅で会社の書類整理をしなければとか言って、あわただしく食事を済ませて帰っていったんです。刑事さん、あの子は懸命に働いていたんです。それは、あの晩のあの子を見ただけでもわかりました。あの子が命を絶ったのは、彼氏と別れたためなんかじゃありません。必死になって会社の要求に応えようとして、そして、疲れ果ててしまったんです……。それなのに、彼氏に宛てたあんなプライベートな手紙を裁判に持ち出してくるなんて。卑怯《ひきょう》だわ……。どんな労働環境だったのか、そこで妹がどんな思いをして働いていたのか、そういうことをちゃんと論じるべきだと思いませんか……？　私、故郷の両親にも、何と話したらいいのか……」

刑事たちは、ともに無言でうなずくことで、同意と同情を示した。彼女の言う通りなのだろう。だが、裁判は時に、そうした常識的な判断とは無関係に進行する。

「相手の弁護士は、どうやってこの手紙を入手したんでしょうか？」

「それは、まだはっきりはわかりません……。その後、私たちがお願いしている弁護士さんが、本人に連絡を取ってくれたんですけれど、自分はそんな手紙など知らない、とシラを切っていたそうです。でも、手紙の筆跡は妹のものに間違いないし、彼氏に宛てた手紙なんですもの。彼氏本人からだと考えるのが、普通じゃないでしょうか」

綾乃の口調が、わずかに刺々《とげとげ》しいものになった。

「しかし、岡村嗣人本人は、弁護士に対して、はっきりとそう否定したんですね」

「ええ、そうです」

「お姉さんが、岡村嗣人さんと直接、お会いになったことは？」

「いいえ、私はありません。さっき申し上げたように、当時は大阪にいましたので……。それに、今はまだ、冷静に会う自信がないんです……。いえ、たぶん私、その人と会ったら、なじってしまうと思います。——だって、妹を捨てた人ですよ……」

「妹さんや、どなたかから、何か岡村嗣人の話を聞いたことはありますか？」

「同じサークルにいた人で、卒業後もミュージシャンを目指して頑張っていると、妹の口から聞きました。でも、あの子、彼と一緒に暮らしてることは、一言も言わなかったんです」

「なるほど。同棲していたことを隠していた——」

「はい」

大河内はしばらく待ってみてから、「なぜでしょう？」とうながした。

「それは、たぶん……、うちは両親とも学校の先生で、私も妹もきびしく育てられたせいだと思います。だから、男の人と一緒に暮らしてるって言えなかったんじゃないかしら……」

大河内は再び間を置き、質問の方向を変えた。

「もう少し詳しく、四月二日の電話のことをお聞きしたいのですが、裁判で妹さんから岡村嗣人に宛てた手紙が取り上げられたと聞いた時、菅野さんはどんな反応をしましたか？」

「それはもちろん、驚いてました」

「彼女との間で、どんな会話をしたんです？」

「容子さんは、岡村嗣人を見つけて、なぜ手紙を相手の弁護士に渡したのかを問いただすと言ってました」

「ほかには？」

「いえ、それぐらいです――」

「あなたからの電話のあと、菅野容子さんは、有賀倶久という就職セミナーの経営者にも電話をしてるんです。なぜなのか、何か察しがつきますか？」

「有賀さん、ですか……。いいえ、私はその人を存じ上げませんし。――ああ、でも、就職前、妹がセミナーに通っていたのは聞いたことがあります。有賀さんというのは、そのセミナーの方ではないでしょうか？」

「ええ、おそらく」

「それでしたら、ずいぶん妹によくしてくださったみたいです。熱烈な指導をする方が経営者で、その人の話を聞いているうちに、社会人になる心構えができたみたいに話してくれたことがありました」

5

有賀倶久が経営する就職セミナーは、渋谷の公園通りに建つ商業ビルにあった。多くの小さなオフィスが入ったビルの二ブロックを占め、片方は講習室として、もう片方は事務所、会議室、面談室などとして使用されていることが、案内板から見て取れた。

事務所が入ったほうのドアをノックしようとして、大河内はふと手をとめた。よく通る男の声がドア越しに聞こえて来る。顔の向きを変えて耳を澄ますと、講習室と書かれたドアのほうからしている声だった。

大河内は興味を覚え、目線で石嶺をうながし、そちらのドアをノックして開けた。中には壁に下駄箱が作りつけられた狭いスペースの向こうに、ガラス張りのドアが横にふたつ並んでおり、その右側のドアの奥で、二十人前後の若者を前にして、四十過ぎぐらいの男が弁舌をふるっていた。

男は健康的に日焼けしており、ランニングやジム通いを欠かさないと思わせる均整の取れた体形をしていた。ワイシャツにネクタイをしているが、上着は脱ぎ、演壇の端っこに置いてある。廊下まで聞こえるよく通る声は、男としてはいくらか高かったが、それはむしろ聞いていて心地いい程度のものだった。

――会社が自分に何をしてくれるかではなく、自分が会社に何をできるかを考えるべきだ。

――きちんと自分を売り込める人間にならなければならない。だが、それは決して本当の自分を押し殺すことじゃない。

――就職試験は、あくまでも社会に出る第一歩だ。きみたちの前には、この先、大きな世界が待っている。どうか臆《おく》せず、堂々と生きていって欲しい。

表情豊かに、身振り手振りを交えて語り続ける男の話に、大河内たちもしばらく耳を傾けた。若者たちはみな、アーム部分から筆記用の机がつき出ているタイプのスチール椅子に坐り、熱心にノートを取りながら話を聞き続けていた。

背後のドアが開き、両手で段ボール箱を重ねて抱えた小柄な女が入って来た。入口にいる大河内たちに驚き、うさんくさそうに見つめて来た。

「警視庁の者です。有賀倶久さんに用があるのですが、受付をお訪ねしようとしたところ、話し声がしたもので」

「警察の方、ですか……」

女は警察手帳と大河内の顔の間に、何度か視線を往復させた。私服の胸に名札をつけており、斉藤とあった。

大河内は、右手の親指を立て、目立たないように教室内の男を指した。

「あちらが有賀さんですか？」

「そうです。今、講義中なんです。それじゃあ、応接室でお待ちいただけますか。御案内しますので」

「手をお貸ししましょうか」

石嶺が段ボール箱を持つのに手を貸そうとしたが、

「大丈夫です。軽いですから。ちょっとここでお待ちください」

女は体を斜めにして、刑事たちの横をすり抜けた。上の箱が完全に閉まってはおらず、中が見えた。大量のポケットティッシュが入っていた。

彼女はドアを開けて講習室に入り、段ボール箱を足元に下ろすと、演壇に立つ有賀に近づいて何かささやいた。

有賀が刑事たちのほうを見た。大河内たちの会釈《えしゃく》に応えて、軽く会釈をする。目が合うと、日に焼けた顔に、白目が清々《すがすが》しくくっきりと目立つ男だった。


応接室は狭かった。壁際にスチール棚があり、そこには社会人としてのマナー集や偉人の名言集、ビジネス成功の秘訣《ひけつ》を伝える本などとともに、英会話の教材なども並んでいた。

有賀が応接室に現れた時、石嶺のほうはスチール棚の前に立ち、そうしたテキストを出し入れして眺めているところだった。

大河内は応接椅子から腰を上げて有賀を迎えた。ドアを開けて目が合った瞬間、眼光の鋭さが注意を引いたが、しかし、それはすぐに朗らかな笑顔の中へと溶け込んであいまいになった。急いでテキストを棚に戻した石嶺が、大河内の隣に並んだ。

「御苦労様です。私が有賀ですが、警察がいったいどういった御用件でしょうか？」

有賀は手振りで刑事たちに坐るようにうながしつつ、訊いて来た。熱弁をふるう間は演壇に置いておいた上着を、今はちゃんと着ていた。仕立てのいいスーツは均整の取れた上半身を際立たせており、やり手の営業マンといった印象だった。

「菅野容子さんの件なんです」

大河内は、坐り直して口を開いた。「菅野さんを、御存じですね？」

「ええと、ここの出身者でしょうか……？」

尋ね返しつつも頭を働かせていた様子の有賀は、その後すぐに自分で答えを見つけた。

「ああ、違いますね。堀内佳奈さんのお友達だ。確か二週間ぐらい前にも、堀内さんのことで電話を貰いましたよ。菅野さんが、何か？」

「実は、亡くなったんです」

有賀は、目をしばたたいた。

「亡くなった……？」

大河内の言葉を反復してから、さらに何度か胸の中で反復するぐらいの間、じっと黙り込んでいた。

「――どうしてです？」

「殺害されました。それも、おそらくはあなたが今仰った電話のあとにです。電話があったのは、四月二日の二十時過ぎのことではありませんか？」

「――ちょっと待ってください。今、確かめてみますので」

有賀は上着のポケットからスマートフォンを抜き出し、慣れた手つきで操作した。

「そうです。確かに二日でした。二十時二十分に着信とあります」

　そう言いながら、刑事たちにスマホのモニターを見せる。

「それにしても、驚いたな……。いったい、どこでなぜ、彼女が……？」

「目黒川沿いの廃ビルで、遺体が発見されました。今朝のことです」

「――――」

「菅野さんは、なぜ有賀さんに電話をなさったのでしょう？」

「刑事さんたちは、堀内佳奈さんの裁判のことはもう御存じですか？」

　有賀は大河内の問いかけに問いかけで応えた。

「ええ。先程、佳奈さんのお姉さんにお会いしてきたところです」

「そうでしたか。それでしたら、話が早い。その裁判の件で、電話をくれたんです。相手側の弁護士が、佳奈さんの裁判に、彼女が恋人に宛てた手紙を証拠として提出したと知らされました」

「菅野さんは、電話口でどういった様子でしたか？」

「――それはもう、大変に憤《いきどお》ってましたよ。その弁護士に対しても、手紙をその弁護士に渡した佳奈さんの彼氏だった男に対しても」

「その男が直接、先方の弁護士に手紙を渡したと、菅野さんはそう断言したんですね？」

「違うんですか？　彼女はそう言っていましたが」

「菅野さんは、何か具体的な根拠も言っていましたか？」

「いや、特にはそれは……」

「その時、ほかにはどんな話を？」

「いえ、大して長い時間、話したわけではありませんでしたし。とにかく、裁判のことを聞いて興奮して、電話をして来たって感じでした」

「有賀さんに電話をして来たのは、なぜだったのでしょうか？　先程、菅野さんの名前をお聞きになって、一瞬お考えになりましたが、彼女とはどの程度のおつきあいだったのですか？」

「堀内佳奈さんの裁判を通じて知り合ったんです。二日に電話をくれたのも、私が裁判の動向を気にしてたからです。堀内佳奈さんは、四年前、ここでセミナーを受けていました。素直で、真面目で、とてもいい学生さんでしたよ。だけど、ちょっと引っ込み思案なところもあって、自分をアピールするのが苦手でした。履歴書の書き方や面接での受け答えの仕方などを、細かく指導したものでした。《コスビュー》に受かった時、喜んで報告にきてくれましてね。もちろん、私も嬉しかった。だけど、それがあんなにひどい会社だったなんて……。社員をこき使い、もののように捨てるなど、信じられませんよ。若年世代の貧困問題が大きくなっている原因のひとつは、非正規雇用を促進して来た政府にありますが、もうひとつは、こうしたブラック企業が堂々とのさばっているためです」

人前で話すことが多いせいか、後半は少し演説口調になっていた。自分の弁舌に、自分で酔うタイプらしい。

「念のためにお訊きしたいのですが、電話を受けられた時、有賀さんはどちらにおいででしたか？」

「ここですよ。その夜は、ここでずっと仕事をしてました」

「それを誰か証明できる方は？」

「嫌だな。私を疑ってるんですか――？」

「そういうわけじゃないんです。関係者には、念のため皆さんに同じ質問をしてるんですよ。気を悪くせずに、お答えいただけませんか？」

「事務の斉藤という者も一緒でした」

「ああ、さっき我々がお会いした方ですね」

「そうです。どうぞ、本人に直接確かめてください。斉藤清美といいます。なんなら、今、呼びますよ」

　有賀は話しながら移動し、言い終わった時にはもう部屋のドアを開けていた。

「斉藤君、ちょっとこっちへ」

　半身を廊下に出して手招きし、小柄な女性が姿を現すと、

「二日の夜なんだが、ここで作業をしてる時、堀内佳奈さんの裁判のことで私のスマホに電話があったろ。覚えてるかな？」

すぐにそう尋ねた。

清美は有賀の顔を見上げ、応接ソファに坐った大河内たちを見渡してから、もう一度何かを確かめるように有賀の顔を見上げた。

「ああ、夜の八時過ぎに電話があった日のことですか。それなら、確かにそうです。電話を切ったあと、堀内さんの裁判が妙なことになるかもしれないって、そう顔を曇らせて話してくれたんです。だから、よく覚えてますすよ」

大河内が礼を述べると、

「もう、いいですか？」

清美は、有賀に確かめて姿を消した。

石嶺のほうが口を開いた。デカ長と聞き込みに回る時は、聞き役に回ることが多いが、気になることがある時には、躊躇《ちゅうちょ》なくみずから質問を発する。

「こちらのセミナーは、有賀さんが御自身で立ち上げたんですか？」

「ええ、そうです。四年ほど前に、私が始めました」

「今まで、何人ぐらいの受講生に、就職先を斡旋《あっせん》して来たんです？」

「いえ、就職先を斡旋するわけじゃありません。希望先に就職できるように、手助けするんです。そうですね、なんだかんだで、百人以上は、そのお手伝いをしてきましたよ」

「これはただ興味本位でうかがうんですが、先ほどの大量のティッシュは、何だったんでしょうか？」

「ああ、あれは、受講生たちが駅前で配るんですよ。就職試験では、物怖《ものお》じしないことが最も大事なんです。大企業であればあるほど、面接会場に足を踏み入れたとたんに、すくみ上がってしまう学生がいます。しかし、それでは自分をアピールすることなど到底できません。まずは、相手を呑《の》んでかかる必要がある。ティッシュ配りは、そのための練習です。ハチ公前の人だかりで、見知らぬ人にティッシュを渡すのがどれほど大変か、やってみたことがない人にはわかりません。刑事さんは、やったことは？」

「――いや」

石嶺はそう答えたあと、少ししてからつけたした。

「残念ながら、ありません」

「あの有賀という男、ちょっと引っ掛かりませんか？」

案《あん》の定《じょう》、石嶺は表の通りに出るとすぐ、小声で大河内に話しかけた。大河内は、うなずいた。

「事務の斉藤という女性には、有賀のいないところでもう一度話を聞いてみる必要があるかもしれんな」

あの女はおそらく、社長の有賀に言われた通りに、口裏を合わせただけだ。話を訊かれて答える前にも、答えた後でも、さり気なく有賀の顔を見ていた。よくできました、と、褒められるのを待つ顔つきをしていた。

「私が気になったのは、あの応接室に並んでいたテキストの類《たぐい》なんです。どれも聞いたこともない出版社が作ったもので、しかも、結構な値段がしてました。英会話の教材などは、セットで二万近い金額でしたよ」

「あれこれ口実をつけて、高い教科書を買わされるってわけか？」

「その可能性がありますよ。この間、生活経済課の同僚から聞いたんですが、学生を食い物にするようなタチの悪い就職セミナーが、最近、問題になってるらしいんです」

「そもそも就職を前にして、急に英会話の勉強を始めても、意味があるのかね」

「普通はそう考えるんでしょうが、不景気で買い手市場が続いているし、有賀も言ってたように、正規と非正規雇用の格差が拡がってる。誰も必死で、そんなことを考えている余裕などないのかもしれませんね」

「有賀のような男に目の前で熱弁をふるわれれば、ついつい要らない教材まで買ってしまう者もいるかもしれんな」

渋谷駅ハチ公口のスクランブル交差点が近づくと、ティッシュ配りをしている若者たちの姿が見えた。さっき、有賀の講義を受けていたセミナー生たちだった。

「チョウさん、俺はしばらくここに残っていいですか？　学生の何人かに、話を聞いてみたいんです。それと、もう一度、斉藤清美にもね」

「ああ、そうしてくれ」

大河内のほうは、恵比寿にある《ハーツ》を訪ねることにした。まだ開店には早いが、店主はすでに来ているかもしれない。

6

渋谷と恵比寿はＪＲ山手線で一駅だが、街のたたずまいは大きく違う。駅を背にしてバスターミナルを渡った大河内は、雑多な飲食店が軒を連ねる路地へと足を踏み入れた。駒沢通りと並行して延びる商店街を歩いた先に、《ハーツ》の看板を見つけた。主に飲み屋が入ったビルの地下だった。

狭い階段を下り、ドアをノックして引いてみると、鍵がかかっておらずに開いた。そして、中から歌声が聞こえて来た。初老の男ふたりに女がひとり、声を合わせて演歌を歌っていた。彼らの前に立った五十前半ぐらいの男が、胸の高さに上げた両手で小さく円を描きつつ、彼らに声を出させていた。

「ほら、もっと腹筋を使って！　腹の底から声を出すように！」

そう指導する途中で、戸口に立つ大河内に気づいて顔を向けた。

これが田部久志だった。目も鼻も口も、でんと存在を主張している。それぞれのパーツは整っているが、サイズが合っていないように感じさせる顔だった。肩までかかるぐらいの長髪。黒いポロシャツ。あと何キロか痩《や》せていたら、ジーンズの腰回りがもっとすっきりするだろうが、かといって太っているというほどじゃない。写真で見て感じたよりも小男で、レッスンを受ける老人たちよりもむしろ小柄なぐらいだ。

「ええと、保健所の方ですか?」

二、三歩こちらに近づき、声を出す教え子たちの邪魔にならないような小声で訊いてきた。

「いいえ、警察です」大河内も、抑えた声で応じた。「警視庁の大河内と申しますが、ちょっとお時間をよろしいでしょうか」

「警察が、どういう御用ですか――?」

「実は今朝、菅野容子さんの遺体が目黒川沿いの廃ビルで見つかりまして、その捜査をしております」

「容子ちゃんが……、何ですって……? それは、どういう……。殺されたってことですか……?」

「残念ながら、そうです」

「そんな、いったい誰がそんなことを……」

田部は驚きを露《あら》わにし、うろたえた。演歌の練習に励む生徒たちが、何事かという顔を向けて来る。

「このまま練習を続けててください」

田部は彼らにそう言い置き、大河内を店の隅のテーブルへと誘った。それほど広くない店だった。四、五人で囲むと窮屈そうな丸テーブルが、三つ。そのほかには、壁際に、向かい合って坐る小さなテーブルが二セット。カウンターの周辺には、音響機器がメインに陣取ったわきに業務用の冷蔵庫があり、棚には何種類かの酒瓶が乱雑に並んでいる。

現在、カラオケの練習用に使われている舞台には、ドラムセットとキーボードが設置され、その手前には、リードとサイドのギターに加えてベーシストまで立てそうな幅があるにはあるが、おそらくはかなりぎゅうぎゅうだろう。

壁に、七〇年代のアメリカン・ロックのポスターに混じり、見知らぬバンドのポスターが貼ってあった。注意して見ると、そのヴォーカルが田部だった。今よりも十歳ぐらい若くて、十キロぐらい痩せていた。

「どうして容子ちゃんが、そんなことに――」

向かいの椅子に坐るなり、丸テーブルに上半身を乗り出すようにして、田部のほうから訊いてきた。

「まだわかりません。現在、判明しているのは、事件が起こったのが四月二日の夜らしいということです」

「四月二日というと……、容子ちゃんたちがサークルで花見をした日ですね」

「よく御存じですね」

「だって、私も誘われてましたので。ただ、遠慮しましたが。メンバー全員と馴染《なじ》みってわけでもないし、こんな爺《じい》さんが顔を出しても、シラケるだけだと思いましたのでね。内輪で飲む時、また、呼んでくれって答えましたよ」

「なるほど。ところで、岡村嗣人さんは、親しかったメンバーのおひとりだと思うのですが、彼の居所《いどころ》を御存じですか？」

「知ってますよ……。でも、なんでです？」

「お話をお聞きしたいんです。菅野容子さんと堀内佳奈さん、それに平田明さん、藤木太郎さん、岡村嗣人さんは、五人でバンドを組んでらした。当然、亡くなった菅野さんとも親しかったはずだと思いまして」

「まあ、それはそうかもしれませんが」

「それに、亡くなる前に、容子さんは彼に電話をしているんです」

「しかし、嗣人はあの夜は、容子ちゃんとは会ってないと思いますよ。スタジオでレコーディングに向けたリハがあるとか言ってましたから」

「それは、本人から聞いたんですか？」

「ええ」

「いつです?」

「ええと、花見の三、四日前だったと思います。やつ、時々、ここへひとりで飲みに来るんですよ。実は嗣人がやってるバンドが、去年の暮れにレコード会社との契約が成立して、メジャーデビューが決まったんです。今は、ファースト・アルバムの制作の真っ最中ですよ」

「それはすごいですね」

「毎年、何百というバンドがデビューするので、この先、どうなるかは、まだ誰にもわかりませんけれどね。あいつらの実力と運次第でしょ」

「なるほど。それで、今はどこで嗣人さんと会えますか?」

「たぶん、西麻布のスタジオにいると思います。そこで缶詰だって言ってましたから。ちょっと待ってください」

田部は席を立ってカウンターのほうに移動した。壁際の足元に置いた鞄から手帳を取り出すと、ちょうど演歌のカラオケが終わるところだった。同じところに気をつけて、もう一度、歌ってください、といったような指示を出し、カラオケを再びスタートさせてから、刑事のところに戻って来た。

老眼鏡を胸ポケットから出してかけ、手帳を繰り、スタジオの住所と電話番号を読み上げてくれた。

「だけど、刑事さん。やつは大事な時期なんです。だから、話を聞く時には、少し気を遣ってやってくれますか」

「その辺は、お任せください」

大河内は少し間を置き、話題を変えた。

「ところで、二月の中頃に、こちらの店で、嗣人さんのライブがあったそうですね。大学時代の軽音サークルの仲間も、ずいぶん集まったと聞きました。その夜、何か変わったことはありませんでしたか？」

「変わったこと、というと――？」

「どんなことでもいいんです。マスターが何か気になったこと、覚えてることがあれば、教えてください」

「いや、そう言われても……、特には……」

「堀内佳奈さんの裁判のことは、御存じですか？」

「ええ、それはもちろん、彼らから聞いて知ってます。そういえば、ライブの夜も、そのことが話題になってましたね。嗣人たちのステージが終わったあと、ここでわいわい飲んだんですけれど、佳奈ちゃんが自殺したのは、本当は労災じゃなくて、嗣人と別れたことが原因だと言い出す連中がいたんです」

四月二日の裁判で、堀内佳奈が岡村嗣人に宛てた手紙が証拠として提出され、佳奈の自殺の原因は失恋だとする可能性が論点に上がったのだ。だが、仲間内では、もっと早くからそんな話がささやかれていたということか。

「それは、誰が言ってたんですか？」

「ええと、たしか一番強くそう主張してたのは、平田君でしたね。今は、どこか大手の商社マンになってる子ですよ」

「彼は、佳奈さんから直接何か、聞いたんでしょうか？」

「どうだろうな。そういう口ぶりだったかどうか、ちょっと思い出せないけれど。ただ、刑事さん。佳奈ちゃんの自殺のことで嗣人を責めるのは、それは、コクってもんですよ。やつには、彼女の愛情が重荷になってしまったんです。あいつがあの子を捨てた、みたいに言ってる連中もいるみたいだけれど、誰かほかの女を好きになって別れたとか、そういうのじゃありません。佳奈ちゃんは、真面目な子でしたよ。大学のサークルでは、あの子がバンドのヴォーカルだったんです。だけど、成功するかどうかわからない世界に身を投じて、今後もずっとバンドを続けていくというふうには、到底、考えられない子でした。あの子はね、自分の諦《あきら》めた夢を、嗣人に託したんです。そして、懸命に尽くしました。それも愛情のひとつの示し方かもしれないが、嗣人には、段々とそれが重荷になってしまった。あいつは、ものすごく繊細な若者なんです。俺たちのような世界に来るやつってのは、みんなどこか抜けてて、馬鹿で、それに、大胆なんですが、あいつは違う。あいつはね、刑事さん。繊細で、音楽なしでは生きていけないから、バンドを続けてきたんですよ」

自分の話が他人に、特に刑事のような人間にどこまで受け入れられるか不安なのかもしれない、田部は段々と早口になって、そして、最後はどこかすがるような調子で「ちょっと待ってください」と言いつつ腰を上げた。

カウンターに歩き、体を乗り出し、向こう側へと手を差し入れ、CDを手にして戻ってきた。

「これは、嗣人のバンドが去年、インディーズで制作したCDです。やつはヴォーカルのほかに、曲によってキーボードとギターも担当してます。曲を作ってるのは、全部、やつです。何枚かあるから差し上げますので、時間がある時に聴いてみてください。あいつがどういう人間か、わかるはずです」

デカ長は、礼を言って受け取った。

7

携帯に連絡が入ったのは、西麻布のスタジオを見つけ、足を踏み入れようとしていた時だった。

取り出してディスプレイを見ると、小林からだった。

「おお、チョウさん。もう、岡村嗣人には会ったのか?」

田部への聴取を終えたあと、恵比寿から移動する前に報告を上げ、これから本人に会いに行くことを告げていた。

「いえ、ちょうどスタジオの入口に着いたところです」

「それなら、ちょうどよかった。どうもな、やつは花見に行ってるみたいだぞ。というのは、あいつのバンドのメンバーがやってるＳＮＳを確認してた林田が、面白い書き込みを見つけたんだ。スマホに送ったから、見てみろ。二日の夜は、メンバーのふたりが風邪で倒れ、練習は急に中止になったと書いてある。そして、その先だ。ヴォーカルは、花見に行ったという条《くだ》りがあるだろ」

「ちょっと待ってください」

大河内はスタジオの出入り口から離れて物陰に移動すると、スマホを出して、携帯を持っているのとは反対の手で操作した。

携帯が普及した時、何もポケベルで充分ではないかと疑ったし、スマホが普及し出した頃には、もう携帯があるのだから充分だろ、と思った口だったが、今やこうして二台をちょちょいと使いこなしているぞ、と、時々、若い後輩に誇りたくなる。

「なるほど。確かにそうですね」

小林がスマホに転送してくれたＳＮＳの書き込みには、確かにそう書かれていた。

「しかし、目黒川で行われた花見かどうかは、記述がありませんね」

「まあ、桜が満開の季節だから、別の席だった可能性もあるだろうがな」

「それに、岡村は、サークルの花見には出席していませんよ」

「ああ、だから、もし岡村が目黒川に足を運んでいたのだとしたら、それにもかかわらず、サークルの花見には顔を出さなかったことになる。そうだろ？」

「なるほど。花見に行く手前で、何かあったのかもしれませんね」

「そういうことだ」

小林は、上手く話を引き出せ、と言っているのだ。


写真で見た時にはあまり感じなかったが、岡村嗣人は非常に背の高い男だった。写真の中ではやや長めの茶髪だった髪形を、昔のテクノカットふうに変えていた。デビューに向けて、イメージ戦略の一環というやつだろう。

ジーンズに、黒のタンクトップを着ていた。痩身《そうしん》だが、肩の筋肉はしっかりとしている。ロビーで待つ大河内の胸の辺りに視線をとめ、いくらかぎごちない動きで近づいてきた。

「僕が岡村ですが、容子のことですか？」

挨拶もそこそこに、自分のほうから訊いて来た。

「そうですが、なぜそれを？　誰から彼女に起こった出来事を聞いたんですか？」

「藤木が電話をくれまして。午前中に、やつのところに会いに行ったんでしょ」

「ええ。花見の夜のことを教えて貰いたくてね」

大河内は、スタジオロビーの壁際に設《しつら》えられた打ち合わせ用の椅子のほうに岡村を誘おうとして、思い直し、先にぶつけてみることにした。

「きみは、あの夜、目黒川の花見に行ってるね」

「いや、僕は……」

岡村は、うろたえた。素通しのガラス窓みたいにわかりやすい男だった。

「きみのバンドのメンバーが、SNSで、四月二日はメンバーに風邪ひきが出て、練習が休みになったと書き込んでいた。そして、ヴォーカル担当は、花見に行ったと。それは、きみのことだよな」

「――――」

「ま、坐らないか」と、大河内は椅子へと若者をいざなった。

長い手足を窮屈そうに曲げて坐る岡村を前に、大河内は改めて口を開いた。

「何があったのか、正直に話してくれ。それがきみのためだ」

「確かに、目黒川までは行きました。でも、容子とは会ってませんよ。花見の場所でみんなと合流する前に容子から電話が来て、佳奈の手紙のことを聞きました。容子は、僕がその手紙を弁護士に渡したと疑っていて、怒ってました。それで、面倒臭くなって、合流するのをやめたんです。だって、かっかしてる容子と会ったら、怒鳴り合いになる気がしたし……」

「じゃあ、サークルの花見には行かずに、どうしたんだね？」

「そのまま帰りましたよ。目黒川沿いに、ＪＲの目黒駅まで歩いて、そこから電車に乗って帰りました」

「それを証明できる人は？」

「――いいえ、いません。ひとりだったし。でも、嘘は言ってませんよ。僕はほんとにその夜、容子とは会ってません」

大河内は、しばらく黙ってじっと岡村の顔を見つめた。若者は居心地が悪そうに何度もまばたきしたが、力を込め、なんとか目をそらさないようにしていた。

もう一歩、押してみることにした。

「嘘をついてもわかるんだぞ！　ほんとは、こうなんじゃないのか。容子さんからの電話を受けたあと、きみはどこかわかりやすい場所で彼女と待ち合わせ、そして、花見の人の流れを避け、人通りの少ない静かな路地で立ち話をした。だが、そこできみは、佳奈さんの手紙の件で容子さんから責められた。言い争いになり、ついカッとなって彼女を押しやったら、打ち所が悪くて死んでしまった。そうだろ!?」

「違う！　僕はそんなことなどしていない。あの夜、容子とは会ってないんです。本当です！」

「ずっと川沿いに歩いたのか？」

「そうです」

「川の左右、どちら側を歩いたんだ？」

「中目から下流に向かって、左側です」

大河内はいったん口を閉じ、じっと相手を見つめ続けてから、改めて口を開いた。

「で、佳奈さんの手紙を企業側の弁護士に渡したのは、きみなのか？」

「違います。僕は、そもそも、佳奈から手紙を受け取ったりしてません。あの夜、容子から電話で話を聞かされて、びっくりしたんです」

「それまでは佳奈さんの手紙のことを、何も知らなかったと言うのか？」

「そうです。何も知りませんでした」

大河内は、たっぷりと時間をかけて若者を睨《にら》みつけてから、上着の内ポケットに手を差し入れ、手紙のコピーを抜き出した。

「佳奈さんのお姉さんから、手紙のコピーを貰って来た。堀内佳奈さんの、きみへの思いが書いてある。読んでみろ」

テーブルにコピーを広げて置くと、若者は小さく震えた。息を詰め、顎《あご》を引き、コピーをじっと見つめるが、手に取り、読もうとはしなかった。その視線も、コピーの一部をじっと凝視《ぎょうし》するだけで、そこに書かれた文字が頭に入っているようには見えなかった。

「どうした。なぜ読まない？」

わざと冷ややかに吐きつける大河内を、悲しそうに見つめた。

「怖いからです……。佳奈のことを思い出すのが怖いし、彼女の気持ちを知ってしまうのも怖い……。刑事さん、僕は卑怯者《ひきょうもの》なんでしょうか。だけど、今はまだ堪《た》えられないんです……。未《いま》だに、彼女の死を受け止めきれていません……」

うつむいた若者の、両腕と両肩が固くしこっていた。

「僕と彼女が一緒に住んでいたことは……?」

「ああ、聞いてるよ」

「僕は、いきなりその部屋を飛び出したんです。一緒にバンドを組んでるやつの家にしばらく転がり込み、その後、自分のアパートを借りました。佳奈は、何日かに一度、短いメッセをよこしました。『どうしてる?』とか『大丈夫?』とか、『元気?』とか、いつでも、そんな短い一言ばかりなんです。いきなり姿をくらました僕を責めるわけでもないし、姿を消した理由を訊こうともしない。そればかりか、まるで今でも一緒に暮らしているみたいだった。『どうしてる?』って訊けば、僕が今ちょっとバイトが延びて、帰りが遅くなる、と返信するのを期待してるみたいだったんです。実際、前に、そんなやりとりをしたことがあったし。それを思い出したりもして、混乱しました。佳奈の頭の中では、僕はまだ彼女と一緒に暮らしているのかもしれない。そんなふうに想像すると、たまらなく恐ろしくなりました」

「佳奈さんが、おかしくなったと思ったのかね?」

「いえ、そういうことじゃないんです。そういうことじゃなくて……。何と言うか……、彼女から愛されていることが怖くなったんです……」

「束縛されることが、かね？」

「そういうことじゃないけれど……、上手く言えません……。たぶん、わかっては貰えないと思います……」

大河内は若者を見つめ、ふっと息を吐いた。

「きみぐらいの時、俺もそんなふうに悩んだことがあったよ」

大河内が、ぼそっとつぶやくようにして言ってみると、若者は疑わしそうに見つめてきた。

「きみが彼女からの手紙を受け取っていないのだとすると、それは彼女のところにあったものを、彼女の死後に誰かが見つけて相手側の弁護士に渡したか、もしくは誰か第三者がずっと保管していた末に渡したかのどちらかってことになる。誰がそうしたか、心当たりは？」

「そんなことを訊かれても、わからないです……」

大河内は、たっぷりと相手の顔を見据《みす》えてから、若者の前に置いた手紙のコピーに手を伸ばした。

「時間を取って貰ってありがとう。また何か確かめたいことがあったら、すぐに連絡がつくように、現住所と連絡先を教えておいてくれ」

「わかりました……」

岡村は、西早稲田の住所および、携帯電話の番号を告げた。

「固定電話は持っていません。これでいいですか――？」

「何かほかに、話しておきたいことは？」

「いえ、ないです」

大河内は、言葉を交わす間ずっと手にしたままだった手紙のコピーを、小さく上下に振って見せた。

「控えが取ってあるんだ。きみがいるなら、置いて行くが、どうする？」

若者は、悲しそうに首を振った。

「いえ、いいです……。僕は今、前へ行かなければならない時ですから……」

8

「岡村嗣人が、堀内佳奈の手紙を知らなかったことは確かなようですね。手紙のコピーを見た時のうろたえぶりに、嘘があるようには見えませんでした」

大河内は、意見を述べた。事件の担当所轄である目黒署の会議室には、大河内たち警視庁小林班の面々と、所轄の捜査員とが顔をそろえていた。

しかし、堀内佳奈の手紙を知らなかったからといって、岡村嗣人を容疑者から外すことはできないのだ。四月二日の夜、身に覚えのない手紙の件で菅野容子から食ってかかられたために、ついカッとなって彼女に暴力をふるってしまった可能性はまだ払拭《ふっしょく》されてはいない。

「岡村は、中目黒から目黒駅まで、目黒川に沿って歩いたと言ってるんだな」

小林が念を押す。

「ええ、そう言ってました。サークルの花見に出席しようと思って目黒川までは行ったが、そこで菅野容子からの電話を受け、目黒駅まで歩いて帰ったそうです」

「防犯カメラの映像を確認する必要がありますね」

所轄の係長である室田が言った。防犯カメラの映像をチェックするのは、元々神経を使う作業だが、ましてや大勢の人出がある中で、特定の顔を見つけ出すには、一瞬たりとも気が抜けない。すでに、所轄の捜査員が中心となって、花見の人込みの防犯カメラをチェックする作業に追われていた。

「日の出橋と別所橋の付近の映像について、進捗《しんちょく》状況はどうだね？」

所轄の署長に尋ねられ、室田は顔を曇らせた。四十代後半で、苦労人風の男だった。目の下の皮膚がたるみ、そこに色素が沈着して、始終、隈《くま》ができているように見える。そんなふうに顔を曇らせると、それが一層、際立った。

「それが、何しろ当日はひどい人出でしたから……、もう少し時間が必要です。それと、防犯カメラがカバーしていたのは、御指摘のあった二本の橋のうちの、駅から真っ直ぐに来た日の出橋のほうだけでして、それよりも上流の別所橋には、対応するカメラがありませんでした。

現在、その周辺の数台を、手分けして当たっているところです」

　中目黒駅の周辺は、再開発も著しく、東横線の線路よりも下流側にはＧＴタワー、アトラスタワーといった高層ビルが並ぶ。

　中目黒駅からアトラスタワーの脇を抜けて直進した先にあるのが日の出橋で、花見の季節には、駅からの人の流れがどっと押し寄せるため、この橋はもっとも混雑を極める。ここには防犯カメラが据えつけられているが、東横線の架橋をくぐった先にある別所橋には、橋自体をカバーする防犯カメラはないのだ。

　犯行現場となった廃ビルは、東横線の架橋と別所橋の間で、川の沿道から二十メートルほど奥まった路地にあった。犯人がそこに行くには、この二本の橋のいずれかを通った可能性が高い。

　この二本の橋周辺のカメラのチェックに加え、中目黒付近から目黒付近までの川の沿道はおよそ二キロ、そのどこかのカメラに、岡村嗣人の姿が、本人の弁の通りに捉えられているかを確認しなければならない。

「うちからももっと人を割きます」

　小林が、気を利かせてそう申し出た。

「ちょっとよろしいですか？」

　渡辺が挙手をし、礼儀正しく訊いた。小林班の最古参だが、こうした礼儀を崩さない男だった。

「犯行現場付近、特に駅から犯行現場に行くには必ず通ることになる日の出橋と別所橋を中心に、防犯カメラの映像をチェックするのは確かに大事でしょうが、ホシが川とは反対の方角からやって来た可能性も、忘れてはならないように思うんです」

捜査員――それも特に所轄の捜査員の間に、低いため息が伝染した。自分たちが現在、目を充血させて行なっている捜査の意味を、半ば否定されたように感じたのだろう。デカは、目の前の作業が犯人逮捕に必ずつながると信じるからこそ、どんな手間のかかる単純作業にも邁進《まいしん》できるものなのだ。

「しかし、山手通りも、中目の改札の前を通っています。一方、あの現場の先は、狭い生活道路がつづく住宅街です。たとえタクシーで来た場合でも、犯行現場へ行くには、山手通りで車を降り、やはりこの二本の橋のいずれかを通った可能性が高いのではないでしょうか」

大河内は、やんわりと反対意見を提示した。

渡辺は目をしょぼつかせつつ、言葉を選ぶような間を置いた。――しかし、一緒に長く仕事をするうちに気づいたが、こんな表情をする時、この老練なデカは、何かはっきりとした狙いがあるのだ。

「それは、山手通りで車を降りた場合です。しかし、渋谷からタクシー、もしくはマイカーで来たなら、どうでしょう。幹線道路を使うなら、代官山、もしくは神泉《しんせん》経由で、旧山手通りから駒沢通りということになるでしょう。これでしたら、チョウさんの言うように、山手通りの中目黒駅周辺で車を降りることになります。しかし、渋谷から裏道を使えば、南平台《なんぺいだい》から鉢山《はちやま》町《ちょう》の辺りを抜け、旧山手通りを横切って、青葉台を通り、中目の駅とは反対方向から目黒川に近づくことになります。タクシーの運転手にも確認したのですが、これはちょっと土地鑑のある者にとっては、比較的オーソドックスな抜け道です。当日は花見の混雑で、通行止めになっていた路地もあるかもしれないが、タクシーで適当なところまで近づき、そこから住宅街の中を歩いたのかもしれない。それならば、中目の駅や山手通りとはちょうど反対の方角から、あの犯行現場の一帯に近づいたことになります」

会議室が、静かになった。

小林が席を立ち、会議室のホワイトボードに貼られた市街地図へと歩いた。今、渡辺が指摘した通りのルートを、指でたどってみる。

「被害者が亡くなる前に電話をしていたもうひとりの相手である有賀倶久は、渋谷で就職セミナーをやってるんでしたね」

その時、室田がそう指摘した。これは、渡辺が所轄に花を持たせたものだと、大河内は察した。渡辺の頭の中には、最初からこのことがあったにちがいない。

「しかし、有賀にはアリバイがあるんじゃなかったのか?」

小林にうながされ、石嶺が立った。

「それがですね、やつのアリバイを証言したのは、同じセミナーで働く事務員なんですが、どうも挙動が不審なので改めて問いただしましたところ、嘘をついてたことを白状しました。菅野容子さんから携帯に電話があった時、有賀はセミナーの事務所にいたと証言したのですが、それは真っ赤な嘘でした。実際には、その時間の少し前に、事務所から外出してたそうです」

「電話を受け、渋谷からマイカーなりタクシーなりで被害者に会いに行ったのだとすれば、今、ナベさんが指摘したコースを通ることになりますね」

林田が言った。フルネームは林田雅之。去年の異動で、小林班にやって来た新メンバーだった。異動後しばらくして、石嶺辰紀から、「父親が阪神ファンか？」と訊かれたが、きょとんとしていた平成生まれ。ミスター・タイガースとは、偶然、同名なだけなのだ。

「それから、有賀には前歴がありました。二十一の時に、職場の上司を殴って一度、それから二十七の時には、妻を殴り、二度とも暴行罪で訴えられてます。ともに、被害者が届を取り下げたために不起訴にはなっていますが、会社はその事件で解雇されました。妻とは、その後、離婚が成立しています」

石嶺の指摘に、低いざわめきが拡がった。カッとなりやすい性質は、なかなか変えられない。それは、犯罪者を相手にするうちに、捜査員の誰もが抱く実感なのだ。

「しかし、有賀倶久には、菅野容子さんと言い争いになる理由はないと思うのですが」

室田が指摘した。

「堀内佳奈さんは、有賀倶久が主宰する就職セミナーの受講生だったが、それ以上のつながりはないわけですよね。まさか、裁判でも問題になっている岡村嗣人に宛てた彼女の手紙を、有賀倶久が持っていたとも思えない」

署長が同調する。片山という五十男だった。

「それなんですが、被害者の菅野容子が何者かと言い争いになったと仮定して、その原因を堀内佳奈が岡村嗣人に宛てた手紙にあると絞って考えるのは、危険なのではないでしょうか」

石嶺が発言し、そこまで言ってから立ち上がった。

「確かに菅野容子は、堀内佳奈の姉である塚原綾乃からの電話を受けたあと、岡村嗣人と平田明、有賀倶久の三人に電話をしました。塚原綾乃は、裁判で取り上げられた妹の手紙の件を菅野容子に告げましたが、しかし、それだけではない何か別件で、有賀と彼女が言い争いになった可能性も考えられないでしょうか。どうもあの就職セミナーは、胡散臭《うさんくさ》い感じがするんです。受講生の中には、入学金や受講料のほかに、えらく高いテキストを強引に買わされて困惑している者もおりました。嘘のアリバイを仕立てていたということは、何か後ろめたいことがあるのは確かです。有賀の就職セミナーと有賀本人について、詳しく調べてみたいのですが、いかがでしょうか？」

9

戸口に現れた大河内と菊池のふたりを見て、畳職人の男は顔を曇らせた。一旦上げた顔を畳の表面へと戻し、畳針を握った手を動かした。たぶん、そうしながら、どう応対すべきかを考えているのだろう。

「息子さんは——」

御在宅ですか、と続けるより前に答えが来た。

「わざわざ二度も来ていただいて申し訳ないんだが、野郎なら、いませんよ」

「どちらへ？」

「わかりませんや。てめえの部屋に引きこもって、誰か友達と電話してたみたいですけどね。そのあと、どっかへ出て行っちまいました」

「それは、いつ頃でしょう？」

「二時間ぐらいになるかな」

「加減はもう、よくなったんですか？」

「どうでしょうね。あんなのは、仮病ですよ。大の男が、風邪でちょこっと熱があるぐらいで、仕事を休んでどうするって言うんです。刑事さんだって、そんなこたあしないでしょ」

終わりのほうは、大河内ではなく、若い菊池のほうに言ったものらしかった。仕事道具を張り替え中の畳に置き、体の位置をわずかにずらし、刑事たちに正対した。

「太郎のやつが、何かやらかしましたか？　もしもそうなら、驚かないんで、ちゃんとそう教えて欲しいんですが」

「いいえ、違います。誤解なさらないでください」

大河内は手を振った。「太郎君が就職前に通っていたセミナーや、その後、就職された《コスビュー》のことを、もう少し詳しく聞きたいと思いまして。それだけです」

「――それが、今度の事件と何か関係あるんですか？　息子から聞きましたよ。同じサークルにいたお嬢さんが、サークルの花見の夜に亡くなったそうですね」

「まだはっきりとは何もわかりません。刑事というのは、事件の周辺を、あれこれと調べる必要があるんです。息子さんから、何かもっとお聞きになりましたか？」

「いや、それ以上は特には……」

「何時ぐらいに帰ると言っていましたか？」

「さあて。申し訳ない。特に聞いていねえです」

父親は愛想のない態度で応じたが、それは地なのだろう、「ちょっと待ってくださいよ」と言い置き奥に声をかけた。

「おおい、警察の方が見えてるんだ。野郎は、何時ぐらいに帰ると言ってたんだ？」

　土間の奥の部屋から、細君らしい女が顔を見せた。瘦せた女で、茶色く染めた頭髪の生え際に、大分白いものが見えていた。

「いえ。何にも聞いてないんですよ。申し訳ありませんね……」

　彼女が大河内たちに会釈《えしゃく》し、亭主と刑事たちとの双方に向けて言った時、部屋の電話が鳴った。土間から部屋に上がったところに電話台があり、彼女はすぐに受話器を取った。

　二言三言やりとりをするうちに、顔色が変わり、送話口を手でおおい、助けを求めるように亭主を見た。

「あなた……、よくわからないのだけれど、交番のおまわりさんからよ。太郎が暴力事件を起こして、捕まってるって言うの……」

「暴力事件だと……。あの、馬鹿……」

　藤木は、苦しげに言葉を漏らして固まった。強張《こわば》らせた表情を大河内たちに向け、何か問いたげな表情が浮かびかけたが、それを振りきるようにして腰を上げた。

「あのバカが……。他人様《ひとさま》に御迷惑をかけやがって……。いったい、何をしでかしたんだ……」

　毒づきつつ土間を横切り、つれあいの手から受話器を奪い取るようにして口元に運ぶ。

　だが、それからの応対は丁寧で、見えない相手を前にして、額を畳に押しつけんばかりに詫《わ》び続けた。

　大河内は頃合いを見て電話を代わって欲しかったのだが、藤木はあわただしく電話を切ると、細君に向け、すぐに背広を用意するようにと言いつけた。

「バカ息子を引き取りに行ってきます。今日はばたばたしてますんで、申し訳ないが、帰っていただけますか」

なるべく大河内たちのほうを見まいとしながら言い、頭を下げる。

「いや、我々も一緒に行ったほうがいいでしょう。車で来てるんです。お送りしますよ」

「しかし……、刑事さんに御迷惑をかけるわけにはいかねえし……。それに、先方は、事を荒立てる気はねえそうなんです。ですから、誠心誠意お詫びして、なんとかそれで済ませられればと……」

「大丈夫ですよ。我々が行ったからと言って、息子さんを逮捕するわけではありません。先方がそう言ってくれてるのならば、きっと大丈夫でしょう。揉《も》めるようならば、私からも口添えします。今の電話でお聞きになった概要を、教えていただけますか?」

「はあ……。なんでも、友成商事という会社で暴れたらしいです……。そこの社員さんに、暴力を振るったと……」

「友成商事には、平田明君という友人がいます。太郎君は、彼を訪ねたんじゃないですか?」

「さあ、名前までは……。ただ、社員のひとりを訪ね、応接室で会ったそうなんですが、少ししたら口論になり、太郎がその社員の方に暴力をふるったってことで……。それで、警備員に取り押さえられたそうなんです――」

目を伏せ、弱々しく応える畳職人は、どこかに消え入りそうなほどに肩をすぼめていた。

藤木太郎は、交番の片隅に置かれたパイプ椅子に坐らされていた。現れた父親にすねたような視線を向けたが、一緒に大河内たちがいるのを知ると、驚き、口を引き結んでうつむいた。

応対してくれたのは交番の班長である高橋という五十男で、ひたすら詫《わ》びる父親に丁寧な態度で応じた。

「このたびは、御迷惑をおかけしてしまいまして、ほんとに申し訳ございませんでした。息子には、俺からきつく言って聞かせますので、どうぞ御勘弁ください。先方にも、これから俺がすぐに謝りに行きます」

必死で詫びる父親を、高橋は両手で宥《なだ》めるようにした。

「まあまあ、お父さん。本人も、反省されているようですし、先方でも穏便に済ませたいということでしたので、そう御心配なさらずとも大丈夫ですよ」

大河内たちは高橋に自己紹介を済ませ、簡単に事情を説明してから、椅子でうつむく藤木太郎の前に立った。

「平田君を訪ねたのかい？」

太郎は大河内の質問を受け、ぴくっと肩を動かしたが、何も言おうとはしなかった。

「よければ、話してくれないか。なぜ、平田君と言い争いになったんだ？　家を出る前、あちこちに電話をしてたそうだね。さっき、岡村嗣人君にも会って来たよ。彼は、我々が訪ねる前に、きみから電話があったと言っていた。きみは今度の事件のことで、何か知ってるんじゃないのかい？　もしもそうならば、きちんと話して欲しいんだが」

話を振って、しばらく待った。だが、青年はうつむき、体を固くするだけだった。

「おい、刑事さんが言ってるのが聞こえねえのか。ちゃんとてめえの口で応えねえか」

父親が苛立《いらだ》ちを露《あら》わにして息子に食ってかかり、息子は益々《ますます》深くうなだれた。

「ええと、相談室は空いてますか？」

大河内は、高橋に確認した。

ほとんどの交番には、通りに面した見張り所の奥に「相談室」が設けられている。込み入った相談を受ける目的に加え、逮捕した犯罪者の取調べにも使われる部屋で、広さや造りは取調室と変わらない。

およそ三畳の広さの相談室に足を踏み入れた藤木太郎は、怯《おび》えたようにして部屋を見渡した。

「取って食おうってんじゃないんだ。まあ、坐ってくれ。お父さんがいるところでは、話しにくいこともあるかと思ってな。なぜ平田君と言い争いになったのか、聞かせてくれよ」

大河内は、相手の緊張を解くために砕けた口調で言い、藤木を椅子に坐らせた。

「あいつとは、色々あるんです……」

　藤木太郎は、スチール椅子で尻をもじもじさせた。

「その〝色々〟を話してくれ。話せば、心が軽くなるぞ」

「あいつは、嘘をついてます。──俺、ほんとは四月二日の花見の夜、八時半過ぎに、あいつが目黒川にいるのを見かけたんです」

「八時半にかね？」

「はい」

「確かだろうね。しかし、彼がきみらの花見に顔を出したのは、九時頃だったよな」

「そうです。だけど、俺、買い出しに行ってたって言ったでしょ。その時、やつを見かけたんですよ」

「正確に、どの辺りで見かけたんだ？」

「中目の駅から真っ直ぐ川のほうに来たところにある橋の辺りです。俺は駅のほうのコンビニまで氷を買い足しに行って、戻って来たところでした。そしたら、橋の辺りを歩いてるやつが、後ろから見えたんです。すごい人込みだったんで、近づくことはできなかったけれど、確かにやつでした。じきに見えなくなってしまったんですが、どうせ花見の場所で会えると思って、戻ったんです。でも、あいつはまだ来てなくて、あれって思ったんですよ。で、結局、それから三十分ぐらいしてから、現れました。おかしいでしょ。見かけた時、やつは俺よりも先にいたんですから」

「もう少し詳しく話してくれ、彼は日の出橋を渡ったんだな」

「ああ、あの橋、そういうんですか。そうです。渡りました」

「その先は?」

「その先は、見失ってしまったんでわからないけれど、橋を渡ったのは確かですよ」

「きみは、それを今日、本人にぶつけたわけか?」

「そうです」

「で、彼は何と答えたんだ?」

「会社から電話が入り、打ち合わせをしていたので遅れたと言いました。でも、そんなの嘘に決まってる……」

「わかった。それじゃあ、それは俺のほうで確かめてみよう」

「お願いします」

「しかし、そうするときみは、平田君が菅野容子さんを殺害したと思ってるんだね?」

大河内がそう確かめると、藤木は今まで力みかえって力説していたにもかかわらず、鼻先を何かにぶつけたみたいな顔で黙り込んだ。

「いや、僕は……。まさかとは思うけれど……。でも、違うなら違うで、本人の口からちゃんとそれを確かめたくて……」

「わかったよ。そうしたら、もう少し別の話も聞かせて欲しいんだが、きみは有賀倶久が主宰する就職セミナーを受講したんだったね」

「それなら、平田だってそうですよ。あいつのほうが学年が上なんで、受講したのは僕らの前年ですけれど。でも、あいつが大学にストレートで入っただけだから、歳は一緒です。——そういや、あいつ、偉そうに先輩としてセミナーに体験談を話しに来たりしてましたっけ。こづかい稼ぎさ、なんてうそぶくんで、セミナーが終わったあとでコーヒーを奢《おご》らせたりしましたよ」

「そうすると、亡くなった堀内佳奈さんも、きみも、平田君から話を聞いて、有賀倶久の就職セミナーに行くことにしたのか？」

「ええ、最初はそうでした。やつが、すごくいいセミナーがあるからって、パンフとかを持って来て見せてくれたんです。だから、佳奈だって一緒に入ったんですよ」

「きみの感想はどうだったんだ？　セミナーは、就職に役に立ったかい？」

「どうでしょうね……。俺、真面目に全部、出たわけじゃないし。それに、結局、受かったのはあの《コスビュー》のほかは、《若松電機》って、ほら、一昨年、やっぱりブラック企業として問題になったとこだけだったし……。あすこは、俺たち学生の間でも、あの頃からどうも危ないぞって噂《うわさ》になってたんです。そしたら、案の定、じきにブラック企業で叩《たた》かれることになって。ほうらみろ、って感じだった。でも、結局、《コスビュー》だってこうして訴えられてるわけだから、どっちもブラックだったってことですけどね」

乾いた笑いを漏らす藤木を前に、大河内の中で、ふっとぼんやりとした疑問が生じた。

「きみが就職した年に、《コスビュー》には、同じ有賀の就職セミナーからほかにも就職したのか？」

「ええ、確かほかに、ふたり入りました。あまり親しいやつじゃなかったし、かなり社員数がいる会社で、同じところに配属されたわけじゃあないから、その後、どうなったのかはわからないけれど」

「《若松電機》にも、セミナーから何人か就職したのかい？」

「したみたいです。いや、確かにしました。確か、やっぱりふたり行きましたよ」

「セミナーの同期だった人間たちの連絡先はわかるかね？　できれば、名簿を借りられるとありがたいんだが」

「いいえ、個人情報の保護だと言って、名簿はなかったんです。ああ、それに、きみらは一緒に学ぶ仲間だが、同時に就職競争を闘う敵同士だから、なれあいはよくないとかも言われました。

——だけど、就職活動が終わった頃、内定が取れたやつは集まって、飲み会をやったんですよ。そいつらの連絡先なら、わかりますよ。十二、三人ぐらいでしたけど」

「それじゃあ、ぜひそれを教えてくれ」

大河内が頼むと、藤木はスマホを取り出し、慣れた手つきで操作した。

「刑事さんもスマホですか。それなら、転送しますよ。俺、こういうの整理するのは好きだから、ちゃんとグループを作って管理してるんです」

感謝を示し、転送して貰った。

「刑事さん。平田が犯人なんでしょうか？」

「まだ、何もわからんさ。捜査の途中なんだ」

「そうだな……。そうですよね……」

藤木太郎は手元に落とした目を上げ、大河内を見つめて来た。若者の顔の中に、少年の表情が潜んでいる。この年頃は、皆、そうなのだ。それが社会に出て、段々と、男は男の、女は女の顔になっていく。

「もしも、平田が容子を殺したんだとしたら、そしたら、俺はどうしたらいいんだろう……。俺、そんなことを望んで、あいつの会社に乗り込んだんじゃないんです。ただ、あいつが嘘をついてるのが気に入らなくて、もしかしたらって思って……」

「あとは我々に任せるんだ」

大河内は一度口を閉じたが、不十分な気がして、言い足した。

「だから、二度とバカなことはするなよ。お父さんを、あんまり心配させるな」

若者は、無理して微笑んだ。

「就職セミナーの金を出してくれたのは、親父なんです……。大学に行く金だって、無理して出してくれました……。大学を出てなけりゃ、ろくな仕事につけやしないって言って……。畳屋だって立派な仕事なのに、いつでも自分の仕事を卑下《ひげ》するみたいなことばかり言ってる。そのくせ、遊んでるぐらいなら畳屋をやれって言うから、家を手伝えってのかと思ったら、俺を押し込んだ先が、出張して安い畳を張り替える半端仕事ですよ……。親父は、自分自身が、どうしていいかわからないんだ」

「それはたぶん、違うと思うぞ。そんな中途半端な気持ちじゃあ、何年も同じ仕事を続けちゃいられない。親父さんの指には、タコがあるな。訪ねた時に、気づいたよ。ずっと同じ仕事をしてきた人間の手だ。親父さんは、きみを自分の手元に置いておくよりも、ほかで畳職人の技術を覚えさせたいんじゃないのか」

「だけど、わざわざ商売敵《がたき》のところに託すなんて……。それならば、俺を弟子にしてくれればいいのに……」

「そう思うなら、親父さんとよく話し合ってみろよ」

10

「違うな。平田明が電話で話していた相手は、会社の人間じゃない。有賀俱久だったぞ」

電話の向こうで告げる小林の声は、わずかに興奮で昂《たかぶ》っていた。

「有賀のほうから平田明にかけてた。しかも、かけたのは、菅野容子が有賀倶久に電話をした直後だ。順に言うぞ、堀内佳奈の姉である塚原綾乃が菅野容子にかけたのが二日の二十時七分。その電話を終えたのが十八分で、その後、容子はすぐに岡村嗣人にかけ、平田明にかけ、そして、有賀倶久にかけた。有賀との通話が終わったのが、およそ十分後の二十八分、そして、その二分後の二十時三十分には、今度は有賀が平田に電話をしてる。そして、およそ十分後の二十時四十分に通話を終えてる」

　藤木太郎が平田明の姿を見かけたのは、その頃だろう。藤木が平田を見失ってから、平田がサークルの花見に来る九時頃までに、三十分ほどの空白がある。そして、藤木が平田を見かけた日の出橋から、犯行現場である廃ビルは、ほんの三、四十メートルしか離れておらず、充分に犯行が可能だ。

「有賀倶久のほうのアリバイは、はっきりしましたか？」

「いや、まだ不明なままだ。しかし、有賀の携帯の位置情報をたどり、この通話時には渋谷の109付近にいたことははっきりした」

「道玄坂で下りのタクシーを拾えば、南平台を左折し、ナベさんが指摘した裏道のルートに入りますね」

「ああ、そして、十分かそこらで犯行現場に着く。ちなみに、岡村嗣人のほうはアリバイが確認されたぞ。やつは証言通りに、目黒川の沿道を、下流に向かって歩いていた。目黒駅に至る目黒新橋までの映像が確認された」

岡村が歩いたと証言したのは、川沿いの一本道なので、どこか一カ所で確認が取れれば、あとは確認が比較的容易だったはずだ。

「こうなると、犯行時刻に、アリバイのない人間がふたり。ふたりとも菅野容子と電話で話し、その後、有賀は平田に電話をしている。その上、ともに犯行現場に容易《たやす》く行ける距離にいた」

小林は、くっきりと言葉を区切るようにして告げた。その口調から、大河内は上層部の方針が決まったことを知った。

「ふたりを任意で、同時に呼ぶぞ」

小林はそう告げてから、つけたした。

「去年の就職セミナーの受講生に当たり、チョウさんたちの推論の裏を取ってから、ふたりとも引っ張ろう」

11

翌早朝、有賀倶久と平田明の自宅にそれぞれ捜査員が出向き、任意同行を求めた。念のため、前夜から捜査員が自宅付近に張りつき、動向を窺《うかが》った上でのことだった。

平田明の取調べには渡辺が当たり、補佐に所轄の係長である室田がついた。一方、有賀倶久のほうは、すでに一度面識がある大河内と石嶺のふたりが担当だった。

取調べデスクには、石嶺が坐った。昨日は、大河内が主にこの男と話している。役割を交代することで、相手の戸惑いを誘う狙いがひとつ。もうひとつは、有賀倶久に最初に疑いを示した石嶺に、積極的に切り込ませようという、大河内の判断だった。

石嶺は、仏頂面で黙りこくる有賀に丁寧に頭を下げた。

「朝早くから、おいでいただいて恐縮です。ですが、なぜ呼ばれたのか、おわかりですね？」

「わかりませんよ」

有賀は、石嶺の言葉に押しかぶせるようにして言うことで、益々不機嫌そうな様子を際立たせた。

「有賀さん、嘘は困りますよ。四月二日の夜、菅野容子さんから電話があった時、あなたは事務所にはいらっしゃいませんでしたね。事務員の斉藤さんが、あなたに頼まれて嘘をついたことを認めましたよ」

有賀はそっぽを向き、唇の隙間《すきま》から息を吐いた。本当は、舌を鳴らしたいように見えた。

「嘘をついたことは、謝ります。しかし、私はこの事件とは無関係だ」

「本当は、どこで何をされてたんです？」

「渋谷の街をふらついてましたよ。どこかで夕食を摂《と》ろうと思ってね。それだけです。しかし、ひとりでしたので、それが証明できない。それで、斉藤君に頼んだんです」

「あなた、よくわかってらっしゃるんですか？　彼女は、我々が聞き込みに行ったその場であなたから呼ばれ、嘘の証言をしました。それは、今、あなたが言ったように、予《あらかじ》め彼女にそうするように頼んでいたからだ。なぜそんなことをする必要があったんです。それは、その時刻、あなたは警察に訊かれてはまずい場所にいたからだと疑われても仕方がない。そうでしょ。ほんとは、被害者からの電話を受けたあなたは、タクシーを拾い、被害者に会いに行った。だが、そこで言い争いになり、被害者を突き飛ばして殺してしまった。そうでしょ」

「違う！　違います。なんで俺が彼女を殺すんですか？」

「彼女が、あなたとブラック企業のつきあいに気づいたからだ」

「――――」

「我々は、あなたの就職セミナーの受講生に話を聞きました。去年の受講生のうち、合計七人が、《若松電機》と《コスビュー》に入社していた。ともに、ブラック企業として問題になっている会社です。ほかにも、入社してみたら、あまりに劣悪な労働環境であることに驚き、一年足らずで会社を辞めた学生が何人かいた。しかも、もっと詳しく話を聞くと、多くの学生が、あなたからこういった会社を積極的に勧められていた。有賀さん、あなたは、世にいうブラック企業に、率先して学生を送り込んでいますね」

「違う。そんなことは誤解だ。私は、学生さんたちのことを思って、あのセミナーを運営している。世に出ていくのが不安な若い子たちの背中を押し、少しでもいい会社に入れるよう、適切なアドバイスをしている。私も若い頃に転職を繰り返し、苦労をしました。やんちゃをやり、悪い仲間とつきあったこともある。そうしたみずからの体験を生かし、若い子たちのためにあのセミナーを運営してるんだ」

「それは、タテマエでしょ。あなたが学生に売りつけてるテキストは、なぜあんなに高額なんです。あなたはほんとは、これから社会に出る学生たちの不安につけ込み、甘い汁をすすっているダニだ」

大河内は、苦笑を噛《か》み殺した。石嶺は、普段は物静かだが、時折、相手をこうしていきなり挑発する。

有賀の瞳《ひとみ》に怒りが燃えた。

「言葉に気をつけろよ！　いくらなんでも失礼じゃないか！」

「失礼も何もあるか。あなたは、ブラック企業とつながってる。そして、二日の夜、菅野容子さんは、あなたにその疑いをぶつけたんだ。だから、かっとして彼女に暴力をふるってしまった。そうだろ。今のあんたの、その怒りやすい態度が何よりの証拠だ。暴行で二度、前歴があるのはわかってるんだぞ」

「二度とも不起訴になってる。俺が悪かったわけじゃない。向こうに非があったからだ」

「だが、暴力をふるったのは、事実だな」

「――だからといって、俺は菅野容子を殺してなどいない」

「なぜ事務員に頼んで、嘘のアリバイを証言させたんだ。疑いを晴らしたいなら、ほんとのことを言え。アリバイが証明できないんだろ。あんたは被害者の電話を受けてからすぐ、被害者に会いに行ったんだ。アリバイがないのは、そのためだ」

「違う。それは違う」

「じゃあ、どうしてだ？」

「………」

「疑いを晴らしたいんだろ。アリバイをはっきりさせたらどうだ」

「俺はその時、人と会ってた……」

「誰と？」

「それは、この事件とは何も関係ない……」

「誰と会ってたんだ？」

有賀は顔をみにくく歪《ゆが》めた。怒りと困惑がない交ぜになって、渦巻いている。

「《コスビュー》の人事担当者ですよ――」

大河内と石嶺は、思わず目を見交わした。その短い沈黙が有賀の背中を押し、もっと喋《しゃべ》らせることになった。

「あの日の裁判の詳細は、その男を通じて、午後のもっと早い時間に耳に入っていた。それで、会って今後のことを話し合っていたんだ」

「あんたと《コスビュー》の人事担当者とが、深い関係にあったことは認めるんだね」

「この件については、これ以上は喋らない。とにかく、俺にはアリバイがあるんだ。菅野容子を殺したのは、俺じゃない。もう帰っていいだろ」

「その人事担当者の名は？」

「――――」

「確認が取れなければ、アリバイとは言わないんだぞ」

有賀が吐き捨てるように告げる名前を、刑事たちは書き取った。

「さあ、いいだろ。帰らせてくれ」

「まあ、そうあわてるな。裏が取れるまでは、ここにいて貰うぞ。それに、あなたには、もっと喋って貰うことがある」

大河内が言い、石嶺と代わって取調べデスクに坐った。

「有賀さん、あなたは四月二日の夜二十時三十分頃に、菅野容子さんから電話を受けたあと、すぐに彼女とサークル仲間だった平田明に電話をしてるね。それはなぜです？」

「――――」

「答えたくないなら、私が答えを言いましょうか。自殺した堀内佳奈さんの手紙を、《コスビュー》側の弁護士に渡したのが、平田明だからだ」

いきなりぶつけた効果があり、有賀は明らかに表情を変えた。

「別段、我々のやったことは、犯罪でも何でもありませんよ……。平田君は、堀内さんとも岡村君とも親しかった。だから、彼女から手紙を託されたが、岡村君の気持ちを考えて渡さなかった。それだけのことです」

「それが今になって《コスビュー》側の弁護士に渡したのは、あなたがそうするように言ったからだね」

「――――」

「何とか答えたまえ。有賀さん」

「係争中の案件だ。この件について何か訊きたいなら、《コスビュー》の担当弁護士に訊いてくれ」

そんな言い逃れが通らないことを示すために、大河内は有賀を冷ややかに見つめた。有賀は目を伏せ、百戦錬磨のデカの視線から身をかわすかのように、せわしなく体を揺らした。

「待てよ……。そうだ、きっと菅野容子を殺したのは、平田だ。刑事さん、菅野容子は俺によこした電話で、手紙を《コスビュー》の弁護士に渡したのは、やつじゃないかと疑っていたんだ。それを確かめるために、俺に連絡をして来たのさ。そうだよ、だから、あの子を殺したのは、きっと平田だよ。彼女に問いつめられ、かっとしてやってしまったんだ。そうに決まってる」

大河内は、いよいよ冷ややかな視線になった。さもたった今思いついたようにしてまくし立ているこの男の推論は、前から用意されていたものにちがいなかった。警察に自分が疑われた場合には、こう言うつもりでいたのだ。

ドアにノックの音がして、菊池が細くドアを開けた。目で大河内たちに合図を送り、廊下で待つ。簡単な耳打ち程度のことならば、取調室に半身を突っ込むのが常だった。何か、それ以上の話があるということだ。

大河内と石嶺は、取調室を出た。

「どうした?」

大河内がささやき声で訊く。

「現場に落ちてた黒いリングの件なんです」

「イヤーカフのことか?」

「そうです。イヤーカフとか、フェイクピアスとか呼ばれるリングです。それに残留してた指紋が、検証可能なほどまで復元できました。本人のもの以外に、もう一種類ありました。親指と人差し指の指紋の一部だそうです」

「つまり、誰かが、彼女のイヤーカフを、親指と人差し指でつまんだわけだな」

「ええ。小さなリングですから、復元ができても指紋の一部分しか残っていませんでしたが、有賀の前歴データにあった二指の指紋と照合できました。残念ながら、一致しませんでした」

有賀の取調べを石嶺に任せた大河内は、平田の取調べの様子を見るため、その隣室へと移動した。

そこには、小林と所轄の署長とが先に陣取り、マジックミラーで様子を窺っていた。

「アリバイが本物だとすると、有賀はシロだな」

隣に立った大河内に、小林が小声でささやいた。ちょっと前まで、有賀の取調べの様子を見ていたのだ。

「そうですね。至急、アリバイの裏を取る必要がありますが、自分の不利なつながりをわざわざ口にしたんです。この点について、嘘があるようには思えませんね。平田のほうは、どうですか?」

「菅野容子と有賀から裁判に提出された手紙の件で電話を貰ったことは、認めましたよ」

署長が言った。

「しかし、二日の夜、菅野容子とは会ってないそうです。その点については、頑として認めません。容子からの電話を受けたあと、サークルの花見に行くかどうか迷ったため、しばらく付近を歩き回っていたそうです」

大河内は、マジックミラーの向こうに坐る若者を凝視した。小さな取調室に呼ばれ、人生初の経験をしている若者は、すっかり青ざめて見えた。表情が強張り、肩に力を入れているために、首筋に細い血管が浮き出している。心労に押しつぶされそうになりながら、必死で我が身を守ろうとしているのだ。

取調室に現れた大河内を、青年は不安そうに見つめた。

取調べデスクに坐っていた渡辺が、事情を心得た様子で大河内に席を譲る。

「有賀倶久が話してくれた。堀内佳奈の手紙を保管していたのは、きみだな」

大河内がそう切り出すと、平田ははっと息を詰まらせた。

「きみは、同じバンドメンバーの堀内佳奈さんとも、それに、岡村嗣人とも親しかった。それで、手紙を託されたのだと聞いたよ。しかし、岡村君の気持ちを考えると、彼に渡せなかった。そうなのか？」

平田は、穏やかに続けるデカ長の顔に視線を吸い寄せられるようにして、うなずいた。

「そうです。だけど、僕はそのことで、佳奈ちゃんに責任を感じ続けてきました……」

「うむ。詳しく話してくれ」

大河内の声は、あくまでも穏やかだった。

「――彼女が亡くなる一週間ぐらい前です。僕らは、ふたりで食事をしたんです。彼女は、とっても疲れて見えました。ちょっと酔ってくると、それからはずっと、僕らのバンドの話ばかりしてました。最初は僕も懐かしかったし、岡村と別れたあの子を励ましたい気持ちもあったんで、一緒になって思い出話に花を咲かせました。――刑事さん、あの子は、すごいヴォーカルだったんです。メンバーはみんな、佳奈の声に惚《ほ》れてました。僕らのバンドで、岡村じゃなく、佳奈がヴォーカルを取り続けたのは、誰もあの子には敵《かな》わなかったからです。それは、岡村が真っ先に認めたことだった」

平田は一度話すのをやめ、苦し気に肩を上下させた。

「だけど、あの子には、バンドを続け、プロを目指す生き方は重すぎました。生真面目で、ちょっとしたことでも考え込んでしまうところがあったし、世の中の人たちがみんなそうしてるみたいに、流して生きることができなかったんです。あの子と岡村は、どこか似てるんです。うまく言えないんだけれど、ふたりとも、どこか僕らとは違ったんです。ほんとは、ふたりでひとりだったのかもしれない。いえ、それも違います。ふたりでひとりみたいにして生きていけるのは、お互いを補い合えるカップルのことでしょ。でも、岡村と佳奈は、ふたりとも同じ何かが欠けてた……。あるいは、何かが他人よりも多かったのかもしれない……。とにかく、僕らのように普通の社会人として生きるのには、ふたりとも繊細過ぎました……。だから、岡村が佳奈のところから逃げ出した時、僕は、なんとなく嫌な予感がしたんです……。佳奈が、このまま壊れてしまうような気がした……。だけど、男同士だから、岡村の気持ちもわかりました。あいつは、きっと佳奈と一緒にいると、もう音楽ができなくなると思ったんだ……」

「きみは、なぜ佳奈さんの手紙を、岡村嗣人君には渡さなかったんだね？　岡村君の足を、引っ張ることになると思ったのか？」

「――それもあります。でも、佳奈から言われてたんです。手紙を渡すのは、万が一、岡村が音楽を諦《あきら》めた時だけにして欲しいと」

「――――」

「ひどいですよ。それなのに、そのわずか一週間後に死んでしまうなんて……。あれから僕は、ずっと同じ問いかけをしてるんです。僕と会って、手紙を託した時、佳奈はもう死ぬ気でいたんだろうかって……。それとも、佳奈が僕にあんなふうに頼んだのは、それは口先だけのことで、本当はすぐにでもあの手紙をやつに渡して欲しかったんだろうかって……。あるいは、手紙を渡さなくても、すぐに岡村に会いに行き、佳奈がひどい有様だから、彼女のもとへ戻るようにと、やつを説得して欲しかったんだろうか、とも思いました……。刑事さん、答えが出ないんです」

平田は、すがるような目で大河内を見た。ある年齢をすぎるともう消えてしまう懸命な表情が、若者の顔に深く刻まれていた。

だが、それでもこの先を訊かなければならない。

「しかし、そうして苦しんでいるにもかかわらず、きみは堀内佳奈さんの手紙を、《コスビュー》の弁護士に渡してしまった。四月二日の夜、きみは、そのことを、菅野容子さんに責められたんじゃないのかね」

「責められましたが、佳奈からの手紙を預かってもいないし、弁護士に渡してもいないと話したら、わかってくれました」

「嘘をつくな！　責められ、それで思わず彼女に暴力をふるってしまった。ほんとは、そうなんじゃないのか？」

若者の両目に、怯《おび》えが拡がる。

「どうなんだ、平田君。答えたまえ」

「違う。僕は彼女を殺したりなどしていない。ほんとにあの夜、彼女とは会っていないんです」

「きみと彼女は、つい目と鼻の先にいたんだぞ。それに、菅野容子さんは、きみがサークルの花見に参加することを知ってたはずだ。容子さんから電話があって、堀内佳奈さんの手紙の話になった時、今、どこにいるのだと、当然、訊かれたはずだぞ」

「——訊かれました。でも、仕事が忙しくて向かえそうもないと、そう嘘をつきました。容子は、佳奈が岡村に宛てた手紙が裁判に提出されたことで、怒り狂ってました。僕が手紙をずっと保管してて、そして、会社側の弁護士に渡したと勘ぐっていた。預かっていないと嘘をついたこともあって、会いたくなかったんです」

「勘ぐっていたのではなく、正確に推測してたんだ。それは、なぜだね？　なぜ彼女はそう推測したんだ？」

「——」

「答えたまえ、平田君。それとも、私が言ったほうがいいのか」

「刑事さん……」

「きみが自分で話すのを、私は聞きたいんだ。さあ、話してくれ」

「僕が有賀さんの就職セミナーに通っていたというのは、嘘なんです……。今の会社に内定を取った直後でした。有賀さんが連絡をよこしました。あの人はそれまで、ある大手の学習塾で、事務の仕事をしてたんです。その学習塾には就職試験のためのコースもあって、僕はそこの受講生でした。たぶん、その塾に内定の報告をしたのを見たんだと思います。連絡を貰って、喫茶店で会いました。あの人は、僕に会うなり、友成商事みたいな大会社に受かるとはすごいと、絶賛しました。うちの塾からもほとんど受かっていないのに、いったいどんなふうにして試験を突破したのかと訊き、僕の話に一々相槌《あいづち》を打ちながら、また褒めるんです。そのうちに、なんだかすごくいい気分になってしまって……。そうしたら、近々、就職セミナーを開くという話を聞かされ、そのモニターになってくれないか、と頼まれたんです」

「モニターとは、つまり？」

「つまり……、何度かセミナーに顔を出し、セミナーの宣伝をして欲しいということでした」

「有賀の就職セミナーに行ったことなどないのに、参加したことにしたわけだね」

「そうです……。もちろん、参加費なんか払う必要はなくて、逆にセミナーのことを友人や後輩に宣伝したら、ちょっとした謝礼を貰える約束でした」

「きみは、サークルで一緒だった藤木君たちに、有賀の就職セミナーを勧めてるね。それに、セミナーに出向き、自分の体験談を話して聞かせたりもしている」

「ほんの軽い気持ちだったんです。協力すると、思った以上の謝礼が貰えて、ちょっとしたお小遣いにもなったし……。でも、でも、そのうちに、あの人のいかがわしいところがわかってきて、それで、距離を置くようになったんです」

「有賀のセミナーが、ブラック企業と結託し、そこに学生を送り込んでいることに気づいたのかね?」

「はい……、でも、なんとなくです。一社だけならまだしも、ブラックと噂のあるいくつかの企業に複数名の受講者が入社しているのを知って、変だなと思ったんです」

「きみは菅野容子さんに、そうした小遣い稼ぎの話をしたことがあったんだな? それで彼女は、きみと有賀の関係を疑った。きみが有賀に、佳奈さんの手紙を渡したと疑ったんだね?」

「そうです……。だけど、それは、有賀をいかがわしく思う前のことです」

「うむ、それはわかった。それにしても、なぜ有賀に佳奈さんの手紙を渡したんだ? 脅されたかね?」

「はい、有賀に脅されました。裁判で、佳奈の自殺が過労による結果だと断定されるようならば、僕が有賀の片棒を担ぎ、学生をブラック企業に送り込む手伝いをしていたと公表すると言われました……。会社にも、仲間たちにも、あんなインチキな就職セミナーと関係していたことを知られたくありませんでした……。軽い気持ちの小遣い稼ぎだったし、それに、その時は僕は、あのセミナーがそんなにいかがわしいものだなんて、ほんとに何にも知らなかったんです……」

「きみの話はわかった。もしも何か嘘をついていたり、まだ何か隠していることがあれば、面倒なことになるが、大丈夫かね？」

「はい。もう何も隠したりしていません」

「念のため、アリバイを確かめる必要がある。容子さんからの電話を受けたあと、きみはどうしたんだ？」

「彼女から電話でなじられたのがショックで、屋台で生ビールを買って飲んでました。そういえば、そこに有賀から電話が来ました。容子は僕に電話したあと、有賀に電話をかけたんです」

「うむ。それは通話記録からわかっている。有賀は、きみに何と言ったのかね？」

「誰にも余計なことは話すな、と釘を刺されました。容子は、有賀のことも同じようになじったんです。サークルの花見に行ったのは、そのあとです。迷ったけれど、やっぱり面と向かって容子と話したほうがいいと思って。でも、行ったらもう容子は帰ったと言われて、拍子抜けしました。もしかしたら、僕と顔を合わせたくないのか、と思ったりもしてました。ほんとに、それだけです」

「どこの屋台でビールを買い、どの辺りで飲んだんだ？」

「駅から真っ直ぐ川のほうに行き、日の出橋の手前を右に曲がった先です」

「橋は渡らなかったのかね？」

「渡りませんでした。渡るとサークルの連中に会っちゃうと思ったので、手前を右に向かって歩いたんです。カフェっぽい造りの飲み屋が、表にビールサーバーを出して売ってました。そこで買い、しばらく横で立ち飲みしてました。確かめてください」

「わかった。そうしたら、最後にもうひとつ。なぜ、有賀はきみが佳奈さんの手紙を持っていることを知ったんだ？　きみが前に話したのかね？」

「まさか。話したりしません」

「ということは、誰かがそれを有賀の耳に入れたってことだ。よく考えて、思い出してくれ。きみが佳奈さんの手紙を持っていることや、有賀の主宰する就職セミナーが実はブラック企業と結びついている疑いなどを、誰かに話したことがあるんじゃないのかい？」

「ええと、それは……」

「それからね、容子さんがきみとの電話のあと、すぐに有賀に電話をしたのは、彼女がそういったことをその人物から聞いて知っていたためかもしれない。あるいは、きみがそれを話した時、容子さんも一緒に聞いていたとか。誰か、そういう人物に心当たりはないか？」

大河内の指摘を受け、じっと考え込んでいた平田の顔に光が射《さ》した。

12

田部久志は、店から徒歩で十分ほどの距離にある古びた賃貸マンションに住んでいた。大河内がそこを訪ねたところ、入口の段差で車椅子を持ち上げようと格闘している男がいて、それが田部だった。車椅子には、目鼻立ちが田部と似た小さな老婆が坐っていた。

大河内に気づき、田部はあいまいな表情で会釈をした。

「お手伝いしましょう」

大河内が駆け寄り、申し出たが、田部は車椅子に手をかけて屈んだ姿勢で首を振った。

「大丈夫です。いつもやってることですから。ちょっとしたコツがあるんですよ」

その言葉の通り、ゆっくりではあったが着実に車椅子を押し上げた。

マンションの廊下は狭く、車椅子を押す田部の隣にスペースはなかった。田部は、遅れて後ろを歩く大河内を振り向き、

「それで、今日はどうしましたか、刑事さん？」

と訊いた。視線の先を大河内の胸の辺りに下げており、目を合わせようとはしなかった。

「何度も時間を取らせて申し訳ないんですが、もう少し話を聞かせて貰いたいんです」

大河内がそうとだけ答えると、田部はわかりましたと低い声で応じ、狭い廊下の突き当たり

の玄関ドアに鍵を差し入れた。

大河内は玄関ドアを支え、田部たちが中に入りやすいようにした。入ってすぐがキッチンで、その奥に二部屋が横に並ぶ造りのため、玄関口に立ったままで室内のほとんどが見渡せた。

大河内は、レコードとCDの多さに目を瞠《みは》った。右側の、おそらくはリビングとして使われている部屋から手前のキッチンにかけて、壁にずらっとラックが並び、数多くのレコードが綺《き》麗《れい》に並べられていた。ラックひとつ分が、CDだった。

左側は、足の不自由な母親の寝室らしい。そこには介護用のベッドが見えた。部屋は全体によく片づいており、流しの周辺も清潔な感じがした。

「狭くて、お客さんを入れられないんです。申し訳ないが、少し表で待っていて貰えますか」

田部がすまなそうに言うのを聞き、大河内はほっとした。隣室に母親がいるところで話をしたくなかったので、何か口実を作って田部を連れ出すつもりでいたのだ。

「すぐに行きますから」

田部は、すぐに強い口調でつけたした。それにいくらか早口でもあった。

「なあに、ちょっとしたらヘルパーさんが来てくれるし、もう、こうして長いことなるんで、母だって、ひとりでいるのに慣れてるんです。すぐ行くから、大丈夫ですよ」

大河内は、田部の顔に一際、注意を払った。田部は、悲しげな目をして微笑《ほほえ》んでいた。

大河内は廊下を戻り、狭くて薄暗いロビーから表に出た。マンションの表は、車がすれ違うのがやっとぐらいの広さの生活道路だった。時折、幼子を乳母車に乗せて押す主婦や、学校帰りらしい高校生が自転車で通るぐらいで、人通りのほとんどない時間帯だ。

田部が暮らすこのマンションと、隣のやはり古びたモルタル塗りアパートの境目に、葉桜があった。すっかり散り落ちた花びらが、風で道の端っこに吹き集められて汚れていた。

田部はなかなか現れなかったが、大河内はじれることなく待った。

それでも十分ほどのうちには姿を見せた田部は、マンションの段差を、今なお母親の車椅子を押しているかのような慎重な足取りで下りた。大河内の前に立ち、伏し目がちに頭を下げた。

「お待たせして、すみません」

「いえ、大丈夫です」

「それで、今日は何です？」

「見ていただきたいものがあるんです」

大河内は内ポケットに手を差し入れ、証拠保存用のビニール袋に納めた黒いイヤーカフを取り出した。

「これに見覚えがありますね」

田部はそれを凝視《ぎょうし》した。ちらっと目を上げ、首を振った。

「いや、知らないが。なんですか、いきなり？」

「知らないはずはないと思うのですが。これは、菅野容子さんが耳にはめていたイヤーカフです。親指と人差し指の指紋が残っていました。あなたは、容子さんと向かい合って立ち、このイヤーカフに触れてますね。指紋照合を行えば、あなたの指紋と一致するはずです」

田部は息をとめ、改めてイヤーカフを凝視した。いや、ただ視線の落ち着き場所を求め、頑《かたく》なにそこを見つめているのか。

「田部さん、ほんとのことを話してくれませんか。あなたは四月二日の夜、本当は目黒川まで行きましたね。藤木君が幹事を務めるサークルの花見に、顔を出すつもりだったんです。だが、実際には、顔を出さなかった。その前に、菅野容子さんとばったり出くわしたからです」

「知りません……。私は、目黒川になど行っていないし、菅野さんと会ってなどいません……」

田部は頑《かたく》なに視線を動かそうとはしないまま、震える声で主張した。大河内がイヤーカフをポケットに戻すと、はっとし、悲しそうに目を上げた。この目で、何を訴えようというのか。

「さっき、平田君と話しました。彼は自分が堀内佳奈さんから岡村嗣人君に宛てた手紙を保管していることを、あなたに打ち明けたそうですね。あなたの店で、たまたまふたりで飲んでいた時に、堪《たま》らなくなり、あなたに相談したと言ってました。あなたは彼に、いつか機会があるまではそっと保管しておけばいいと助言し、このことは誰にも他言しないと約束したそうですね。また、別の時には、彼が有賀倶久の主宰する就職セミナーをいかがわしいものだと疑っていることも、やはり彼から打ち明けられました。その時には、菅野容子さんも一緒だったと、平田君から聞きました」

田部の呼吸が、荒くなった。マンションのエントランスから離れ、葉桜へと近づくと、右手を伸ばし、体重をもたせかけるようにしてその幹に触れた。何かが口から飛び出そうとするのを、唇を固く引き結ぶことで懸命にとめようとしていた。

大河内は、静かに続けた。

「事件の夜、彼女は亡くなった堀内佳奈さんのお姉さんから、佳奈さんが岡村嗣人君に宛てた手紙が裁判に提出された話を聞いて、ショックを受けました。すぐに岡村君に電話をし、平田君に電話をし、さらには有賀倶久という男にもかけています。平田君が、この有賀に脅されて、佳奈さんの手紙を企業側の弁護士に渡したと疑ったからです。彼女はあなたと平田君と三人で飲んだ時、平田君から有賀のことを聞いていたため、疑いがすぐに有賀に向いたんです。しかし、無論のこと、平田君も有賀もそれを否定しました。有賀に至っては、おかしな因縁をつけるなと、逆に彼女を脅したのかもしれない。彼女は、何がなんだかわからないまま、花見の人ごみの中を茫然《ぼうぜん》と歩いていたことでしょう。あなたにとっても、彼女にとっても運の悪かったことに、そこで偶然、あなたたちは出くわしたんです」

「――――」

「これは私の想像ですが、容子さんは、堀内佳奈さんが岡村嗣人君に宛てた手紙を、平田君ではなくあなたがずっと保管していたと勘違いしたんじゃないですか？　そして、ばったり出くわしたあなたと言い争いになってしまった。岡村君は、あなたのことを慕っていた。佳奈さんが、岡村君に渡して欲しいと言って、あなたに手紙を託したにちがいない。そう勘違いをしたんですね」

「知りません……。私は、何も知らない……」

「田部さん、正直に話してください。菅野容子さんのつけていたイヤーカフには、親指と人差し指の指紋が残っていました。その人物は、彼女と向かい合って立ち、彼女の耳たぶに触れたんです。容子さんは平田君と別れたあと、あなたと親しくなったのではないですか。イヤーカフに残っていたのは、あなたの親指と人差し指の指紋ですね。あなたは、すぐ近くで容子さんと向き合って立ち、彼女の耳にあるイヤーカフに触れた。それを、つまんだんです。その時、彼女がどんな顔をしていたのかを、思い出してください」

「――――」

田部の顔が崩れた。

田部は嗚咽《おえつ》を漏らしながら、幹に背中をつけ、完全に大河内のほうに向き直った。すぐに体重を前に移し、幹から背中を離して立った。

「すみません……。そんなつもりじゃなかった……。彼女を殺すつもりなどなかったんです……。でも、彼女が、私に……」

「何と言われたんですか？　何があなたの怒りに火をつけたんです？」

「嫉妬《しっと》している……。そう言われました……」

「――――」

「私が嗣人に嫉妬し、そして、嗣人の足を引っ張るために、佳奈が嗣人に宛てた手紙を《コスビュー》の弁護士に渡したと、彼女はそう言って私をなじったんです！」

吐き出す口調には、抑え切れない怒りと悲しみが満ちていた。田部は両手を固く握り、肩で息をし、みずからの感情の波に抵抗した。

だが、あの夜は抵抗しきれなかったのだ。

田部久志は、堰《せき》を切ったようにして告白を始めた。

「最初は、彼女を慰《なぐさ》めながら話を聞いていました。目黒川の人波で彼女を見かけた時、彼女は腑抜《ふぬ》けたようにぼうっと歩いていました。声をかけると、いかにもほっとした様子で、私に近づいてきました。私たちは人波を避けて路地に入り、人けのないあの車寄せで彼女の話を聞きました。彼女は、岡村君も平田君も疑いたくないのに、疑いが消せないと言って苦しんでいたんです。話を聞いて慰めてやるのが、私の役割のはずでした。いつでもそうして来たし、これからだってずっとそうしていくつもりだったんです。刑事さんが、私とあの子の関係をどう思っておいでだかわからないが、肉体的なことは何もありません。私は、年老いて下半身が不自由な母親を介護している、五十男です。容子のような子から、恋愛感情を持たれるような対象じゃありませんよ。ただ、平田君と別れたあと、彼女は話し相手が必要だったんでしょう。ライブハウスのマスターってのは、そういう相手として、最適なんです。もっと若かった頃には、心の隙間を埋めるために近づいて来る何人かの女性客と、そういう関係になったこともありますが、容子は違いました。綺麗《きれい》ごとを言うわけじゃない。あの子にそういう気持ちがあったら、私だってそういう下心を持ったでしょうが、あの子はまだ大学を出たての二十代で、こっちはあの子の父親でもおかしくない年齢です。向こうにその気がないのは、すぐにわかった。そうしたら、恥をかくわけにもいかないし、こっちだって紳士的に振る舞います。だけど、それでもあの子とのつきあいは、楽しかった。ほかで酔って、終電間際にふらっと現れたことがあるし、土曜の開店直後に、ほかのお客が来る前にマスターと飲みたいからと言って、お土産《みやげ》を持って来てくれたこともありました。私は、バンドをしていた時分の話をずいぶん、彼女にしました。容子は、楽しそうに話を聞いてくれた。こう見えて、私も昔は、一度はメジャーデビューをしたんですよ。バンド仲間の中には、今でも編曲をしたり、専門学校で教えたりしてるやつだっています。刑事さんにとっては、掃《は》いて捨てるようなありきたりの思い出話かもしれないが、容子はそれを、目を輝かせて聞いてくれました。自分にも、若かった頃のマスターみたいな勇気があったらよかったのに、なんて言ってね。

それなのに、あの夜、あの子は、私が嗣人のデビューを妬《ねた》んでいると言ったんです。そして、それを邪魔するために、堀内佳奈が嗣人に宛てた手紙を、私が企業側の弁護士に送りつけ、裁判で騒ぎになるようにしたにちがいないと……。そんな邪推をしました……。

私は、誰よりも嗣人を応援してたんですよ。今だってそうです。そんな私が、どうして嗣人のデビューを妬《ねた》んだり、それを邪魔したりするでしょうか……。それなのに、あんなに親しかったはずの容子が私を疑い、そして、糾弾《きゅうだん》した。その言葉を聞いた瞬間、私の中で、何かが弾《はじ》けたんです……」

田部はまた、唇を固く引き結んだ。再び込み上げてきた嗚咽を堪えているのだ。

「申し訳ないことをしてしまった……。彼女にはまだ、この先、長い人生があったのに、私がこの手で終わらせてしまった……。私にも、何が起こったか、わからなかったんです……。気がつくと、容子が目の前に倒れていました。その場で自首をするべきでした……。昨日、刑事さんが店に現れた時、何もかも正直に話そうとも思いました……。でも、母親の姿が脳裏に浮かんで、できませんでした……」

大河内は、息を殺すようにして田部を見つめた。自分といくつも違わない男が、顔を歪めて泣いていた。

「あなたは犯行現場の車寄せから、廃ビルの奥へと、彼女の死体を運んで隠したんですね？」

「その通りです……」

「廃ビルの蛇腹には、鍵がかかっていましたか？」

「いいえ、鎖がかかってましたが、鍵は壊れてました……。どうしていいかわからなくて、蛇腹を動かしてみたら、開いたんです。それで、咄嗟《とっさ》に、廃ビルの奥へと運ぶことを思いつきました……」

「そのあとは？」

「ビルの側面まで運び、そこにあったブルーシートの下に、彼女を隠しました……」

犯人しか知らない事実の暴露だ。

大河内は少し黙り込んだのち、最後の質問をそっと発した。

「ヘルパーの方は、何時ごろ見えるんですか？」

13

スタジオのドアには、胸から上の高さに覗《のぞ》き窓があり、大河内はそこからそっと中の様子を窺《うかが》った。室内では、岡村嗣人が、バンドメンバーとともにギターを演奏しながらヴォーカルを取っていた。

バンドには、岡村のほかに、リードとベース、それにキーボードとドラムの合計五人がいた。

スタジオは防音がほどこされており、かすかに音が漏《も》れ出す程度で、ドラムがリズムを刻む音を判別できる程度だった。アップテンポの曲だった。

体でリズムを刻み、曲と一体となって演奏を続ける若者たちを、デカ長は黙ってじっと見ていた。

だが、やがてマイクの前の嗣人が、大河内の姿に気がついた。目が合い、すぐにさり気なくそらしたが、何かが狂ったらしい。独楽《こま》がバランスを崩すようにズレが大きさを増し、ついにはスタジオ内の小さな世界そのものが壊れた。岡村嗣人は、みずからをマイクの前から後方へ投げ出すように遠ざけて、演奏を中断した。

休憩を告げられたメンバーが、それぞれの楽器の傍でリラックスの姿勢を取った。そばのメンバー同士で何か冗談を言い合うものもいたが、リードギターの若者が嗣人に近づき、何か心配そうに話しかけていた。嗣人はちらちらと大河内のほうを見ながら、その若者の話に耳を傾けていた。

ひとりが用足しにスタジオから出て来て、ドアを開け、そのすぐ脇に陣取った大河内を怪訝《けげん》そうに見ながら通り過ぎた。

大河内はそうして開いたドアを片手で押さえ、中に向かって声をかけようとしたが、仲間に何か耳打ちした嗣人が近づいて来るほうが早かった。

ぎごちない会釈をする若者に、大河内は微笑みかけた。

「電話を貰ったのに、悪かったな。ちょうど、捜査会議中で、出られなかったんだ」

「いえ、僕のほうこそ、すみません。警察署に、いきなり訪ねたら悪いと思って、都合を訊きたかったんです」

大河内は若者の様子を窺いながら、ポケットに右手を入れた。

「用件というのは、これのことじゃないのか？」

デカ長が差し出す堀内佳奈の手紙のコピーへと、若者は息を凝らすようにしてじっと視線を向けた。

大河内はしばらく待ってみてから、

「ちょっと向こうに坐らないか」

と、ロビーの応接椅子へと嗣人をいざなった。

のっぽの若者は、今日もまた長い手足を窮屈そうに折り曲げて椅子へと坐った。

「読んでみる気になったんだろ。ほら、受け取れよ」

そっとテーブルに置いてやったが、嗣人は相変わらずそれをじっと凝視するだけで、手を出そうとはしなかった。

「読んでおく責任があると思って……」

火を怖がる子供のように固まったままで言い、

「読みたいんです……。佳奈が何を考えてたのかを、ちゃんと知りたいんです……」

そう言ってもなお、言葉と裏腹に動かなかった。

「彼女も、きっと喜ぶさ」

「そうでしょうか……」

「ああ、きっとな」

大河内は、物思いにふける若者を前に、どんな言葉をかければいいかを考えた。

結局、演奏は上手く行っているのかと、そんな当たり障《さわ》りのない問いしか思いつかず、嗣人は物思いにふけったまま、当たり障りのない答えをした。

「あの……、田部さんのこと、聞きました。いったい、どうしてこんなことに……。容子と田部さんの間には、いったい何があったんでしょうか？」

上の空だった嗣人が、ふいに何かを断ち切るようにして、自分のほうから訊いてきた。

「それは、取調べの中で、はっきりするさ。まだ、何もはっきりしたことは言えないんだ」

こういった質問に会った時の、決まり文句だった。

「すみません……。そうですよね……。忙しいのに、ありがとうございました」

礼儀正しく頭を下げ、嗣人はあわててコピーに手を伸ばした。

「あとで読みます。あとで、ひとりで、ゆっくり読みます」

早口で言いながらポケットにしまう嗣人に、

「そうだな。それがいい」

大河内はうなずき、同意を示した。そして、事件が報道されると、何かとばっちりを食らうかもしれない。気を強く持つようにとアドバイスした。

相変らずどこか上の空の青年が相手では、会話は長く続かない。話を打ち切るタイミングを見計らい、腰を上げかけた時だった。

「刑事さん……、俺、怖いんです……」

一途《いちず》な、射るような目の光に気圧《けお》されて、デカ長は胸の疼《うず》きを感じた。

「何が怖いんだ？」

「だって……、佳奈は自殺をし、容子は殺されてしまいました。殺したのは、あんなに穏やかで、そして、俺にいろんな音楽を教えてくれた田部さんだったなんて……。刑事さんには悪いけれど、刑事なんて仕事の人とこんなふうに関わるなんて、一生ないことだとばかり思ってました……。身近な人間が殺されたり、殺したりするなんて、絶対に起こらないことだと……。みんな、いい仲間だったんです。一緒に夢を見た仲間だった。僕は、その夢の先を歩いている気でいました」

「そうじゃないのかね？」

「そうだと思います……。でも……、不安なんです……。なんだか、とっても怖いんです……。きっと、刑事さんが見てきた人生と、俺が見てきた人生は、全然違うものなんでしょう。親父やお袋や、たくさんの大人たちが見ている人生とも、違うのかもしれない。そう思うと、怖くてたまらない……」

大河内は、黙って若者の顔を見つめた。たぶんこの年齢にしかわからない悩みが、雪崩《なだれ》を打ってこの若者を呑み込もうとしていることが理解できた。

しかし、それはこの若者が自分で受けとめ、自分で乗り越えていくしかないものなのだ。

「きみの思いは、なんとなくわかるよ。だが、それなら、きみは自分の生き方を変えるのか？変えられるのかい？」

「――――」

「変えられないなら、その道で一生懸命に生きていけばいい。俺もそうしてきたし、たぶん多くの大人がそうしている。こんな言葉が励ましになるかどうかわからないが、生きるというのは、そういうことだからだ」

警視庁強行犯係を主人公とした作品
『贄の夜会』（文春文庫）
『無縁旅人』（文春文庫）
『刑事群像』（講談社）
『刹那の街角――捜査一課中本班の事件ファイル』（徳間文庫）
『砂時計――警視庁強行犯係捜査日誌』（徳間書店）

本書は書下ろし作品です。
また、本作品はフィクションであり、実在の個人、団体とは一切関係がありません。

砂時計　警視庁強行犯係捜査日誌

二〇二三年一〇月三一日　初刷

著者……香納諒一
発行人……小宮英行
発行所……株式会社　徳間書店
〒一四一―八二〇二　東京都品川区上大崎三―一―一
目黒セントラルスクエア
電話［編集］〇三―五四〇三―四三四九
［販売］〇四九―二九三―五五二一
振替……〇〇一四〇―〇―四四三九二
本文印刷……本郷印刷株式会社
付物印刷……真生印刷株式会社
製本所……ナショナル製本協同組合

ISBN 978-4-19-865728-4